놀러 가자고요

놀러 가자고요

김 종 광 소 설 집

작가
정신

차례

장기호랑이 _ 7

『범골사』해설 _ 41

범골 달인 열전 _ 71

놀러 가자고요 _ 101

김사또 _ 135

봇도랑 치기 _ 175

산후조리 _ 213

만병통치 욕조기 _ 245

아홉 살배기의 한숨 _ 273

작품 해설 _ 315
작가의 말 _ 331

장기호랑이

1. 브레인티브이

내 급작스러운 실력 향상은 스카이라이프 브레인티브이 덕분이었다.

브레인티브이는 프로장기 기사들의 대국과 아마추어 클럽들의 대항전을 스포츠처럼 중계했다. '실전수 초반 16수' 같은 강의도 방영했다.

두 명의 영웅을 갖게 되었다. 김경중 9단과 김기영 5단.

아빠의 표현대로라면 두 사람은 바둑의 '조훈현과 이창호'와 같았다. 한국에서 장기를 가장 잘 두는 사람. 안타깝게도 세계에서 가장 잘 둔다고 할 수는 없었다. 장기는 나라마다 룰이 달랐다. 통합 룰을 만드는 것이 불가능할 정도로. 즉 장기에는 세계에서 가장 잘 두는 사람을 가리는 대회 자체가 없었다.

2. 청소년아이디: 장기왕왕왕

온라인 '한게임 장기'에는 '청소년방'도 있었다. 아빠는 내 이름과 주민등록번호를 회원가입란에 적어 넣었다. 보호자란에도 뭔가를 기재하고 물었다.

"아이디를 뭐라고 할래?" "장기왕." "왕이 되고 싶어?" "왕 세 번 해줘. 장기왕왕왕." "비밀번호는?" 갑자기 물어봐서 멍하니 있다가 답했다. "아무거나 해줘. 아빠가." "장기만세로 하자." 그렇게 해서 나는 청소년아이디 '장기왕왕왕'을 갖게 되었다.

첫판, 고전을 면치 못했다. 아빠랑 판 장기만 두어왔던 내게 인터넷 장기판은 참 낯설었다. 마우스로 장기 알을 움직이는 것도 쉽지 않았다. 장기판 상황도 눈에 잘 들어오지 않았다. 인터넷에서 만난 상대의 실력도 엄청나게 느껴졌다.

땀을 뻘뻘 흘리며 위기를 수습해보려고 했지만, 머릿속이 깜깜해져 이렇다 할 수가 생각나지 않았다. 아무렇게나 '멍군'을 불렀는데, 연타로 날아온 '장군'을 막을 수가 없었다. 화면에 '외통수'

라고 크게 적혀 나왔다. 컴퓨터가 내게 소리치는 듯했다. '네가 졌어!'

아빠는 내가 10급까지는 아주 쉽게 올라갈 거라고 했는데, 최하급인 18급의 첫판에서 진 것이다. 아빠와 범골 할아버지와 삼촌한테 졌을 때는 이렇게까지 분하지 않았다. 얼굴도 모르고 이름도 모르는 누군가에게 졌는데, 나를 이긴 사람은 보이지도 않는데, 그렇게 분할 수가 없었다. 내 아이디 아래 나타난 '0승 1패'를 칼로 도려내고 싶었다.

"졌다고 울지 말랬잖아!" "아빠가 두라고 했잖아. 아빠가 억지로 두라고 시켰잖아." "네가 두고 싶어 하는 줄 알았지." "내가 언제!"

넉 달 후, 아빠가 넉 달 전처럼 권했다. "둬볼래?"

괜스레 자신감이 솟아올랐다. 넉 달 동안 브레인티브이를 열심히 보았고, 아빠와 실전을 계속했다. 어쩐지 내 실력이 예전 같지 않을 듯했다.

예감은 틀리지 않았다. 마우스 조작이 헛갈려서 좀 벅벅댔지만 수월하게 이겼다. 4연승을 하는 데 불과 15분밖에 걸리지 않았다. '17급'으로 승급되었다. 승급의 기쁨이 승리의 기쁨보다 백배는 컸다.

보름 동안 거의 이기기만 했다. 나는 무적함대 같았다. 열 판을 두면 여덟 판을 이겼다. 승률 8할대. 날마다 한두 급수씩 높아졌다.

두 달 만에 3단으로 승급했다. 3단은 한게임 청소년방에서 가장 높은 급수였다. 더 이상 오를 데가 없었다. 아빠는 한게임 장기가 우리나라에서 최강 장기 사이트라고 했다. 거기서 최고인 3단이 되었으니, 나는 우리나라에서 장기를 가장 잘 두는 청소년이 된 것일까. 아, 참! 나는 아직 청소년이라고 할 수 없었다. 열한 살을 눈앞에 두고 있었다.

3. 성인아이디: 장기호랑이

"나도 아마추어 인증서 갖고 싶어. 3단 인증서."

아빠는 장기에서 말도 안 되는 자충수를 두었을 때처럼 당황한 낯꼴이었다.

"야, 그거 아무 쓸데 없어." "그래도 기념으로 갖고 싶어. 선생님하고 할아버지한테 보여주고 싶어. 나 아마 3단이라는 거." "돈 주고 사는 것보다, 대회 같은 데 나가서 타는 게 진짜지. 장기대회 나가서 4등 안에만 들면 단증 준다고 하더라." "대회가 없잖아!"

과거에 열렸다는 장기대회 소식은 있는데, 앞으로 열린다는 장기대회 소식은 없었다. 어린이장기대회가 열리기만 한다면 우리는 그 어디라도 달려갈 각오였다. 내 실력을 확인하고 싶었고, 아빠는 기꺼이 동행해주기로 했다. 하지만 인터넷에는 어린이장기대회는 커녕 노인장기대회 개최 소식도 찾을 수가 없었다. 바둑대회는 수 없이 많은데 장기대회는 하나도 없었다.

"알아나 보자!" 아빠는 아마 단증 버튼을 클릭했다. 예상대로 공짜가 아니었다. 단증의 가격은, 아빠가 어린이날 사준 야구 글러브보다 비쌌다. 아빠가 큰맘 먹고 말했다. "사줄게."

아빠는 내 청소년아이디 '장기왕왕왕'을 입력했다. 비밀번호를 세 번이나 잘못 입력했다. 임시 비밀번호를 발급받아서 새 비밀번호를 만들어야 했다. 본인 소유의 휴대폰이 아니라 인증이 안 된다고 했다.

"아빠! 내 아이디가 사라진 거야? 못 찾는 거야? 내 전적! 내 3단!" 천장이 무너지는 것 같았다. 주저앉아 엉엉 울었다. 사나이로 태어나서 참 여러 번 울었지만, 대부분 어디가 아프거나 서러워서 운 것이었다. 지금의 울음은 아프거나 서러워서 나오는 울음이 아닌 것 같았다. 뭐랄까. 내 일부가 사라진 듯했다. 나중에 안 말이지만, 내가 맛본 그 감정은 '상실감'이었다.

아빠는 한게임 사이트에 전화를 걸었다. 끈질기게 기다려 기어코 상담원과 통화를 하게 되었다.

"애가 3학년이라 아직 휴대폰이 없어요. 그래서 내 휴대폰으로 등록했습니다.""그러니까 아빠시라는 거지요. 임취현 회원의?"
"아빠니까 전화하지, 아빠도 아닌 사람이 왜 전화를 해요?""요새
별의별 보이스피싱이 다 있어서요. 아버님 목소리가 너무 애 같으
시고요.""내 목소리가 애 같다는 소리는 좀 들어요. 제가 전화 받
으면 '집에 어른 없니?' 하고 물어보는 분들도 많아요. 아, 지금 그
런 소리 할 때가 아니고, 왜 임시번호를 제 휴대폰으로 전송해주지
않는 거냐고요?""임시번호는 본인 휴대폰으로만 보내주게 돼 있
습니다.""애가 휴대폰이 없다니까요.""죄송합니다만 보내줄 수
없게 돼 있습니다.""아니, 그럼, 청소년은 비밀번호를 잊어버리면
아무 대책이 없는 거네요?""만 10세면 아직 청소년도 아닌데요."
"지금 그게 중요한가요?""죄송합니다, 아버님.""무슨 수가 없
나요? 애가 이 전적 쌓느라고 엄청 고생했는데. 아이디 찾아야 돼
요!""본사로 직접 찾아오시면 가능합니다.""본사요? 거기가 어
딘 데요?""여기가 서울 강남 역삼동인데…….""다른 방법은 없
나요?""팩스를 보내셔도 되는데 보내주실 게 여러 개입니다. 아
버님 주민등록증, 휴대폰 등록증, 아이 등본…….""뭐가 이렇게
복잡해요!"

아빠는 거짓말쟁이였다. 복잡한 절차를 거쳐 내 아이디를 되살
려주기로 약속했다. 그런데 한게임 본사를 찾아가지도 않았고, 팩
스를 넣지도 않았다. 아빠한테 참으로 실망했다.

사흘 후, 아빠가 타협책을 제시했다. "청소년아이디는 문제가 많아. 설령 이번에 임시번호를 받아서 새 비밀번호로 네 아이디를 살린다고 하자. 다음에 또 그런 일이 생기면? 그때마다 팩스 보내고 그래야 하는데, 이건 아니야." "거짓말쟁이!" "휴대폰이 있어야 돼. 청소년이라도 실명 인증된 휴대폰 번호로 등록이 되어 있다면……." "휴대폰 사줘!" "엄마가 사주겠니? ……이참에 성인아이디로 바꾸자." "나는 소년이야!" "성인은 아이디를 세 개까지 만들 수 있어. 아빠가 아이디 하나를 더 만들고, 그 아이디를 네가 쓰면 되지." "뭔 말이야!" "아이디를 하나 만들어준다고!" "내 아이디가 아니잖아." "엄마가 너한테 휴대폰 사주면, 그때 이름 바꿔줄게." "뭔 소리냐고?" "네가 중학생 되면 엄마가 휴대폰 사줄 거 아니니. 그때 아빠 아이디로 되어 있는 걸 네 아이디로 바꿔주면 된다고." "그게 말이 돼?" "그 방법밖에 없어." "내 청소년 아이디 전적은? 3단인데, 3단이라고! 전적, 내 전적 87승 13패는 어떻게 하고!" "네가 성인아이디로도 3단이 되면, 바로 아마 단증 사줄게." "아빠 이름으로 돼 있는데 그게 말이 돼?" "잘 말하면 될 거야." "아빠를 못 믿겠어!" "관뒤, 인마!"

화낼 사람은 난데, 아빠가 화를 냈다. 기가 막혔다.

다음 날 나는 아빠의 뜻에 따르기로 했다. "아빠, 어른들은 되게 잘 두지 않나? 성인 아이디도 18급부터 시작하는 거지? 아빠, 나

장기 두고 싶어."

24시간 동안 일그러져 있던 아빠의 얼굴이 확 펴졌다. 참 애 같다. "아이디를 뭐로 할래?"

여러 가지가 한꺼번에 떠올랐다. '장기'라는 말을 꼭 넣고 싶었다. 장기황제, 장기꿈, 장기전파사, 장기슈퍼맨, 장기만만세…….
그러다가 '호랑이'가 떠올랐다.

"장기호랑이!"

"장기계의 호랑이가 되시겠다? 좋아요!" 아빠는 제멋대로 해석하고는 환하게 웃었다.

그렇게 해서 내 성인아이디는 '장기호랑이', 비밀번호는 '장기황제'를 영문 알파벳으로 타이핑한 'wkdrlghkdwp'가 되었다.

청소년방보다 어른방이 훨씬 재미있었다. 어른방에는 이기는 재미 말고도 머니 모으는 재미가 있었다.

고작해야 하루 네 시간 정도 인터넷 장기를 둘 수 있었다. 학원 다녀와서 나 혼자 두어 시간, 밤에 아빠가 지켜볼 때 두어 시간.

다시 18급에서 시작한 나는 불과 일주일 만에 3급이 되었다. 3급 때까지의 전적이 53승 5패였다.

내 장기는 워낙 수비 스타일이었다. 내 막강 수비진은 어른들의 공격을 효과적으로 봉쇄했고 결국에는 자멸수를 두도록 유도했다.
굳이 공격의 칼을 빼기도 전에, 어른들이 알아서 패배의 쓴잔을 마셨다고나 할까.

승리보다 더 큰 재미는 머니가 쌓여가는 재미였다. 처음엔 머니 맛을 몰랐다. 한 판을 이길 때마다 머니가 늘어났고, 머니가 많은 상대를 이겼을 때는 두 배로 확 늘어났다. 머니가 천만을 넘기자, 천만 원이 얼마나 큰돈인지는 모르면서도 진짜 돈 천만 원처럼 생각되었다.

3급에서 1급이 되는 데 닷새가 걸렸다. 비로소 패배가 늘어갔다.

1급엔 아빠 같은 어른이 천지였다. 아빠 같다는 것은 이런 것이다. 컨디션이 아주아주 좋을 때는 2단 실력. 컨디션이 괜찮을 때는 1단 실력. 컨디션이 나쁠 때는 1급 실력. 컨디션이 꽝일 때는 2급 실력. 컨디션에 따라 2단에서 2급까지 네 계단을 널뛰기하는 것이다.

크리스마스이브, 드디어 나는 1단이 되었다. 머니는 4천만을 돌파했다. 청소년방에서 3단이 되었을 때도 세상 최고의 영웅이 된 것처럼 기뻤다. 어른방에서 1단이 되자, 세상을 열 번쯤 구한 영웅 중의 영웅이 된 것처럼 기뻤다. 나중에 배운 말이지만, 나는 '극도의 성취감'에 휩싸였다.

태어나서 이토록 열심히 노력하여 짧은 기간에 뭔가를 이뤄본 적이 있었나. 나의 성취를 증명하는 '1단'과 '4천만 머니'와 총 전적 98승 23패.

4. 다목적체육관

전화 한 통이 걸려왔다. 아빠는 "장사모(장기를 사랑하는 모임) 회장님이시란다!" 하고 환호성을 지르듯 말했다. 장사모 회장님이 아빠의 발신번호를 뒤늦게 확인하고 전화했다는 것이다.

장사모 회장님의 말투는 범골 할아버지랑 비슷했다.

"우리가 한 달에 한 번 장기모임을 가져요. 셋째 주 토요일. 올해는 다 갔고 1월 셋째 주가 언제냐…… 암튼 그날 꼭 오셔."

"예, 고맙습니다. 꼭 가겠습니다. 그런데 혹시 아무 때나 가도 장기를 둘 수 있는 데가 있을까요? 장기학원 같은 데요. 제가 두고 싶어서 그러는 게 아니고, 제 아들 녀석이 워낙 장기를 좋아하는데, 인터넷하고만 둬서, 사람하고 좀 둘 수 있는 데를 찾고 있거든요."

"그런 데가 없지. 기원에 가도 할아버지들이나 있지."

"기원은 담배 때문에."

"맞어. 담배 연기 꽉 차서 어렵지. 우리도 기원에서 모이다가 담배 연기 힘들어서 옮긴 거라니까. 아, 거기 한번 가봐요. 우리가 원래는 만석공원 잔디밭에서 장기 두는데, 겨울이잖어. 겨울이라 저 인계동 다목적체육관에서 모임을 가져요. 거기에 장기교실이 있거든. 거기도 다 할아버지들뿐이지만 담배를 못 피우게 하니까. 아, 이번 주 토요일에 한번 와봐요. 그때 우리 장사모 회원 다는 아니고 몇몇이 모여서 연말모임을 갖기로 했거든. 김정수 프로도 올 거예요."

토요일이 되려면 이틀이나 남았다. 얼른 가보고 싶었다. 아빠를 졸랐다.

우리는 택시를 40분이나 타고 인계동 다목적체육관으로 갔다. '탁구교실', '댄스교실', '농구교실' 같은 팻말이 붙어 있었고, 가장 안쪽에 '바둑장기교실'이라는 팻말이 붙어 있었다.

마흔 명 정도 되는 할아버지들이 왼쪽 라인은 바둑, 오른쪽 라인은 장기에 몰입하고 있었다. 담배 냄새는 나지 않았지만 할아버지들 특유의 냄새가 광풍처럼 콧구멍을 쑤셔왔다.

아빠는 이거 완전히 잘못 왔군, 하는 표정으로 뇌까렸다. "아, 경로당이었구나!"

장기교실 한쪽 벽에는 이런 글귀가 붙어 있었다.

1. 흡연 금지

2. 내기 금지

3. 소란을 피우지 마세요

아빠는 그중 젊어 뵈는 할아버지에게 "저 혹시 장사모 회원이세요?" 하고 물어보았다. 노인은 뭔 소리냐는 투로 쳐다보았다. 몇 사람에게 더 물어보았지만 다들 장사모를 모르는 눈치였다.

"장사모 회원이 안 계시는가 보다." "그럼 나 누구랑 둬?" "너, 할아버지들이랑 둘 수 있지? 다들 고수셔." 흔쾌히 고개를 끄덕였다.

할아버지들이 이렇게 많다면 장기 둘 차례가 올 수 있을까 걱정했지만, 다행히 장기 두는 사람보다 장기 구경만 하는 사람이 더 많았다. 비어 있는 장기판이 두엇 있었다. 아빠가 빈 장기판에 홀로 앉아 있는 60대 노인에게 부탁했다. "저, 괜찮으시다면 애한테 장기 한 판만 가르쳐주시겠어요? 애가 장기를 너무 두고 싶어 해서 데리고 왔는데……." "그래요? 응, 똘똘하게 생겼다. 그래, 한 판 붙어보자."

아빠는 택시에서 열 번쯤 다짐을 두었다. 어른들과 둘 때는 무조건 초나라를 잡아야 해. 나는 파란 장기 알을 잡고 포진을 차렸다. 택시에서 아빠가 가르친 것 중에, 어른들과 둘 때는, 고개를 숙이며 배우겠습니다, 가르쳐주십시오, 하고 인사말을 해야 한다는 것도 있었지만, 쑥스러워서 생략했다.

나는 인터넷에서처럼 아주 빠른 속도로 두었다. 나에 대한 정보가 하나도 없었던 노인은 15수 만에 차를 하나 잡았다.

"어, 너 좀 두는구나." 노인은 내가 만만한 실력이 아니라는 것을 눈치챘지만 초장에 차 하나 날린 판을 역전시킬 만한 수준은 아니었다. 노인은 기권하고, 다시 한번 두자고 했다.

　노인이 정색하고 둔 두 번째 판에서도 나는 손쉽게 우세를 점했다. 수세에 몰리던 노인이 기권하고는 너그럽게 웃었다. "내가 졌다. 야, 너 진짜 장기 잘 둔다."

　노인이라고 하기 어려운 50대 아저씨가 나의 두 번째 상대였다. 아저씨도 나를 깔보았는지, 나보다 실력이 모자랐는지 계속 수세에 몰리다가 빅장을 불렀다.

　온라인 한게임 장기는 대한장기협회의 대회 룰을 따른다. 비김 상황이 되면 그때까지의 점수로 계산한다. 그러니까 온라인에서는 점수가 뒤진 사람이 패배와 직결되는 빅장을 부를 수가 없다. 경로당의 아저씨는 크게 지고 있는 상황에서 빅장을 불렀다. 기권도 이상하게 하시네, 생각하고 왕으로 왕을 먹었다.

　"간신히 비겼네. 너 잘 둔다.""내가 이겼어요.""비긴 거라니까. 빅장 몰라?""아빠, 내가 이겼지? 내가 점수 20점도 넘게 이겼다니까." 아빠는 내 편을 들어주기는커녕 우물쭈물 멍청히 웃기나 했다. 아저씨가 윽박질렀다. "동네 룰은 달라야. 빅장 못 막으면 무조건 비긴 거여. 빅장이 괜히 있냐.""그런 게 어딨어요? 내가 이겼어요.""비긴 거라니까!" 나는 억울해서 미칠 것 같았다. 고개를 푹 수그리니 눈물이 나오려고 했다.

　아빠는 나를 끌고 밖으로 나갔다. "집에 가자.""싫어. 더 둘래."

"계속 그렇게 성질부리고 그럴 거야?" "내가 이겼는데 비겼다고 하잖아." "동네 룰은 비긴 거란 말이야. 장기 책에도 그렇게 쓰여 있잖아. 한국 장기는 잘 비긴다고. 빅장 못 피하면 비기는 거고 빅수에 걸려도 비기는 거야. 대회 룰은 비기면 안 되기 때문에 비김을 없앤 거라고." "한게임은 왜 안 비겨?" "거기도 옛날에는 비기는 게 있었다고. 5년 전에는 아빠도 만날 무승부였어. 그게 재미없으니까 대회 룰로 바꾼 거야. 그런데 여기는 할아버지들이 재미로 두는 거잖아. 그래서 무승부가 많은 거라고." "뭐, 그따위냐!" "동네 룰로 둘 거면 두고, 대회 룰 고집하고 성질부릴 거면 가고, 네가 결정해!" "알았어. 동네 룰로 둘게." "그러니까 여기서는 빅수까지 계산하면서 둬야 하는 거야. 완벽하게 이기는 수밖에 없다고."

세 번째 상대는 완전 노인이었다. 우리 할아버지보다 연세를 더 드신 듯했다. 노인 역시 '어린 게 두면 얼마나 둔다고 시끄러운 거야' 하고 대수롭지 않게 여겼는지, 초반에 차를 날렸다. 나는 빅수를 내지 않고 완승을 하기 위해 갖은 노력을 다했고, 정신을 차린 노인은 잘도 버텨냈다.

내가 전혀 예상하지 못한 상황이 또 벌어졌다. 훈수였다. 여러 노인이 장기판을 둘러쌌다. 꽤 잘 둔다고 알려진 노인과 난데없이 나타난 꼬마가 팽팽히 겨루자 구경할 만했나 보다. 훈수는 필연적으로 불리한 쪽으로 두게 되어 있다. 구경꾼들이 노인을 훈수 두었다. 수세에 몰린 노인이 연신 화를 냈다. "가만히들 못 있어. 왜들 시끄럽게 난리여!"

어른들이 훈수를 두거나 말거나, 하나도 못 들은 척 돌부처처럼 장기를 둬야 예의 바른 어린이일 테다. 그러나 나는 도저히 참을 수가 없었다. 노인 세계의 독특한 화법으로 대거리할 수는 없으니, 몸짓으로 표현했다. 손가락으로 삿대질하고 장기 알로 탁자를 마구 두드렸다. 제발 훈수 두지 말라니까요! 하는 뜻이었다. 그래도 노인들이 훈수질을 멈추지 않자, 머리카락을 쥐어뜯었고 "아이씨, 아이씨" 하고 씩씩댔다.

결국, 노인의 비장한 한 수에 역전패를 당했다. 여기 와서 처음 당한 패배였다. 나는 훈수 때문에 졌다고 생각했다. 1대 1로 둔 게 아니라, 노인 대여섯 명하고 둔 것이다. 훈수만 두면 괜찮게, 나의 대국 태도와 자세를 문제 삼아 뭐라 뭐라 하는 노인들도 있었다.

'이 나쁜 할아버지들!'이라고 소리까지 치지는 못했지만, 나는 왕을 탁자에 힘껏 내던졌다. 아빠는 당황한 노인들에게 "죄송합니다, 죄송합니다!" 하고 굽신댔다. 아빠가 뭘 죄송해? 아빠가 죄송하다고 하는 꼴을 보니 더욱 화가 났다.

내가 더 무슨 사고를 칠까 봐 걱정됐는지, 아빠는 내 목덜미를 잡아끌고 또 밖으로 뛰쳐나갔다. 악쓰듯 울부짖었다. "훈수 때문에 졌어! 내가 이겼다고! 내가 이겼어! 훈수 때문에 졌어." "내가 볼 때 그 할아버지가 잘 두시는 분이었어. 그 할아버지가 둔 거지, 훈수꾼들이 둬준 게 아니라고."

진정한 뒤에 다시 경로당으로 들어갔다. 아무도 나랑 두려고 하지 않았다. 내가 장기 좀 둘 줄 안다는 것과 아울러 싸가지 없다는 것이 그새 소문이 난 모양이다. 아빠가 "한판 가르쳐주십시오" 해봤지만 다들 손사래를 쳤다.

5. 장사모

고대하던 토요일(12월 31일), 마침내 장사모 회원들을 만났다.

회장님은 50대 후반으로 후덕한 몸집이었다.

회장님은 나의 첫 상대로 A씨를 붙여주었다. A씨는 어린애랑 두는 것이 못마땅한 모양이었다. 나는 기세 좋게 리드를 해나갔다. 여럿이 달라붙어 다투어 훈수를 해댔다. 아빠는 차 안에서 나에게 몇 번이고 다짐을 두었다.

"할아버지들이 아무리 훈수를 두더라도 성질을 부리면 안 된다!" 그러나 어떻게 성질이 안 날 수 있단 말인가. 성질 난 기색을 감추지 못하고 노인들에게 삿대질하고 장기 알로 탁자를 콩콩 찧어대었다. 구경꾼들이 엄청난 훈수로 A씨를 거들었지만, 나의 점수승으로 끝났다. A씨는 장사모 회원답게 비겼다고 우기지 않고 패배를 인정했지만, 기분 나쁜 티가 역력했다.

김정수 프로기사가 나타났다. 아빠는 고개를 거의 90도로 꺾어 인사했지만, 나는 고개만 까닥했다. 텔레비전에서 본 프로기사를 직접 봐서 되게 반갑기는 했지만, 나는 반가움을 표현하는 방법을 잘 몰랐다.

아빠는 A4지와 사인펜을 내밀고 사인을 부탁드렸다. 프로기사는 당황해서 어쩔 줄 몰랐다. A4지를 펴놓고 한참을 고민했다. 사인을 한 번도 안 해본 사람 같았다. 마지못해 사인이라고 하기엔 좀 뭣하게 '김정수'라는 이름 석 자를 아주 작은 글씨로 A4지 한 귀퉁이에 적어놓았다.

아빠는 그 정도 사인으로 만족할 수 없는 모양이었다. "저기, 애가 브레인티브이에서 선생님을 자주 뵙고 팬이 돼서 코팅해 벽에 붙여놓고 싶어 부탁드리는 건데요, 격려 말씀 한마디하고 이름 좀 크게 적어주시면 고맙겠습니다."

다시 한번 요청했지만, 김 프로는 고개를 절레절레 저었다. 아빠가 사인 받아보겠다고 애쓰는데, 나는 파란 장기 알을 포진해놓고 아무하고나 장기만 빨리 두고 싶어 안달이었다.

나는 아빠가 김정수 프로기사에게 '저, 애한테 한 수 가르쳐주세요' 하고 부탁하기를 바랐다. 하지만 아빠는 사인에 더 관심이 있는 듯했다.

대한장기협회가 공인하는 프로장기 기사는 우리나라에 200명 정도다. 수천만 장기 인구 중에 '프로' 타이틀을 가진 200명 중에 한 분이다. 국회의원만큼 드문 분이다. 그런 프로하고 두면 참 좋겠는데, 김 프로는 다른 분과 대국을 시작했다.

놀랍게도 장사모 회원 중에는 대학생도 하나 있었다. 노인들만 보다가 대학생 형을 보자 너무 반가웠다. 반가워할 일은 계속되었다. 이번엔 중학교를 졸업하고 고등학교 진학을 앞둔 형 두 명이 나타난 것이다.

그 세 학생 말고, 초등학생도 있다는 것이었다. 작년부터 모임에 나오지 않지만, 초등학교 5학년 때 장사모 대표로 클럽대항전까지 출전했다는 인재라고 했다. 브레인티브이에서 초등학생 형 한 명을 본 적이 있는데, 그 형인가 보았다.

김정수 프로에게 네 판이나 배웠다. 한 판도 안 뒤줄 모양이다 했는데, 내 헛생각이었다. 김 프로는 한마디 말 없이 장기를 두어 주었다. 실력 차이를 실감했다. 괜히 프로가 아니었다. 지는 게 당연한데도, 기분이 나쁘기는 했다.

프로는 아니지만 아마추어 최강 고수라는 장사모 회장님과도 다섯 판인가를 두었다. 세 판이나 져서 기분이 나빴고, 두 판 이긴 것도 회장님이 대충 두었기 때문인 것 같아 찜찜했다.

고등학생 형들과도 서너 판, 대학생 형과도 두어 판을 두었다.

형들과는 내가 시종일관 우세했다. 그들은 모두 한게임 5단이라는데, 어쩐 일인지 한게임 3단이다가 엊그제 2단으로 추락한 내게 밀렸다. 봐주는 것 같지도 않은데 말이다. 나도 5단까지 승단할 수 있다는 자신감이 생겼다.

형들과 장기를 두니 참 좋았다. 우세하기 때문만은 아니었다. 어린 학생들끼리 두는 장기여서 그런지, 장사모 회원들끼리 두는 장기여서 그런지, 훈수꾼들이 붙지 않았던 것이다. 나는 깨달았다. 장기의 가장 큰 적은 훈수꾼이라는 걸.

6. 정기모임

2012년 장사모 첫 번째 정기모임이 있는 날이었다. 저번에는 몇몇만 모인 거였고, 이번엔 정식 모임이었다.

리그전을 펼친다고 했다. 회장은 A4지에 대진표까지 그려 왔다. 나뿐만 아니라 아빠도 대진표에 들어가 있었다. 나는 B조, 아빠는 C조였다.

장사모에는 할아버지와 학생들만 있는 줄 알았는데, 아빠 또래들도 있었고, 할아버지와 아빠의 중간쯤 되는 분들이 가장 많았다.

내 첫 번째 상대는 어디선가 많이 본 사람이었다. 그와 장기를 두는 내내 어디서 봤는지, 고민했다. 이긴 뒤에야 생각났다. 그는 프로농구중계 해설가였다. 아빠랑 프로농구 보다가 가끔 보았던 얼굴이었다.

　나는 4전승을 했다. 아빠는 4전패를 했다.

　김 아무개 프로는 김정수 프로와 달리 활달한 훈수꾼이었다. 리그전 대국이 끝나고, 내가 H씨와 연습 대국을 할 때 김 아무개 프로는 지나치게 훈수를 했다. 나는 짜증스러운 얼굴로 김 아무개 프로에게 사정없이 삿대질을 했다.

　아빠에게 밖으로 끌려 나가 또 혼났다. "그분이 김정수 프로보다 단도 높은 분이야. 훈수하실 만해서 하시는 건데, 그걸 못 참아? 훈수 못 참으면, 여기서 장기 못 둔다고 몇 번이나 말해야 하니." "거짓말. 그 아저씨는 프로 아니야." "텔레비전에서 못 봤어?" "못 봤어."

　그렇게 훈수를 두는 사람이 프로라는 것을 인정할 수 없었다. 텔레비전에서 본 것도 같았지만 텔레비전에서 멋있었던 그분이 저런 훈수쟁이일 리가 없다. 아빠는 김정수 프로에게 그랬듯 김 아무개 프로에게도 몇 판 배우라고 을렀지만, 나는 완강하게 도리질을 했다.

　"싫어, 사기꾼하고는 안 둬!" 나는 사기꾼이 정확히 어떤 사람들인지 모른다. 하지만 훈수꾼은 사기꾼이나 마찬가지라고 생각했다.

김정수 프로는 나에게 휘호를 주었다. 코팅하기도 힘들 만큼 큰 화선지에 '김정수'가 힘차게 씌어 있었다. 저번에 엉터리 사인 대신 주는 것이라고 했다. 나는 김 아무개 프로에게는 엉터리 사인도 받고 싶지 않았다.

아마 3단이라는 최 아무개 아저씨도 만났다. 브레인티브이 클럽 대항전에서 본 사람이었다. 그는 아빠 또래였는데 자랑스럽게 말했다. "제가 아마에서는 꽤 강자입니다. 대회에서도 여러 번 상을 탔죠." "그럼 프로에 도전 안 하십니까?" "저는 프로에 관심 없습니다. 재미로 두는 거잖아요." 나는 최 아무개 아저씨에게 다섯 판인가를 배웠는데, 배웠다고 하기 모호한 것이 다섯 판 모두 내가 이겼다.

"어휴, 장기 두기 싫어. 머리가 너무 아파. 어젯밤에 밤을 새웠더니 하나도 안 보이네." 아저씨는 이딴 소리를 해대며 막 두었다. 막 두다가 전세가 밀리자 그제야 좀 열심히 두었는데 이미 망가진 판을 돌이킬 수는 없었다. 나는 아저씨가 좀 제대로 둬주길 원했지만, 그는 대회에 나가서나 제대로 두는 사람인지 내내 성의가 없었다.

저녁때가 되자, 2만 원씩 회비를 걷었다. 아빠는 내 것까지 4만 원을 내밀었는데, 회장님은 "학생 것은 됐어!"라고 말했다.

식당으로 가서 밥을 먹었다. 반나절 동안 장기를 두고, 다 함께 모여 밥을 먹는다! 나는 장사모 회원이 된 것이 기쁘고 자랑스러웠다. 식사가 끝나자 장사모 회원들은 '주사파'와 '대국파'로 나뉘었다. 주사파는 술 좋아하는 사람들이라는 뜻이랬다. 주사파는 술을 마셨다. 대국파는 학생들과 술 약한 이들로서 식당 한쪽에서 장기판을 벌였다. 나는 당연히 대국파에 끼었다.

정말이지 좋았다. 이렇게 온종일 장기를 두는 사람들을 만나게 되다니. 왜 장사모는 한 달에 한 번만 모인단 말인가. 학원이라는 데처럼 만날 하면 참 좋을 텐데. 나는 벌써 다음 달 장사모 모임이 기다려졌다.

7. 아바타

"나도 장기황제 갖고 싶다!"

나랑 인터넷으로 대국하는 상대는 '장기황제' 아바타를 사용하고 있었다. 참 부러웠다. 나는 몇 번이나 아바타를 갖고 싶다는 의향을 내비쳤지만, 아빠는 모른 척 해왔다.

"하나 사줄까?" "정말? 어린이날 선물로 사주라." "어린이날은 두 달이나 남았는데? 그래도, 까짓것 하나 사줄까!" 나는 아빠가 마음 변하기 전에 수를 쓰기로 했다. 아빠에게 덥석 달라붙어 수염에 볼을 비볐다. "나는 아빠가 참 좋아!"

아빠는 휴대폰 결제로 '만 원짜리' 장기황제 아바타를 구입했다. "저런 아바타를 돈 주고 사는 놈들이 도대체 어떤 놈들이지?" 이게 아빠가 평소 하던 소리였다. 아빠가 그 짓을 한 것이다.

내 '장기호랑이' 아이디는 장기황제로 변신하지 않고 러닝셔츠와 검은 반바지 차림 그대로였다. 멋진 갑옷 입은 황제로 어째서 변하지 않는 건가. "돈 날린 거 아냐? 아이고 어떡해! 돈, 돈 아까워서." "아들 앞에서 돈 떼이는 모습을 보일 수는 없지!"

아빠는 사이트에 적힌 전화번호를 눌러 한게임 상담원과 통화하는 데 성공했다. 상담원은 친절했다. 문제는 원격제어 시스템을 가동한 뒤에 해결되었다. 상담원이 아빠 노트북에 들어와 이리저리 조작했다. 참 신기했다. 드디어 내 아이디는 장기황제로 변신했다. 러닝셔츠와 검은 반바지를 입고 있던 소년 대신, 화려한 갑옷을 차려입은 귀공자가 나타났다.

아울러 아바타를 구입했다고 2천만 머니를 보너스로 받았다. 내 머니는 갑자기 6천만 머니가 되었다.

고수가 될수록 둘 상대가 없었다. 2단 때까지만 해도 버글버글하던 상대가 3단이 되자 팍 줄어들었고, 5단이 되자 만나기도 힘들었다. 만나도 그 상대가 머니가 워낙 많아서 둘 용기가 나지 않았다. 머니 많은 상대와 만나서 지면, 힘들여 모은 머니를 한 방에 다 날릴 수가 있는 것이다.

18급짜리가 자꾸 대국 신청을 해왔다. 나 원 참 기가 막혀서. 18급짜리가 5단을 물로 보나. 근데 그의 머니가 나보다 많았다. 18급이면 최하급인데 머니가 왜 이렇게 많지? 의심이 들기는 했지만, 머니가 욕심나기도 했다. 내 머니가 지금 6천만 머니인데, 이 18급짜리를 한 판만 이기면 1억 2천만 머니!

무심코 대국 신청을 받고 말았다. 두다 보니 대국 시간 0분에 초읽기 20초 1회짜리였다. 20초에 한 수씩 제꺽제꺽 두지 않으면 시간패였다. 나는 10수를 두었을 때 리드를 허용했고, 상대가 나보다 고수라는 걸 깨달았다.

아빠가 말했던 '머니 사냥꾼'이 틀림없었다. 급수 지우개 아이템이라는 게 있단다. 그 아이템을 사용하면 원래 급수를 지우고 18급을 만들 수 있다. 18급인 상태에서 머니 많은 고단자에게 승부를 신청한다면 머니 사냥꾼일 가능성이 크다. 원래는 5단이나 6단쯤 되는 고수가 급수 지우개 아이템으로 18급으로 만들어놓고는, 사기를 친 것이다.

무서웠다. 6천만 머니! 내 6천만 머니! 비명을 질러대었다. 태어나서 이렇게 미칠 것처럼 무서운 적은 없었다. 비명을 지르면서 20초에 한 수씩 두었다. 텔레비전 보던 아빠가 뛰어왔다. "내 돈, 내 돈! 우왕, 어떻게! 아빠가 좀 어떻게 해봐! 이거 다 날아가는 거 맞지?" 이 판국에 초인종까지 울렸다. 학습지 선생님이 왔다.

아빠가 엄청 소리를 질렀다. "야, 새끼, 너 맞을래? 빨리 공부 안 해? 선생님, 죄송합니다. 저 자식이 지금 엄청난 일을 겪어서 완전히 제정신이……. 안 되겠네요. 오늘은 이 자식이." "아니에요, 좀 기다릴게요." "야, 너 빨리 안 나와!" "아빠가 좀 어떻게 해줘!"

나는 울면서 선생님께 갔다. 아빠가 나 대신 마우스를 붙잡았다. 나는 울음을 참을 수가 없었다. 혹시나 하는 기대가 없는 것은 아니었지만, 절망적이었다. 고작 1단에 불과한 아빠가, 5단이 망친 장기를 돌이킬 수는 없을 테다. 울면서, 울면서 공부를 했다.

선생님이 돌아가고, 아빠에게 갔다.

아빠는 어쩔 수가 없었다는 얼굴로 앉아 있었다.

비까번쩍한 내 장기황제 아이디 아래 머니액수가 0으로 되어 있었다. 이불을 뒤집어쓰고 처절히 울었다. 태어나서 이토록 슬픈 적은 없었다.

엄마가 직장에서 돌아왔다. 아빠가 내가 우는 까닭을 일러바치는 소리가 들렸다. 엄마는 내가 우는 것을 엄청 싫어한다. 나를 야단치러 올 줄 알았는데, 엄마는 아빠에게 아주 낮은 목소리로 물었다.

"머니 되찾는 방법이 없어?" "방법이 있다면 뭐, 돈 주고 돈을 사는 방법밖에 없지." "그렇게라도 해줘." 아빠와 엄마는 나를 달래 노트북 앞으로 데리고 갔다. 아빠는 한게임 장기 아바타와 아이템을 조목조목 살펴보았다.

"가장 저렴하게 6천만 머니를 만들 방법을 찾아야 하는데. 뭐야, 200원짜리 아이템도 있네. 이걸 사면 뽑기를 해서 머니가 나오는 모양이다." 아빠는 200원짜리 뽑기 아이템을 열 개나 샀다. 열 번이나 뽑았지만 도합 2백만 머니밖에 모으지 못했다.

　"이런 싸구려 아이템으로는 밤새도 6천만 머니를 모을 수가 없겠다야. 할 수 없다. 장기황제를 또 사자." 아빠는 만 원짜리 아바타 장기황제 두 개와 5천 원짜리 마포장군 네 개를 구입했다. 6천 2백만 머니가 되었다. 아빠는 오늘 무려 5만 2천 원을 썼다.

　하나도 기쁘지 않았다. 가상의 돈 6천만 머니를 복구했지만, 현실의 진짜 돈 5만 원이 사라졌다는 걸, 나는 분명히 알았다.

　"우리 돈 5만 원! 5만 원!" "어린이날 선물이야. 울지 마. 울지 마." "미안해. 내가 돈 5만 원 날렸어." "괜찮아, 괜찮다니까." "엄마, 미안해. 내가 5만 원 날렸어." "괜찮아. 그럴 수도 있지." "미안해, 미안해!" "뭘 자꾸 미안하다고 해. 아빠 닮아서 그놈의 미안하다는 소리는. 미안하다는 소리 좀 하지 마!"

　미안하고 죄송하고 화나고 서럽고 억울해서 울음을 그칠 수가 없었다. 그날 나는 두 살 때처럼 네 시간이나 울었다.

8. 먼저 사람이 돼야지

장사모 회장님이 말했다.

"이번 달부터는 각 조 1등에게 상품권을 주기로 했습니다. 열심히 둬주세요!"

나는 기고만장했다. 이번 달에도 1등을 해서 상품권을 타야지.

나는 저번 달에 B조에서 1등을 했다. 이번에도 B조였다. 회장님이 최강 A조에 넣어준다는 것을 싫다고 하기를 잘했다. 저번 달처럼만 두면 된다.

첫 번째 상대는 고등학생 형이었다. 형을 이기고 나는 바닥에 몸을 던지며 기뻐했다.

두 번째 상대는 팔순에 가까운 노인이었다. 그 노인이 장사모에서는 가장 어른이라고 했다. 나는 중반전으로 들어선 단계에서 어처구니없는 실수로 외통을 당하고 말았다.

내 실수가 믿어지지 않았다.

노인이 말했다. "잘 둔다. 열심히 두면 잘 두겠어. 그런데 아직 멀었다. 너무 빨리 둬! 좀 찬찬히 둬야지. 방심하면 안 되지."

진 것도 서러운데 약까지 올리시다니. 나는 왕 알로 장기판을 크게 때리고는 울었다. 지난 두 번 모임에서는 울 뻔한 순간이 여러 번이었으나, 다 꾹 참아냈다. 이번엔 참을 수가 없었다. 아무래도 상품권 때문인가 보았다. 단 한 판만 져도 1등은 불가능했다. 1등을 해서 상품권을 탈 수 없다는 게, 소중한 뭔가를 빼앗긴 것처럼 서러웠다.

아빠가 노인에게 "죄송합니다, 죄송합니다!" 했다. 아빠는 왜 만날 죄송하다는 걸까. 장사모 모임에 나와서 아빠는 죄송합니다라는 말을 백 번쯤 했을 것이다. 내가 조금만 노인들을 기분 나쁘게 하면 아빠는 죄송하다고 했다.

세 번째 판도 엄청 노인이었다. 장사모를 만든 분이나 다름없다고 했다. 남은 두 판을 다 이겨도 1등을 할 수 없다! 이런 생각 때문인지 나는 사납게 두었다. 장기 알을 꽝꽝 소리 나게 두었고, 잡은 장기 알을 통 안에 패대기쳤다.

'어른에게 배우는 공손한 자세', 이딴 거 없었다.

상황은 내가 일방적으로 우세했다. 대국이 일찍 끝난 노인들이 훈수를 두었다. 나는 훈수 두는 노인들이 참 미웠다. 기분이 안 좋아서 그런지 더욱 미웠다. 나는 전매특허인 삿대질을 하고 말았다. 장기 알로 탁자를 쿵쿵 찧고 말았다.

대국하던 노인이 마지못해 졌다는 말을 했다.

훈수 두던 노인 중 하나가 내 머리통을 툭 쳤다. 싸가지 없는 대국 자세에 대한 가벼운 매인지, 귀엽다고 한 대 툭 친 건지 분간하기 어려웠다. 어쨌든 나는 누가 내 머리통 건드리는 게 죽도록 싫었다. 그리고 유독 훈수가 심했던 그 노인에게 엄청 화가 나 있기도 했다. 나는 그 노인의 팔을 탁 치고, 장기 알들을 손으로 휘저어 버렸다.

그리고 나도 모르게, 이 경로당에 네 번 오는 동안, 수천 번쯤 토하고 싶었으나 토하지 못했던 한마디를 토했다. "씨발!"

A씨가 소리 질렀다. "이 새끼가! 집에 가, 인마. 너 같은 새끼 필요 없어. 이 새끼가 보자 보자 하니까 아주 싸가지가 없네. 너 같은 놈 필요 없다고 새끼야. 가, 가."

A씨는 손바닥을 들어 내 뺨을 갈기든지 머리통을 패든지 하고 싶지만 겨우 참는 듯했다.

어떤 노인도 소리 질렀다. "먼저 사람이 돼야지, 사람이! 아무리 장기 잘 두면 뭐해. 사람이 안 돼먹었는데!"

무서웠다. 울면서 뛰쳐나갔다. 아빠가 노인들에게 "죄송합니다, 죄송합니다!" 하는 소리가 들렸다. 아빠는 나를 뒈지게 야단쳤다. 하지만 결국 아빠는 나를 때리지 않았다. 아빠는 나를 데리고 집으로 가지도 않았다. 그냥 다시 장기를 두러 들어갔다. 우리는 심지어 밥 먹는 데까지 따라갔다. 우리 맞은편에 하필이면 A씨가 앉았다.

술을 어느 정도 마셨을 때 A씨가 문득 말했다. "아까 기분 나빴죠?" "아, 아닙니다. 뭐, 애가 버릇이 없어서. 집에서 교육을 시켜가지고 오는데도 그러네요. 어른들 말을 못 알아듣겠대요. 어른들이 욕하고 때린 건 줄 알고 오해한 모양입니다."

"아까 그 어르신이 어떤 어르신이냐면 저희가 최고로 존경하는 그런 어르신입니다. 그런 어르신한테 애가 그렇게 막 지랄하는 걸 보니 화를 참을 수 없었습니다. 섭섭하고 그러시면 안 나오셔도 됩니다. 우리는 예의 없는 사람 필요 없어요."

아빠는 나중에 엄마에게 말했다. A씨가 하는 말을 듣고 속으로 이렇게 생각했다는 것이다. 지금 일어서자, 밥도 다 먹었겠다, 더러워서 못 있겠다, 그래, 오라고 사정해도 안 온다, 소리치고 일어서라, 가자, 가.

그러나 아빠는 웃는 낯으로 "애 단단히 교육시켜서 올게요"라고 말했다. 아빠는 도대체 속이 있는 사람인가 없는 사람인가. 아빠는 왜 당당하지 못한가. 나는 아빠가 창피하고 안쓰러웠다.

하지만 나는 어린이답게 다 잊고, 식사 후 또 장기를 두었다. 그런데 또 사달이 터졌다. 소주 한 병쯤 마신 F씨는 초장에 차를 날렸고 다 진 장기를 질질 끌며 버텼다. 훈수를 거의 안 두던 회장님과 또 몇 명이 달라붙어 시끄럽게 훈수를 두었다.

나는 어른들의 훈수가 정말 싫었다. 또 안절부절못하는 아빠의 얼굴도 싫었다. 나는 장기판을 흩뿌리면서 "안 돼!" 하고 빽 소리를 질렀다. 나는 아빠에게 질질 끌려 식당 밖으로 나갔다.

그날 밤, 아빠가 엄마에게 하는 소리를 들었다. "내가 속이 없는 놈이지. 뭐 좋다고 밥까지 먹고 왔을까. 남이 내 새끼 욕하는 거,

정말 견디기 힘든 거구만. 다시는 안 간다!"

엄마도 분해서 소리쳤다. "다시는 거기 가지 마! 아니, 내가 못 가게 할 거야! 그깟 놈의 장기 끊어. 그딴 걸로 애를 왜 데리고 다녀서 애를 욕먹게 해!"

그래도 나는 장사모에 다시 가고 싶었다. 나는 할아버지들이랑 장기 두는 게 싫지 않았다.

훈수만 안 둔다면, 뭐라고 뭐라고 꿍얼대지만 않는다면, 머리통이나 어깨를 툭툭 치지 않는다면, 얼마나 좋을까.

할아버지들은 애가 귀여워서 그런 행동을 한다는데, 난 도무지 이해하기 어려웠다.

다음 달 모임 날, 아빠는 장사모 회장님께 문자를 보냈다.

나중에 애가 크면 갈게요. 싸가지가 좀 생길 나이에.

회장님의 답장은 이랬다.

애가 장기를 잘 둬요. 계속 둬야 하는데. 다음에 꼭 오셔.

9. 퇴화

장기 국수가 된다. 바둑학원만큼 많은 장기학원을 차린다. 바둑대회만큼 많은 장기대회를 주최한다. 훌륭한 장기 책을 낸다. 세계의 장기 룰을 통일한다. 통일 룰로 장기월드컵을 개최한다. 1회 장기월드컵에서 우승한다.

그 꿈이 가끔 그립다.

『범골사』 해설

재미로만 따진다면야 당대를 부대낀 이가 회고 조로 집필했거나 혈연·지연·학연 같은 연고 있는 자가 주관적으로 정리한, 실감 나는 기록이 윗길일 테다. 허나 사료적 가치를 우선한다면 먼 후대인이나 연고 없는 외부인 등이 각종 자료를 수집하여 객관적으로 갈무리한 기록이 높이 평가받는 게 일반적이다.

　사람이 산 지 120여 년밖에 안 된 범골의 역사를 기술한 책이 기어코 탄생하였는데, 제목은 『범골사』요, 집필자는 5, 6년 전까지만 해도 범골과 아무런 연고가 없던 '성염구'였다. 더불어 보았으나 사람마다 본 바가 달라, 각자가 내 눈으로 똑똑히 봤다고, 내가 잘

못 봤으면 손에 장을 지지겠다고 목에 칼이 들어와도 진짜라고 펄 펄 뛰었던 무수한 야담을, 바깥에서 온 사람이 일목요연하게 정리해버린 것이었다.

딱히 고향이랄 곳이 없는 성염구(1958년생)는, "내 이름은 염구, 염구, 염구라니까!" 하고 아무리 강조를 해도 곧 '성연구'로 불렸다. 일찍 돌아가신 어버이 덕분에 "네 이름은 왜 그리 성(sex)스러우셔요?" 하고 입방정깨나 받았다. 사고무친한 자의 성장기는 남들 못지않게 가혹했고 직종을 열거하기도 난감하게 회사를 옮겨 다니며 영업 일로 무상했다.

나름대로 자수성가랄까, 지천명 즈음에 '내 고향 역사를 만들어 드립니다(약칭 '내고만드')'라는 무척 긴 이름의 출판사를 차렸다. 전국의 지자체가 아무거라도(지역 특산물이든, 고전소설 속 인물이든, 근대사 유명인이든, 천혜의 자연환경이든, 특이한 자연현상이든) 발굴하고 특화하여 '축제' 혹은 '문화 사업'을 벌이려고 몸 달아 있는 판이니, 될 수밖에 없는 장사라고 확신했다. 하다못해 리플릿·팸플릿·자료집이라도 만들 것 아니냔 말이다.

시청·군청·면사무소·동사무소·마을회관·종친회 사무소 등을 들락거리며, 저렴한 값에 역사서 및 책자를 내드리겠다고 언변을 팔고 다녔다.

성염구가 한때 영업부장으로 몸담았던 '사사 전문 출판회사'에서처럼, 기획자·취재자·카메라맨·글 쓰는 놈·편집자·디자이너 등등을 각각 썼다가는 순이익이 없을 게 뻔했다. 영업상 술깨나 같이 마셨던 그쪽 사람들 중에, 시작은 미미하더라도 끝은 창대함을 꿈꾸며 거의 무보수 동업으로 일해줄 인간들을 수소문해보았지만, 다 거절당했다.

좋다, 까짓것! 나도 보고 배운 게 있는 사람이다. 혼자 다 하려고 했다.

도무지 안 되는 게 디자인과 글쓰기였다. 성염구는 여러 번의 면접 끝에 아주 싼 월급을 주고 스펙 화려한 직원을 얻을 수 있었다. 학벌(중국 조선족 자치주 연길 소재의 연변대학 중퇴)은 유별나고, 디자인도 되고 글쓰기도 되고 게다가 예뻤다. 지인들은 '마흔 넘은 여자가 이뻐 봤자' 하고 삐죽댔는데 제 눈에 안경이면 어떤가. 미모와 실력을 겸비한 서다해(1964년생)는 조선족이라는 이유만으로 차별받으며 허다한 곳을 박봉으로 전전했던 모양이다. 결혼 내지 동거도 두어 번은 했던 것 같다. 그녀가 익힌 한글 문장은 간결체의 극치였다. 짧고 구체적이고 명료했다. 성염구가 만들고자 하는 마을 역사서가 원하는 바로 그 문장이었다. 염구는 대개 밖으로 영업 다니고, 서다해는 늘 오피스텔 방 한 칸에 들어앉아 마우스를 움직여댔으나, 잠깐 볼 때마다 사랑은 무르익었다.

결혼했는데, 서다해가 시름시름 앓았다. 서울을 못 견디겠다는 것이었다. 어차피 컴퓨터와 휴대폰만 있으면 어디서든지 일이 가능한 2인 기업이었다. "어디로 가고 싶어? 혹시 생각해둔 데라도 있어?" 하고 염구가 물으니, 다해가 선뜻 내민 신문이 있었다.

국문학자 임 교수(1951년생)가 쓴 칼럼이랬다.

우리나라 성장소설에는 어떤 전형이 있다. 일제강점기에 독립운동에 직간접적으로 가담했으며 지주이거나 몰락한 양반 계급이었음에도 불구하고 높은 인성과 풍모로서 마을 천민들에게 존경받는 할아버지, 공산주의자였거나 공산주의자에 가까운 지식인으로서 거친 현대사에 발목이 잘려 백수로 전락한 아버지, 모성과 인내로 가계를 지키거나 '업그레이드' 하거나 새로이 일으켜 세우는 강한 어머니, 그런 가계에서 태어난 똘똘한 나, 깡패 혹은 건달 삼촌, 그 독보적인 집안을 중심으로 뭉쳐 있는 마을 사람들. 마을에 꼭 하나씩 있는 광녀, 몇 명씩 있는 술주정뱅이, 도 닦는 인물……. 내가 자란 백호리 범골도 별다를 게 없었다. 그러나 우리 범골에는 놀랍게도, '양반'이 없었다…….

이 글을 이선비(1882년생)의 제자들이 봤다면 난리가 났을 테다. 우리 훈장님이 양반이 아니면 뭐란 말인가? 교수 나부랭이 새끼, 애새끼 적에 고향 떠난 놈이 뭘 안다고 씨불여!

교수씩이나 된다는 자의 칼럼은, 도저히 칼럼이라 볼 수 없게끔, 주례사 비평이 아이구, 할아버지! 하고 조아릴 정도로 범골을 찬미하는 내용이었다. 배산임수 지형은 아니지만 그토록 아름다울 수가 없고, 인정이 넘쳐흐르고, 다들 빼어난 농사 전문가고, 나쁜 놈은 하나도 없고, 알고 보면 다 진국이고 착하고 여리고……. 심지어 이런 문장까지 있었다.

영화관에서 흔히 볼 수 있었던 새마을 찬미 홍보 영상에서도
그 마을에 실재하는 갈등의 족적을 감지할 수 있기 마련인
데, 내 고향 범골에는 갈등의 족적은커녕 씨앗도 없었다.

"왜 술을 마시지도 않는 엄니하고 지한테 술 받아 오라고 시킨대유? 자기가 할 일은 스스로 하는 거라고 학교에서 배웠슈. 아버지가 마실 술이니께 아버지가 받아 오슈." 아비에게 바른말을 했다가 주둥이를 주전자에 얻어맞아 썩은 이 두 개가 부러진 아이가 있었다. 범골에서 '왜 남자 어른은 주전자를 들고 하꼬방에 가지 않는가'라는 의문을 최초이자 마지막으로 제기했던 그 아이가 바로 국문학자 임 교수였다. 임 교수는 사석에서는 솔직했다. "나는 고향,

고향 하면서 되지도 않는 감상에 빠지는 것들이 참 싫어요. 굶주려서 아무거나 주워 먹고 배탈 난 기억밖에 없어. 아버지한테 술주전자로 두드려 맞기나 하고. 꿈속에 다시 볼까 두려운 게 고향이여."

"칼럼에 쓴 건 뭔데?"

"그럼, 고향을 나쁘다고 쓰나? 말은 나쁘게 할 수 있어도 글은 좋게 쓸 수밖에 없다니까.《좋은생각》몰라?"

성염구는 자신이 시골 마을을 찾아가서 그 동네 노인네들을 만날 때마다 하는 칭송의 말(어이구, 어르신! 참 좋은 마을에 사십니다. 배산임수는 아니지만, 경치가 뭐 그냥 신선이 바둑 두다가 경운기 썩어도 모를 정도네요.〈전원일기〉,〈대추나무 사랑 걸렸네〉,〈여섯 시 내고향〉에 단골로 나오는 동네들보다 훨씬 좋아요. 어쩌고저쩌고……)과 흡사한 칼럼을 다 읽고 비웃었다.

제 고향이 무릉도원 아닌 놈을 못 봤다니까!

성염구는 조선족 아내를 모시고, 물어물어 범골을 찾아갔는데, 만날 싸돌아다니면서 본 농촌 마을과 비교해서 별다를 것도 없고 나을 것도 없고 못할 것도 없고 평범했다.

서다해는 감격했다. "내 고향(연변에서도 깡촌)과 똑같아요!"

성염구가 전원주택 겸 출판 사무실을 지은 터는 음유시인으로 통했던 이담무(1941년생) 작가가 작업실로 삼았던 폐가 자리였다.

범골인은 해마다 한두 채씩 생기는 빈집이 폐가로 변해가는 것을 심란하게 바라보는 것에 익숙했지만, 새로 생기는 집도 가물에 콩 나듯 있기는 했다.

이 고향 출신 개장수(1958년생)가 귀농하여 폐가 단계를 한참 지나 폐허로 변해 있던 제 생가 터에 나무 집을 지었다.

또 서울에 빌딩이 열 개나 된다는 무연고 타향인 박 회장(1950년생)이, 피하우스(1935년생)가 비닐하우스 하던 자리에 콘크리트 도로까지 새로 내고 별장을 지었다. 범골인의 열에 아홉은 박 회장 얼굴을 한 번도 못 보았을 정도로, 박 회장은 촌것들과 마주치는 일이 없이 1년에 서너 번 조용히 왔다 갔다.

범골인은 도시 사람 '별장'이 또 하나 생긴 건 줄 알았다. 성염구가 지은 집 모양이, '재벌 자식과 가난한 집 자식이 말도 안 되는 사랑을 하여 결국에 짝짜꿍을 달성한다'로 끝나는 티브이 드라마에서 허구한 날 본, (어떻게 별스럽냐고 누가 물어보면 대답하기 참 난감하겠지만) 별스러운 주택을 닮았기 때문이다.

성염구는 하삼도 전역을 누비는 바쁜 일정에도 불구하고, 범골인의 경조사에 가능한 한 참석했다. 시내 뷔페로 점심 혹은 저녁 먹으러 오라면 부부 동반으로 갔고, 범골청년회에도 가입했고, 경로잔치 때는 머릿수 채워주는 것을 넘어 남이 시키지 않았건만 선뜻 나서 재롱을 떨었다. 소주와 맥주와 막걸리와 과일주와 음료수를 이용한 12가지 폭탄주 제조 솜씨를 요술처럼 자랑하여 노인네들을 기함시키기도 했다.

연변댁이라 불리게 된 서다해는 과묵해서, 어설픈 조선족 말 좀 들어보자꾸나, 기대했던 아낙들을 실망시키기 일쑤였지만, 살랑살랑 잘 웃어서 왕따 당하는 일은 없었다. 누구를 왕따 시킬 만한 체력이 되는 노인네도 없었다.

뚜엔(1982년생)과 그의 시커먼 아이들은 연변댁네를 공부방으로 알았다.

꼬부랑 할머니가 되었어도 입심이 여전한 가발댁(1936년생)은, 연변댁과 뚜엔이 자매처럼 다정한 꼴을 보고 혀를 차곤 했다.

"여기가 중국이여 베트남이여. 누가 보면 내가 해외 관광 온 줄 알겠구먼."

물론 가발댁이 성염구를 보고도 한 말이 있었다.

"저눔 하고 다니는 짓이 딱 빨갱이 짓인디 말여. 본색을 알 수 없는 놈이잖여."

가발댁처럼 속생각을 직설하지 않는 게 버릇이 돼서 그렇지, 범골인 모두가 성염구의 정체를 의심했다. 도대체 어떻게 먹고사는 놈팡이인가. 염구는 자기가 돈 벌어 먹고사는 일에 대해서 누누이 설명을 했지만, 늙은이들이 알아먹지를 못했다.

성염구는 하도 답답해서, 자신이 제작한 조잡한(사업비를 저렴하게 따냈으니 책자도 저렴하게 나올 수밖에 없었다) 시 역사지·

군 역사지·동 역사지·리 역사지·호구김씨종친회사 등과 함께, 사업비가 얼마나 들었는지는 모르겠지만, 폼 나는 책으로 만들어져 시중에 판매도 되는 『충남지역마을지 총서』(충남대학교 마을연구단이 엮은 1마을 1권의 책들. 주인공이 된 마을은 부여 장하리·연기 송룡리·태안 의항리·당진 합덕리·논산 병사리·홍성 독배마을·금산 불이마을·예산 상중리·공주 한천리)를 보여주며, 제가 이런 걸 만드는 사람이라고, 집사람이랑 함께 만든다고, 요새는 집에서도 재택근무로 다 만들 수 있다고, 옛날 전집류 서적 외판원 하던 때처럼 열변을 토했지만, 자기 입만 아픈 짓이었다.

그래도 젊은 편에 속하는 5, 60대는 이해를 했다.

"그런 걸 만들어서 먹고산다니, 판돈이(1971년생)가 소설 써서 먹고산다는 소리만큼 짠하게 들리는구먼."

이해를 넘어서, 청년회 설날 모임에서 중대한 건의가 나왔다.

범골청년회는, 군 문제 해결된 나이부터 45세까지로 연령 상한선을 정하고 1990년도에 출범했는데, 젊은것들은 다 도시에 살고 늙은것들만 촌에 사니 연령을 지키다가는 존속할 수 없는지라, 환갑 넘어서도 암묵적으로 회원 자격을 자의 반 타의 반 유지하게 되었다. 하여간 25년간 명절 때 1인당 2만 원씩 걷은 회비가 천만 원도 넘게 쌓였다. 이 돈을 가지고 뭐라도 해야 하지 않느냐, 경로잔치 해드리는 것은 이자로도 가능하고, 부부 동반 단체 해외 관광을 가서 다 써버리기는 아깝고, 뭔가 건설적인 논의를 해보자, 늘 그러던 판이었다.

그해 청년회 자리에서 6년째 총무를 맡고 있던 호구정보고(구 호구여상) 행정실장 축서무(1959년생)가 운을 뗐다.

"우리도 마을 역사책을 한번 만들어보면 어떨까유? 다른 동네도 더러 하는 모양이더라구유. 우리 마을에는 마을 역사책 만들어 먹고사시는 '성연구'…… 아니 성염구 씨도 계시고, 성염구 씨 말로는, 제작비도 생각보다 비싸지 않다고……."

이때 성염구는 직업정신을 까먹고 외쳤던 것이다.

"제작비 필요 없습니다. ……동네 사람끼리 돈 받고 만들겠습니까. 저랑 제 식구가 마음 편하게 자리 잡고 살 수 있도록 도와주셨는데, 제가 뭔가 보답이라도 해야 한다고 늘 생각하고 있었습니다. ……저도 그런 생각을 해왔었습니다. 범골 분들이 다들 참 개성적이시고 남다른 재주도 계시고 역사도 많으시겠다, 이선비 님 공덕비, 김사또(1941년생) 어르신 서낭당, 반수집(1936년생) 어르신 박물관 등을 비롯해서 유적도 많겠다, 뭐, 충분히 엄청난 역사가 나올 거라고 기대가 됩니다. 충남대학교에서 만든 책보다 더 폼 나고 멋진 마을 역사책을 만드는 것이 제 필생의 꿈입니다……."

장광설이 끝나자, 늙수그레한 청년들은 손뼉을 세차게 쳤다.

"미쳤지, 미쳤어. 요놈의 주둥아리를 그냥!"

청년회에서 큰소리친 것이 생각날 때마다, 성염구는 제 입술을 탁탁 때려주었다.

성염구는 나름대로 노력했다. 짬이 나는 대로, 부족한 시간을 쪼개서, 범골 노인네를 인터뷰했다. 다른 마을의 노인네들과 마찬가지로, 알아듣기 힘들었다. 딴은 무슨 재미난 이야기를 하는 모양인데, 혹시 알아들을 수 있는 얘기여도 그 일을 왜 특별히 기억하고 있는 건지 까닭을 알 수가 없었다.

"내 인생 얘기를 해달라고? 허어, 그게 한두 시간으로 되나. 소설책 백 권으로 써도 모자랄 것인데!"

다들 이런 식으로 말했지만, 노인네가 몇 시간 동안 염불한 이야기를 녹취해보면 한 여남은 가지 얘기만 되풀이한다는 것을 알 수 있었다.

그 오랜 인생 동안 기억에 남는 일이 딱 여남은 스토리밖에 없단 말인가? 하기는 기억력이 아직 멀쩡해야 옳을 젊다는 것들도 결국엔 한 얘기만 또 하고 또 하는 것 아니겠는가. 그놈의 군대 이야기도 가만히 들어보면 몇 개 안 되는 에피소드만 '무한 재생'하는 것 아니겠는가. 다른 마을에서와 마찬가지로, 인터뷰로는 기대할 것이 없다는 결론을 내렸다.

그간 성염구가 책자를 만든 지역 단위에는 꼭 있었다. 평생 일기를 써온 분, 수집을 해온 분, 독학으로 뭔가 연구한 분, 책 비슷한 것을 엮거나 내신 분······.

　이하는 성염구가 모아낸 자료 목록인데, 필요할 시 약간의 설명을 덧붙였다. 대부분의 자료는 (범골인의 일기와 편지와 낙서장과 가계부 등의 문필류는 당연하고 거의 모든 물품을 되는대로 모아 놓은) 반수집 노인의 박물관이랄지 잡물관이랄지 쓰레기장(가발댁의 표현)이랄지에서 얻은 것이었다.

천지인 실록

　저자를 확증할 수는 없지만, 천지인(1880년생) 본인 아니면 이선비가 집필한 것이 유력하다. 천지인은 100여 년 전 범골이라는 마을 공동체가 생겨날 때 좌장 혹은 지도자 혹은 대장이었고, 이선비는 천지인의 동문수학인데 놀러 왔다가 서당 혹은 야학당 훈장님으로 눌러살았다. 두 사람 다 낙서를 즐겼다니 공책에다 자서전이나 보고문 비슷하게 끼적거렸을 테다. 천지인을 오로지 칭송하는 내용이라면 낯간지럽게 본인이 그리 썼을 리는 없고 친구 이선비가 곡필했을 거라 추측할 수 있겠는데, 무슨 성토문처럼 천지인을 혹독하게 비판하는 내용이라 친구가 친구답지 않게 냉정무비하게 쓴 듯도 하고 본인이 자학하여 쓴 듯도 한 것이다.

범웅일기

구범웅(1929년생)이 60년 동안 썼다는 일기노트 783권. 범웅의 손자 구태성(1971년생)은 할아버지가 쓴 일기를 책으로 내는 것을 일생 목표로 삼은 자인데, 그 방대한 일기를 타이핑하는 데만 5년이 걸렸다. 그 노력의 산물을 스마트폰 파일 전송으로 받은 성염구는 괜히 송구스러웠다.

마유영 탄광 수기

마유영(1938년생)은 스물부터 쉰까지 탄을 깼고, 쉰한 살 때부터 예순다섯까지는 먼 도시의 진폐 전문병원에서 지난한 치료와 수술을 받으며 살았다. 죽을 날을 받아 들고서야 범골로 돌아왔다. 병원에 있을 때부터 심심파적으로 자신의 인생을 기록했는데, 죽는 날을 기다리며 마무리를 했다. 노트 30권. 단순히 광부로 먹고사는 일만 기록한 것이 아니라, 범골인의 소소한 에피소드까지 적어놓았다.

박지관의 「백호리 망자 행장기」

범골에서 40년 가까이 지관을 도맡아온 노인이 있었다. 언제부턴가 박지관(1933년생)은 매장된 이의 이력, 묘의 위치와 풍수, 매장 날짜와 그날의 날씨, 고인의 자녀 관계, 자녀들의 직업, 생전 사주팔자 풀이, 사주팔자 풀이대로 살았는가에 대한 논평, 생전 관상, 관상대로 살았는가에 대한 논평, 비문의 유무, 비문이 있다면 그 내용, 매장 시 참여자들의 표정, 이런 것까지 시시콜콜히 적었다.

나중에는 "옛날에는 죽은 이한테 행장(行狀)이라도 한 장씩 써주는 게 풍습이었다는데……" 하고 아쉬워하던 것을 만회해보려고, 직접 행장 비슷한 것까지 쓰게 되었다. 자기가 고인에 대해 알고 있는 바에, 유족에게 물어보고 들은 말, 장례식 동안 문상객들에게서 취재한 고인에 대한 세평 등을 종합하여 찬술했다. 삼동네 사람이 죽을 때마다 노인의 기록은 두툼해졌고, '백호리 망자 행장기'라는 제목까지 붙이게 되었다.

성염구는 다섯 권을 자세히 들여다보았으나 도무지 해독할 수가 없었다. 한자가 한글보다 많았다. 한글도 글자인지 그림인지 못 알아볼 만큼 글씨가 개성적이었으니, 역시 개성적 글씨체의 한자는 해석 불가능이었다. "저, 어르신 혹시 번역을 해주시거나 정서를 해주실 수는 없는지요!" "허어, 돈 뺴 줬더니 지갑째 달라네." 스마트폰으로 낱낱이 찍어두는 데 만족할 수밖에 없었다.

반일지(1980~1982년)

김사또가 한창 젊었을 때, 그러니까 불혹 무렵에 쓴 일지다. 말 그대로 반장일 볼 때 쓴 일지인데 시시콜콜히 기록되어 있어 당시 모습을 생생히 느낄 수 있다.

범골신문

뭐든지 잘 만들어서 노공작(1971년생)으로 불리던 이가 중학생 때 만들었다는 신문이라는데, 도화지 여덟 장에 별의별 일이 다 적혀 있다. 작고하기 전까지 범골 최고의 입담가로 군림하던 천망태(1930년생)가 주절주절 떠든 것을 받아 적은 것이다. 신기하고 놀라운 일이 하도 많이 적혀 있어서 성염구가 노인들한테 진짜로 그런 일이 있느냐고 여쭈었더니 누군가 대답했다.

"거, 발써 뒈진 고주망태가 지껄이고 다니던 얘기랑 비슷한디? 그 자석 얘기는 다 구라였어. 우리는 하나도 안 믿었당께. 우리가 안 들어주니께 마빡에 피도 안 마른 학생놈들을 붙잡고 주절거리더라니께. 그 따발총 무덤 들어간 지 어언 30년인디도 그 화상 주둥이를 못 잊었을 정도면 말 다한 거지."

지금은 '농업기술센터'라고 하는데, 과거에는 '농촌지도소'라고 했다. 푸른벌면 중원리 소재 농촌지도소에서만 30년 넘게 근무한 농촌지도사 강 씨(1940년생)가 정년으로 퇴임하고 10년 후에 쓴 회고록. 인터넷으로 주문도 가능한 자비 출판 도서다.

백호리 남자들을 소집하여 통일벼 품종의 우수성을 강조하였다. 범골 주 씨(1938년생)가 또 시비를 걸었다. 통일벼가 우수하지 못하다는 것이다. 주 씨의 사상이 의심스럽다. 저렇게 살다가 기어코 감옥 구경하리라. 긴급 조치법이 무섭지도 않나.

백호리 부녀자들을 소집하여 타 지역 농가 부업의 우수 사례를 알렸다. 또 범골 청올치부업의 성공을 칭송했다. 범골 부녀자들은 증말 대단하다.

범골을 방문하여 화훼 농업의 가능성을 지도하였다. 주 씨가 또 시비를 걸었다.

범골 농민들은 참으로 지도소 말을 우습게 안다. 주 씨뿐만
아니라 거의 다 딴지꾼이다. 정이 안 가는 부락이다.

등과 같은 범골 관련 문장들이 다수 들어 있다.

장 경비의 교사일기

67권. 장 씨(1940년생)는 범골이 배출한 '최초의 사범학교
학생'이자 '최초의 교사'였다. 모교인 푸른벌초교에서만 18
년을 재직했다. 그가 쓰다 말다 한 교사일기가 중요한 사료
적 가치를 지니는 것은, 범골인의 90퍼센트가 푸른벌초교 졸
업생이며 푸른벌초교 재학생의 학부모이기도 했고, 푸른벌
초교의 운동회나 소풍 같은 큰 행사는 마을의 대행사나 다름
없었기에 푸른벌초교의 역사가 곧 범골의 역사이기도 하다
고 건강부회할 수 있기 때문이다. 노인은 교장 퇴임 후 시내
로 경비일을 다녔다. 교사 때는 '개소주'(소주만 마시면 개로
변했다나)라는 그다지 아름답지 못한 별명으로 통했다는데,
지금은 장 경비로 통했다.

축공무, 조공무, 김천소, 김 지사, 임 교수 등이 공식 인쇄매체에 발표한 잡문 52꼭지

120년의 역사를 자랑하는 범골은 일제강점기부터 현재까지 무수한 공무원을 배출했다. 전 국민이 이름을 다 알던 검찰총장도 배출한 바 있다. 전 검찰총장 김 아무개(1944년생)는 고향을 회고하는 무슨 글을 쓴 적이 없지만, 경기도 부지사까지 오른 김 지사(1947년생), 푸른벌 면장까지 되었던 조공무(1949년생) 같은 이들은 지방 신문에 '내 고향 마을'을 자랑하는 몇 편의 글을 게재한 적이 있다. 김 아무개와 김 지사는 친형제였는데, 이들의 아버지였던 김모심지(1928년생)의 상여가 나가는 날, 범골은 유사 이래 미증유의 교통 혼잡을 겪었다. 온 동네가 자동차로 뒤덮였던 것이다. 임 교수는 범골인 중에는 아무도 읽어본 이가 없는 에세이집을 내서 수필계에서는 나름대로 명성을 누리고 있다는데, 그가 쓴 에세이의 8할은 고향을 찬미하는 내용이다.

김천소의 농사 이야기

과장하자면 김천소는 수십 년간 범골의 농사를 도맡았고 좌지우지했다. 마을 전체 차원의 대소사를 관장하고 실무를 책임졌다. 그러니 그가 쓰다 말다 한 노트 여덟 권도 사료적 가치가 높다고 말하고 싶지만, 김천소는 여러 단체 및 조직의 실무자 혹은 회장을 전전하노라니 본의 아니게, 백호리 이장과 범골청년회 회장 때의 경험에 기반을 둔 축사, 소감, 격려, 자랑 같은 것을 글로 쓰고 발표까지 할 기회를 얻었는데, 노트 대부분이 그 쓰일 데 없는 발언의 초고를 끼적거린 것에 불과하다.

음유시인(고 이담무 소설가) 장편소설 『이야기는 없다』

고 이담무 선생은 분명 소설가였지만, 범골인은 '시인'이라고 불렀다. 그가 하는 말이, 영 이상하게 들렸다. 그런데 술 마시고 말하는 법이 없어 어째 '개소리' 혹은 '헛소리'라고 무시할 수가 없었다. 술 안 들어간 상태에서 말하는 어려운 말처럼 난감한 게 없었다. 분위기를 깨는 말 같기도 하고, 분위기를 띄우는 말 같기도 하고, 언중유골 같기도 하고, 처음엔 적응이 안 돼, 짜증을 내는 사람이 많았다. 어느덧 그의 말법에 익숙해진 사람들은, 그가 뭐라고 말하든 (무슨 소린지 모르겠지만) 일단 웃고는 이렇게 덧붙였다. "누가 음유시인 김삿갓 아니랄까 봐, 이상시럽게 말을 한다니게."

시인은 너무나도 다른 생을 살았다. 밤새 안 자고 아침나절에 자기 시작해서 점심때나 일어나는 것이었다. 동네 사람들이 생일상이니 잔치니 해서 먹으라고 부르면, 와서 맛있게 먹었고 열심히 듣는 시늉을 했다. 초상 때는 부르지 않아도 나타나서 머릿수도 채워주고 산역도 덜렁덜렁 거들었다. 오가다가 일손 부족한 늙은이를 보면 팔 걷어붙이고 보탬손이 되어주었다. "저 사람, 할애비 할미 아비 어미가 죄다 빨갱이였다, 피가 어디 가냐? 저것도 시인들 사이에서 제법 유명한 빨갱이라면서? 저 속 빨간 사람 위험하니께 가까이하지 말자. 우리 범골을 빨갱이 마을로 만들라고 온 사람일지도 모르잖여……." 구구히 지껄이는 이가 많았다. 나중엔 그저 선량하고 말수 적은 '좀 이상한 양반'으로 통했다.

물론 이담무의 소설을 읽어본 범골인은 하나도 없었다. 김천 소가, 그래도 알아주는 소설가시라는데 책 한 권 사드려야지 마음먹고 시내 서점 세 곳을 샅샅이 뒤졌지만 책을 찾을 수가 없었다. 서울 갔을 때 간신히 버티던 종로서적에서 사 온 게 1997년이었는데 2015년 현재까지 10쪽도 못 읽었다. 수면용으로 썼다. 매번 첫 쪽만 읽어도 잠이 솔솔 왔다.

범골 출신 국문학자 임 교수도 이담무의 소설을 정독하지 않았다. "이거, 뭐, 1950년대 소설 같잖아! 명천 이문구(1941년생) 선생님과는 완전 딴판이로세. 박사 논문 또 쓸 것도 아니고 안 읽고 만다."

성염구도 한번 도전을 해봤는데, 극소수이지만 유력한 평론가들이 도무지 이해 못 할 문장으로 '이야기를 부정하고, 거부하고, 해체하고 어쩌고저쩌고' 평가한 그 소설이 너무 어려웠다. 인터넷 서점의 이담무의 소설책 밑에 매달린 리뷰 중에 이런 게 있었다.

'난해의 극치'로 회자되는 그의 소설을 읽고 '그 뭔가를 논리적으로 설명할 수는 없지만, 분명히 뭔가 위대한 것이 바다와도 같다'고 말하기는 해도, '감동을 먹었다'거나 '재미있었다'거나 '무슨 소리인지 알아먹겠다'라고 말하는 사람은 작가건 고급 독자건 편집자건 기자건 문예창작학과 학생이건 습작도건 전무할 것이다.

이건 또 무슨 개소리냐? 성염구는 머리칼을 쥐어뜯었다. 어쨌든 틀림없는 것은 암호문 같은 『이야기는 없다』는 소설의 시공간적 배경이 범골이라는 것이었다.
참고로 말하자면 옆 고장 보령이 낳은 대문호 명천 이문구 선생이 돌아가시고 다섯 달 뒤에, 이 고장이 낳은 전국적으로는 알아주는 사람이 가끔 있었으나 고향에서는 소설가라는 것도 아는 사람이 거의 없었던 음유시인(이담무 소설가)

도 운명했다.

이덕순의 엽서

이덕순(1971년생)은 범골에 열네 명이나 되는 1986년도 푸른벌중학교 졸업생 중 유일하게 고등학교에 진학하지 않았다. 덕순네 못지않게 가난했던 집의 자녀들은 산업체 학교에라도 갔는데, 이장사(1931년생)는 "야, 되었다! 공부도 못하는 년이 배워서 뭣한다냐. 가사나 돕다가 시집이나 일찍 가라!" 하고 보내지 않았다.

시내 인문계 고교에 들어간 동창들은 야간자율학습이라는 걸 했다. 그게 덕순을 미치게 했다. 녀석들이 시내에서 10시 발 막차를 타서 푸른벌정류소에서 하차하는 것이 10시 20분경이었다. 녀석들은 그 시간까지 붙잡아놓고 공부시키는 인문계 다니는 게 자랑스러워 못 견디겠다는 듯, 온갖 유행가를 불러대며 신작로를 걸어왔다.

덕순은, 라디오만 듣고 살아서 귀가 발달한 것인지, 고요한 밤공기 속이라 소리의 전달이 빠른 것인지, 녀석들의 돼지 멱따는 소리를 오래도록 감상해야 했다. 녀석들이 동네 들어와서는 딴은 동네 어르신들 잠귀를 생각한다는 것인지 노래를 그치고 대화를 했다. 잠귀 어두운 어른들은 몰라도, 잠을 아예 못 자는 덕순은 녀석들이 나누는 말은 물론 녀석들의 숨결까지 들을 수 있었다. 목소리만 듣고도 숨소리만 듣고도 어떤 놈인지 알 수 있었다.

중학교 때까지만 해도 덕순은 녀석들의 대장이었다. 타고난 용력과 바다처럼 넓은 품으로 성격 까다로운 것들을 통솔하여 범골부락 중학생 우두머리로 이름을 떨쳤다. 중학교에서 그 어떤 놈들도 범골 아이들을 괴롭힐 수는 없었다. 원더우먼처럼 나타나 앙갚음해주는 덕순이 있었으므로.

이웃집 소판돈이 가장 미웠다. 학교도 못 다니는 내가 깊은 이 밤에 우울을 껌 씹고 있는데, 제일 크게 웃어? 어쩌다 얼굴 마주쳐도 아는 체도 않고? 개새끼, 죽여버릴까 보다. 친구들의 밤노래를 도저히 견딜 수 없었던 덕순은 '돈 많이 벌어 오겠슈!'라고 쓴 종이 한 장 남겨놓고 야반도주했다.

어미 이공주(1941년생)는 "그려, 잘했다. 다 큰 계집애가 뭐 할 일이 있어 시골구석에서 썩냐!" 하고 태평히 여겼다. 아비 이장사는 사흘이나 애달파했다. "이럴 줄 알았으면 집을 팔아서라도, 여상이라도 보내는 것이었는디. 내 딸아, 내가 잘못했다아……."

도시로 간 덕순은, 여러 공장, 여러 식당, 여러 유흥업소를 거쳤는데, 수틀리면 참을성 따위는 없이 올바른 말을 찍찍

갈기고 말로 안 되면 주먹질을 불사하는 버릇 때문에, '빨갱이년!' 소리나 들어먹다가 완전히 귀향한 것이 스물다섯 살 때였다.

한밤중에 아직도 노래하고 다니는 청소년들이 있었다. "늬들 아가리는 잠도 없냐? 으르신들 다 주무시는데 조용히 좀 못 다니냐? 공부하느라고 대가리 아픈 건 알겠는데, 집에 가서 딸딸이나 한판 치고 주무셔라!" 덕순의 이 엄포 한 번에, 동네 후배 녀석들은 귀신 움직이듯 귀가하게 되었다.

집에서 빈둥대는 게 일이었던 덕순이 어느 날 보니, 김천소 오라버니가 혼자서 낑낑대고 있었다. 타작일을 혼자 하려니 어지간히 힘든가 보았다. "오라방, 제가 좀 도와드려요?" 덕순은 트랙터가 뱉어놓은 볏 가마를 한 가마도 아니고 한꺼번에 세 가마씩 번쩍번쩍 들어서 논 밖으로 내었다. 그날로부터 덕순은 농사꾼이 되었다. 느지막이 일어나 '아점'을 먹고는 범골들 백호들을 어슬렁대다가 일손이 필요해 보이면 덥석 끼어들어 나르고 캐고 파고 깎고 치웠다. 어깨너머로 기계 다루는 법을 익히더니 기계 주인보다 더 능숙히 다루게 되었다. 덕순의 휴대폰은 틈만 나면 진동했다. 일 좀 해달라는 노인네들의 통사정이었다.

범골의 상농사꾼으로 명성이 자자한 덕순이 청소년 때부터 줄기차게 시도한 일이 있으니 라디오 프로그램에 사연 보내기였다. 보고 듣고 겪은 것이 죄 농사꾼 농사짓는 바이니 엽서에 끼적거린 사연도 순 농사 이야기였다. 도시 사람이나 청소년들 재미적어하는 농사 얘기여서인지 글을 못 써서인지 덕순이 동경하던 야간 10시대 음악 방송에 단 한 번도 채택된 일이 없었다. 언젠가부터 반송되지 않는 엽서가 아깝다는 생각이 들어 복사본을 챙겨두었다.

"지가 이런 걸 왜 썼는지 모르겠는디 그리두 읽어보니께 읽을 만은 한 것 같고 자료가 될 만도 하다 싶어서 갖고 와봤는데 한번 보실라요?"

덕순이 제 발로 찾아와서 건넨 엽서 묶음(160장)을 받아들며 성염구가 말했다. "덕순 씨가 글을 다 썼어요? 이거야말로 세상에 이런 일인디." 덕순은 수줍어했다. "글이 아니라 낙서유."

학생댁의 유씨씨(UCC) <범골 농촌사 박물관> 외 3편

아무리 매타작을 당해도 차돌처럼 단단해서 비명 한 번 안 질렀던 차돌이(1988년생). 노인들은 차돌이의 성이 차씨라는 것밖에 기억나지 않았다. 이름을 아무리 가르쳐주어도 "차돌아!" 혹은 "차택배"라고 불렀다. 차돌이의 아내가 학생댁(1993년생)이다. 학생댁이 몸 풀기 전에 제작한 UCC들은 범골 당대를 담아내고 있다는 점에서 매우 귀중한 자료가 아닐 수 없다. 물론 한글을 사랑하는 이라면 '동영상'이라는 말을 쓰는 게 좋을 테다. 하지만 장삿속 및 불순한 목적으로 제작된 동영상이 워낙 많은 탓에, '상업성이 전무한' 학생댁의 동영상은 '유씨씨'라고 격하게 발음해주고 싶은 거다.

그 밖의 자료

그 밖에도 반수집 노인이 수집한, 쓴 사람 이름을 일일이 밝히기가 번거로운, 일기 혹은 가계부 혹은 낙서 공책 같은 것이 586권, 편지 5733통 등이 있다.

소판돈의 '범골인 인터뷰 녹취록' 76장도 있었다. 그가 소설을 쓸 목적으로 휴대폰 들고 다니며 녹음한 것이었다.

이제서 밝히건대, 범골은 훌륭한 이담무 소설가 말고도 듣보잡 소설가 하나를 배출했는데 소판돈이란 자다. 그가 쓴 안 팔리는 책 중에, '자전적 체험이 바탕이 되었다'고 스스로 떠들고 다닌다는 『별의별』이란 장편소설이 있다. 거기에도 지금까지 열거한 자료 목록에 등장하는 인물들이 잠깐씩 나온다. 뭐, 그건 야사 같은 소설일 뿐이니까, 정사인 『범골사』와 하등 상관이 없다.

근데 야사가 문제인 것은 진실 혹은 사실을 왜곡할 수 있기 때문이다. 성염구가 『별의별』을 짯짯이 훑으니 소판돈은 왜곡을 넘어 날조를 하고 있었다. 이러니 소설가 놈들이 욕을 먹어 마땅하다! 순 거짓말 제조기라니까.

성염구가 자료 수집을 마치고도 집필을 차일피일 미뤄온 게 사실이다. 역시 돈 벌기 위해 적당히 마을 역사책을 만드는 일과, 돈도 받지 않고 순전히 자발적으로 완벽하게 한 마을의 역사책을 만든다는 일은 완전히 다른 일이었다. 명절 때 청년회 자리에서 누가 에멜무지로 "우리 마을 역사책 언제 나오나?" 하고 물으면 면목 없는 낯짝배기로 "노력은 하고 있시유"라고 얼버무리고 말았다.

돈도 안 되는 일까지 아내한테 떠맡기자니 체면이 안 서고 직접 하자니 자신이 없고 누가 심하게 재촉하는 이도 없고 결정적으로 돈을 바랄 수 있는 일도 아니고 해서 그랬던 것인데, 소판돈의 소설을 읽자 거짓에 맞서 진실을 밝히자는 투쟁의지 같은 것이 막 샘솟아 술기운을 빌려 집필에 들어갔는데 생각보다 술술 잘 써지는 것이었다.

바야흐로 책이 완성되고, 해설이 붙어야 때깔이 날 것 같아, 성염구는 여럿에게 부탁해봤다. 하릴없는 짓이었고, 직접 해설까지 쓰게 되었다.

각설하고, 이제부터 해설하겠는데…….

범골 달인 열전

1. 모내기의 달인들

범골에 이앙기가 맨 처음으로 등장한 것이 1986년이었고, 손으로 모심는 이가 멸종한 것이 1998년이었다. 1998년에 죽은 모심지는 "모심기 하면 지 씨지!"라고 삼동네에 회자되던 바로 그 사람이었다. 오죽하면 별호가 '모심지'였겠는가.

모심지는 정확히 세 포기 아니면 네 포기의 모를 떼어 가장 알맞은 깊이로 논바닥에 박아 넣었고, 간격 또한 자로 재도 틀림이 없을 만큼 일정하게 유지했으며, 결정적으로 그가 심은 모는 거의 뜨지 않았다. 따라서 뜬모 땜빵질이 필요 없었다.

빠르기까지 했다. 1976년인가 말 나온 김에 이루어진 대결이 있었는데, 그 유명한 11대 1 모내기 결투였다. 세 마지기짜리 다랑논이 쌍둥이처럼 붙어 있었다. 아줌마 여섯과 아저씨 다섯이 한 팀이 되었고, 모심지 혼자서 한 팀이 되었다. 설마 했지만 모심지가 이겼다. 나중에 연합팀이 모내기한 논은 뜬모가 한 마지기는 되게 발생해 논 주인 팔푼이 방 씨가 방방 뛰었지만, 모심지가 혼자 모내기한 논은 뜬모가 딱 세 포기 나왔다.

네 줄씩 심을 수 있는 수동 이앙기가 나왔을 때, 사람들은 겁나게 빠르다고 세상이 이렇게 바뀔 수가 있느냐며 기막혀했다. 모심지는 그 네 줄 이앙기마저 이겼다. 압도적으로 이앙기가 앞서 나가자, 구경하던 이들이 "모심지도 사람은 사람이구만. 기계한테는 당해낼 수가 없으니!" 하고 중얼거렸다. 이앙기가 고장이 나버리고 그것을 고치는 동안 모심지는 역전해버렸고 고친 이앙기가 추격전을 펼쳐 거의 동시에 끝을 냈지만, 내용상으로는 완벽한 모심지의 승리였다. 결함이 많았던 이앙기는 뜬모 낸 자리와 빼먹고 안 심은 자리가 수도 없었던 것이다.

모심지가 시간상으로나 내용상으로나 완벽하게 기계에 졌다고 말할 수 있는 것은 8줄 승용이앙기가 나온 뒤였다. 사람이 자동차처럼 타서 운전하고 한 번에 여덟 군데씩 박을 수 있는 기계는 고장이 날 틈도 없이 모내기를 끝냈고, 보통 사람이 혼자 열 시간이면 땜빵할 정도의 뜬모를 냈다.

범골인은 안타까워했다. "모심지가 예순이 넘었어. 기계한테 진 게 아니고 나이한테 진 것이지. 왕년이라면 8줄 자가용도 이겼을 걸."

범골에서 최후까지 손 모심기를 했던 사람이 모심지였다. 그가 마지막 모내기를 하고 석 달 뒤 칠순의 나이로 세상을 떠나자, 더 이상 손 모심기를 고집하는 사람은 없게 되었다.

모심지만큼 모내기 판에서 이름을 떨치지는 못했지만, 그래도 이름을 제법 날린 사람들이 있었다. 이앙기 시대에는 플라스틱 판 자때기 모판을 쓰지만, 손 모심기 시절엔 논바닥 모판에서 맞춤하게 쪄서 한 무더기로 만들어 지푸라기로 묶어야 했다. 그렇게 찐 못단을 모내기하는 논바닥까지 날라야 했는데, 지게에 가장 많은 못단을 얹고 가장 먼 거리까지 한 번도 쉬지 않고 날랐던 사람이 지게 정 씨였다. 리어카가 등장한 이후에, 리어카에 가장 많이, 가장 높이 못단을 실었던 사람이 리어카 방 씨였다.

범골인은 지게 정 씨와 리어카 방 씨의 대결을 학수고대했지만, 불의의 패배를 두려워한 두 사람은 엇갈리게 품앗이하러 다님으로써 대결을 차일피일 미루던 중, 경운기가 등장했다.

경운기는 지게 정 씨와 리어카 방 씨가 최고로 높이 실은 것보다 더 많이 실을 수 있었다.

경운기 없는 집이 없게 되고 보니, 경운기에 최고라고 할 만한 인물이 자연스레 돋보이게 되었다. 경운기 방 씨는 경운기를 자가용처럼 몰고 다니고 트럭처럼 사용했다.

경운기 방 씨도, 김천소가 트랙터를 몰고 다니자 리어카 끌고 다니는 사람처럼 같잖아 보이게 되었다.

모심기라고 하면 모를 논바닥에 꽂는 것만 생각하지만, 그 전에 모를 길러내는 일, 즉 못자리가 매우 중요하다. 아무리 모를 잘 심는 모심지도, 못자리에서 엉망으로 길러진 몽땅한 모나 강아지풀 닮은 모까지 제대로 심어낼 수는 없는 일이었다.

그래서 못자리 잘하는 사람도 영웅으로 대접받았는데, '양못잘'은 못자리 만들어주고 관리하는 것만으로 먹고살 정도로 타고난 전문가였다.

배운 게 도둑질이라고, 볍씨 담갔다가 논 한구석에 따로 자리를 마련해서 써레질하고 씨 뿌려 기르는 일은 농사일의 기본 중의 기본이겠으나, 기본이 안 되거나 기본을 못하거나 기본을 어려워하거나 기본을 할 시간이 없거나 한 얼치기 농사꾼도 있었다. 그들은 그 집 못자리가 제일 좋더라고 소문난 이에게 부탁할 수밖에 없었다.

모두에게 부탁받는 사람이 양못잘이었다.

파종 방법에 따라, 볍씨에 따라, 이앙기의 도입에 따라, 농촌지도소의 지도에 따라, 해마다 바뀌어서 일반적인 변천사를 명료히

기술하는 게 불가능한 못자리 양태의 끝없는 변화에도 불구하고, 거의 모든 못자리에서 양 씨는 '양 씨도 처음 해보는 못자리!'라는 것을 아무도 생각하지 못할 정도로 튼실한 모를 길러냈다.

작금에도 그가 길러낸 모는 최고로 대접받고 있어, 손수 농사짓기를 포기한 늙은이들은 의당 못자리를 양 씨에게 부탁했다.

2013년, 양 씨가 "내 허리가 지금 남의 허리여. 나도 칠순이 내일모레라고. 안 해! 더 이상 못해!"라 선언하고 별것 아닌 병을 핑계로 수도권 병원에 누워버렸다.

범골은 비상사태가 선포된 것과 같았다. 어쩔 수 없이 모내기를 책임지고 있던 '막내 윤 씨'가 못자리까지 도맡게 되었다. 양 씨한테 맡겼을 때는 한번 와서 들여다보는 일도 없던 늙은이들이 못자리하던 날 다 몰려왔다.

술하고 안주도 없이 일하냐고 신칙할 뿐만 아니라, 별의별 걸 다 나불댔다. 흙을 어디서 사 왔기에 퍼석퍼석하냐, 볍씨가 너무 많이 들어간다, 흙이 너무 들어간다, 볍씨가 답답해서 숨이나 쉬겠냐, 볍씨가 싹이 트기는 튼 거냐……

못자리판까지 따라와서 모판 하나 안 날라주면서 고시랑댔다. 모판이 무거워 뵈는데 논바닥에 처박히는 거 아니냐, 모판이 줄이 안 맞는다, 줄이 생명이니 줄 좀 맞춰서 놔라, 언제부터 비닐로 안 덮고 저 요상한 담요로 덮냐, 종다리가 와서 파먹는 거 아니냐, 요새는 고라니도 극성인데 고라니가 와서 캐 먹으면 어쩌냐……

모가 자라는 한 달여 동안, 막내 윤 씨는 지구를 떠나고 싶었다. 모의 안부를 궁금해하는 늙은이들의 질문이 귀찮아서 견딜 수가 없었다. 길에서 마주치면 기계를 세우게 해놓고는 묻고, 밤에 잠도 못 자게 전화로 물었다. 밤에 못 한 거 새벽에 하려고 아내랑 안았는데 휴대폰으로 또 묻고, "내가 아주 미쳐!" 하고 괴성 없이 살기가 힘들었다.

"걔들도 살라고 났는디, 알아서 잘 크겠지요! 지발, 좀 마음 푹 놓고 거시기 하시랑께유."

2. 견인의 달인

범골 최초로 자가용을 장만한 이는 마목수였다.

한번 공사판으로 떠나면 한 달이고 두 달이고 소식이 없던 마목수는 차가 생긴 이후로 출퇴근하다시피 했다. "기가 막혀. 여기서 중원리까지 15분, 중원리에서 호구시 터미널까지 운 좋으면 버스 기다리는 시간까지 합쳐서 한 시간, 터미널에서 해수욕장까지도 운 좋으면 버스 기다리는 시간까지 한 시간, 도합 두 시간 15분 아닌가. 그런디 차로는 직빵으로 40분밖에 안 걸려." (참고로 길이 비교할 수 없이 좋아지고 자동차 성능도 좋아진 지금은 시내의 차량 정체를 감안해도 해수욕장까지 20분이면 갈 수 있다.)

범골에 젖소를 등장시킨 김우유가 우유를 팔아먹으려니 불가피하게 트럭을 장만했고, 김천소가 농협 돈을 크게 융자받아 트랙터 장만할 때 트랙터까지 싣고 옮길 수 있는 트럭까지 장만했고, 채소를 도시에 팔아먹겠다는 원대한 포부를 품은 조채소가 트럭을 장만했고, 이렇게 트럭으로만 이어지다가, 길이 시멘트로 포장되고 나서는, 트럭 장만했던 이들이 승용차까지 장만하면서 1가 2차량 시대를 열었다.

똑같이 네 바퀴가 달렸지만 차로 취급받지 못하는 경운기야말로 진짜 범골길의 주인이었다. 경운기 없는 집이 드물었다. 경운기 딸딸 소리는 매미 소리나 개구리 소리처럼 자연스러웠다.

호구 시내 거의 모든 집이 전기로 밝아진 시점으로부터, 백호리 범골의 거의 모든 집이 전기로 밝아진 시점까지는 한 30년 걸렸다. 전화와 텔레비전은 한 5년의 시차가 있었다. 이 시차가 거의 없어진 것은 승용차 때부터였다. 마이카 시대는 대도시와 소도시와 촌구석에서 동시에 열렸다.

범골에서도 1990년경부터 갑자기 마이카 시대가 개막했다. 농촌 지킴이라고 불리는 몇 명의 청년들은 다 승용차가 있었고, 늙은이들은 차 살 돈이 없다기보다는 다 늙어서 운전 배울 엄두가 나지 않아 차가 없었지만, 그 늙은이들의 자식들이 차를 몰고 효도 방문을 했다.

새마을운동 시대만 해도 그토록 많던 청장년이 참 드물게 되었는데, 그 청장년이 다 대도시에서 먹고살고 있었다.

범골 자손은 어버이를 뵈러 오려면, 전라도와 경상도의 바다 건너 섬 출신 자손에게 견주면 감히 고생이란 말을 꺼낼 수가 없겠으나, 나름대로 고생깨나 해야 했다. 여러 번 바꿔 타야 하는 버스, 택시, 이런 것들은 빼고 기차만 따져봐도, 서울역에서 호구역까지 당시에 가장 빠르다는 새마을호가 세 시간이 걸렸고 비둘기호는 여섯 시간이 넘게 걸렸다. 거기다 부모 형제에 안길 선물 보따리까지 감안하면 고난의 행군이 따로 없었다.

그래서 명절 때나 찾아오는 자식들이 많았고, 그게 바로 민족의 대이동을 만든 근원이지 싶겠는데, 그 자식들이 승용차를 타고 내려오게 된 것이다.

"아, 글쎄 우리 장남이 승용차를 장만해가지고 손자 손녀 며느리 태우고도 짐칸이 워칙히 큰지 거기다 전자레인지라는 것까지 싣고 왔어유." 이런 자랑이 몇 달을 못 갔다.

1992년 기준으로 추석 때 자식 중에 하나라도 승용차를 몰고 와서 집 마당에 턱 하니 빛나는 주차를 해놓았던 집이 35호 중 15호였다. 1994년 설날 기준으로 차 한 대 이상 주차된 집이 34호 중 26호였다.

주차 없는 8호 중에 3호는 차를 가져올 자식 자체가 없는 집이었지만, 나머지 5호는 자식들이 없는 것도 아니건만 자식 놈 중에 차를 가져온 놈이 한 명도 없는 터수여서 무척 자존심이 상했다. 오히려 그 집 부모들은 괜찮아 했는데, 그 집 자식들이 우리는 한 놈도 차가 없이 쪽팔리게 뭐냐고 고개를 못 들고 다녔다. 그런 집도 5년 이내에 자식 숫자만큼의 차가 집 앞에 서 있게 되었다.

자식 많은 늙은이는 꿈에도 상상 못 했던 주차장 건설 공사를 벌여야 했다. 마당이 넓다고 소문난 집도 마당을 더 넓혀야 했다. 주차장 만들고 마당 넓히는 김에 아예 집을 새로 지어버리는 집이 속출했다.

멀리 내다보지 않더라도, 자식 놈들 시집 장가 보내고 더러 효도 방문이라도 받고 싶다면 고쳐야 했다. 다른 것은 몰라도 밥하는 데 닦는 데 누는 데는 아파트 흉내라도 내야 며느리 구경을 해볼 것이었다. 부엌 수돗가 변소 고치다 보면 결국 다 고치게 된다. 어버이가 신식 집에서 오래오래 건강하게 살기를(그래야 자식이 멀리 떨어져 마음 편히 살 수 있다) 바라며, 물려받아 별장처럼 쓰면 좋겠다는 욕심도 품은 자식들의 지지와 성원이 컸다.

하여 범골은 새집 짓기 열풍에 휩싸였다. 농촌에서 돈이 제법 잘도는 까닭은 돈을 잘 빌려주고 이자도 제2금융권 못지않게 받아먹는 농협 덕분인데, 너도나도 농협 돈을 끌어다 농촌 드라마에서 나오는 집 엇비슷하게 개축을 했다.

김천소는 논이 백 마지기도 넘어서 김백논, 소를 천 마리 넘게 키운다고 해서 김천소, 푸른벌초교와 푸른벌중학교의 육성회장을 10여 년간 맡았고 푸른벌중학교 동창회장까지 7년을 맡아서 김 회장, 발이 넓다고 해서 김마당 등등 프로야구 선수 김태균 못지않게 별명이 많은 사람이었는데, 마이카 시대로 인해 가지게 된 별명도 하나 있었으니, 김견인이었다.

경운기들과 트럭 몇 대가 쓰기에는 모자람이 없어 보이던 범골길은 승용차가 무시로 드나들자 교통 정체가 끊이지 않고 사고도 끊이지 않는 문제 많은 길이 되었다.

1987년부터 2015년 10월 30일 현재까지, 범골길에서는 233회의 교통사고(접촉 124회, 추락 109회)가 발생했다. 이렇게 정확하게 알 수 있는 것은 김천소의 쓰다 말다 한 '농사 이야기' 덕분이다. 김천소는 농사에 관한 이야기 말고도 이러저러한 얘기를 잡다하게 적어놓았다. 유난하게도 '차 사고'를 집착하듯 기록했다.

다행히 '충돌 사고'나 '추돌 사고'라고 부를 만큼 큰 사고는 없었으나, 차와 차가, 차와 경운기가, 차와 오토바이가, 차와 자전거가, 차와 사람이 끝없이 부딪혀왔다. 믿기 어렵지만, 사람이 죽거나 병원에 입원할 정도의 인명 사고는 단 한 건도 없었다.

접촉 사고는 길이 좁아서 그랬다 치고, 추락 사고는?

운전 경력이 10년 넘는다고 자부하는 토박이 운전자도 습관적인 음주 운전 중에 돌연 나타난 노인네를 피하려다가 논바닥으로 처박히는 판이었으니, 처음 들어오는 운전자는 길을 잘 몰라 커브를 돌다가 수로나 진창에 바퀴가 빠지거나 둑을 미끄러져 아예 논바닥으로 날아가거나 하기 일쑤였다. 길을 잘 안다는 외지 사는 자식 놈들도 운전면허 따자마자 성급히 차 마련해서 몰고 왔는지 미숙한 운전으로 풍덩풍덩 처박혔다.

처박혀 어쩔 줄 모르는 차를 어찌 두고 볼 수 있겠는가. 시내에서 견인차를 부르면 그 돈이 얼마인가. 김천소는 트랙터를 몰고 가서 차에 밧줄을 걸고 간단히 빼주었다. 그렇게 차 빼주는 사람, 김견인이 되었다.

늙은이들은 자식의 차가 빠지면 돈 들여 견인차를 부를 생각조차 안 했고 김천소에게 전화부터 넣었다. 어떤 늙은이는 아침에 해도 될 것을 곤히 자는 새벽에 했다. 그래도 휴대폰이 없던 시절에는 덜 성가셨다. 휴대폰이 생기니 동네 어른 전화를 안 받을 수도 없고 받으면 자식 놈 차 빼달라는 소리였다.

도로 사정 열악하기는 마찬가지인 안골과 당골에서도 김천소를 불러댔다. 그한테 견인 신세를 진 적이 있는 안골인과 당골인은 견인 당시 고맙다고 담배 한 갑짜리 인사치레도 못 했던 터라(김천소는 비흡연자였다) 김천소가 이장 선거에 출마했을 때 화끈하게 지지표를 주었다.

호구 고장의 견인업자들은 불퉁댔다. "백호리는 무보수 견인꾼이 살어. 거기는 가봐야 돈 나올 일이 없어."

김천소의 트랙터가 빼내지 못한 차가 딱 두 대 있었다. 관정을 파놓은 논이 가끔 있는데, 그 차는 하필이면 그 웅덩이까지 날아가 빠졌다. 트랙터마저 웅덩이에 딸려 들어갈 판이니 포기할 수밖에 없었다. 또 한 대는 1985년부터 아침에 두 번, 점심때 한 번, 저녁때 한 번 백호리를 통과하는 버스였다. 버스를 타려면 중원리까지 하염없이 걸어야 했던 늙은이들은 버스가 다니자 눈물을 흘리며 고마워했다. 하여간 그 버스 중의 하나가 논바닥으로 굴러떨어져 김천소가 나섰지만 트랙터는 버스를 끌어내지 못했다.

2012년, 범골청년회는 시멘트 포장 이후 무려 34년 묵은 범골길을 (수로를 덮어버리고) 두 배로 넓혔다. 청년회는, 마을의 숙원 사업이라고도 할 범골길 확장 공사에 모은 돈을 다 쓸 마음의 준비가 되어 있었으나, 시청 무슨 과장 자리까지 영달한 축 씨네 장남이 헌신적으로 노력하여, 새로이 들어가게 된 논 20평에 대한 값만 제외하고 전액 시 지원금으로 충당할 수 있었다.

범골인은 하도 많은 차를 봐서 그 어떤 차를 봐도 놀랄 일이 없었지만, '가수댁'이 타고 다니는 장애인 전용차는 이목을 끌 만했다. 노래 잘하는 입을 타고나서 푸른벌면 차원으로는 알아주는 가수였으나, 가수댁은 본래 약한 다리를 타고났고 예순 넘어서는 건지도 못할 지경에 이르렀다.

가수댁은 자식들이 돈 모아 장만해준 장애인 전용차를 자식 자랑하듯이 몰고 다녔다. 좀 젊었을 때는 자전거 타는 이도 있고 오토바이 타는 이도 있었지만, 다들 늙어버리자 비슷하게 되어서, 자식들이 올 때나 차를 얻어 탈까, 자식들이 택시 불러 타라고 해도 돈 아깝다고 기어이 평생 이용해온 신발을 신고 출타하는 늙은 아낙들은, 어쨌거나 승용차랑 닮은 것을 직접 몰고 다니는 가수댁이 못내 부러웠다.

옛날 하꼬방과 훈장님 공덕비 사이에 위치한 버스 정류장이 그토록 멀었다. 막 시집왔을 때는 머리에 쌀가마니를 얹고도 한달음에 갈 수 있던 그 길이 까마득히 멀었다.

3. 부업의 달인

자식 놈들은 어버이 직업란에 아비는 '농업'이요, 어미는 '주부'라고 적는 것을 정답으로 알았더랬다. 하나 '주부'는 도시 여편네들 기준에 맞춘 미사여구이겠고 실상은 '만능 잡부'에 가까웠다. 요샛말로 '멀티 플레이어'로는 부족하고 '5툴 플레이어'쯤 되겠다.

식구 밥해 먹이고, 도시락 대여섯 개씩 싸고, 뒷설거지하고, 빨래하고, 청소하고, 새참 챙기고, 시부모 수발들고, 남편에게 몸 대주고……. 이렇게 많은 일을 하고도 '계집의 당연지사' 소리나 들어먹었다. 논일에 밭일에 땔감 장만에, 남정네 못지않은 일을 짐승처럼 해내고도 '일한다'라는 소리를 얻어듣기가 힘들었다. 가외로 부업을 해줘야 '일 좀 하는 여편네'라는 공치사를 받을까 말까 했다.

텃밭에 채소 키워 오일장에다 내다 파는 것은 부업 축에도 못 끼었다. 재봉틀로 한복까지 지을 수 있었던 '재봉댁', 사람 대가리 모형을 들여놓고 가발을 만들 수 있었던 가발댁, 두 사람처럼 독보적인 기술력으로 특별 부업을 한 경우도 있었지만, 한 시절을 풍미했던 부업은 누구라도 할 마음만 있다면 별 기술 없이도 할 수가 있었던 은혜로운 것들이었다.

새마을운동 시대로부터 1980년대까지는 청올치의 시대였다. 청올치가 뭔 말인지도 모르는 세상이 되어서, 그 부업을 요새 어린이도 알아듣게 설명하기가 참 힘들게 되었는데, 그래도 무식하게나마 간략하자면, 산속에 널린 칡넝쿨을 베어다가 겉껍질은 벗기고 가마솥에다 넣고 팔팔 끓여 말린 것을 잘게 쪼개내면 실처럼 얇고 단단한 줄기를 좍좍 뽑아낼 수 있었으니, 그게 청올치였다(그렇기는 한데 호구 고장 야산에 지천인 칡넝쿨은 부실해서 쓸 수가 없어, 줄기를 뽑기 직전의 상태인 '재료'를 대주는 업자가 따로 있었다).

청올치로 유명한 청양 고을에서 시집와서 '청양댁' 혹은 '청올치댁'으로 불리게 된 여편네가 제일 먼저 시작했다. 청올치댁이 밑천도 없이 큰돈 번다는 소문이 돌자 범골 여편네들은 너도나도 청올치를 하겠다고 덤벼들었다. 보기엔 쉬워도 직접 해보면 어렵기 마련이다. 청양댁은 무시무시한 속도로 최상품으로만 뽑아냈는데, 범골 여인네들이 거북이 토끼 쫓아가는 속도로 하등품이나 뽑아내는 데도 한 3년이 걸렸다.

청올치댁네는 여인네의 사랑방이 되었다. 청올치 일을 배우려니 무시로 출입할 수밖에 없었고, 배움이 느려서 죽치는 이도 많았고, 보고 배우는 게 빠르다면서 아예 일을 스승네에서 하는 이도 있었고, 하다 보니, 으레 부업 일은 그 집에서 하는 것처럼 돼버렸다.

도시인이 농한기로 아는 한겨울이면 그 집은 무슨 공장처럼 시끌벅적했다. 부업 기술을 아낌없이 베풀어주었던 청올치댁은, 제자를 가장한 여편네들에게 야박하게 굴지 않았다. 스승 노릇에도 충실했을 뿐만 아니라 손님 대접에도 게으르지 않았다. 개떡 시루떡 인절미 찐빵 따위의 간식거리를 예사로 준비해놓았고, 정 없는 날에는 누룽지에다가 설탕이라도 묻혀 내놓았고, 청올치를 중간업자에게 넘겨 돈 좀 만진 날에는 돼지고기 삶아서 맥주랑 내놓기도 했다.

가발댁은 청올치댁이 시집오기 전까지 범골에서 '인기가 으뜸

인 여인'이라고 자부하고 살았다. 가발댁은 가발 만드는 거 구경하러 오는 여편네들을 깔아보며 빛나는 기술을 선보이던 그 시절이 그리웠다. 가발의 시대는 갔는지, 가발을 만들어도 팔 데도 없어진 것도 열 받아 죽겠는데 지나가다가 들르는 여편네도 없었다.

청올치댁네는 지리적으로도 범골의 한복판에 자리 잡았다. 가발댁은 그 집을 지나칠 때마다 그 집에서 들려오는 여편네들의 웃음소리와 이야기 소리를 듣고 심장이 벌벌 떨렸다. 가발댁도 그 집에 가고 싶었으나 자존심이 허락하지 않았다.

가발댁은 다른 여편네들을 만나면 "청올치댁 남편이 좀 잘생겼나. 신씨 성에다 신성일 뺨쳐서 신성일이잖여. 동네 여편네들이 왜 다 그 집에 가서 지 집 안방처럼 굴러먹겄어. 그 남편 보러 가는 거라고!" "그년이 완전 여시과라. 내가 시집올 때부터 알아봤다니께. 사람 살살 홀려먹게 생긴 게, 글쎄, 청양에서 작부년으로 소문이 자자하더라니께." "그년이 자네들한테는 영부인 마마처럼 폼 잡는다는 걸 내가 모르는 바는 아닌데, 완전 속고 있는 겨. 자네들이 하는 청올치 누가 팔아줘? 그년이 다 팔아주는 거 아녀? 내가 보기엔 자네들이 뽑은 청올치나 그년이 뽑은 청올치나 그게 그건데 왜 자네들 건 하품이고 그년이 한 것만 상등품이야? 그년이 야바위친 거라고!" 등 레퍼토리도 다양하게 중중거리고 다녔다.

듣는 데서는 솔깃한 척 "어머, 증말 그래유?" 했지만, 아낙들은 그런 말을 들은 적도 없다는 듯, 청올치댁네 출입을 그치지 않았다.

가발댁이 그러고 뒷말하고 다닌다는 것을 귀가 아프게 전해 들었을 텐데, 청올치댁은 반응이 없었다. 길에서 마주치면 언제나처럼 인사성 밝게 "가발댁 성님 편안하시쥬?" 하는 것이었다.

가발댁은 청올치댁이 대거리하면 적반하장으로 뒤집어씌워 욕먹이고 나아가 그녀의 머리카락을 몽땅 뽑아낼 작심을 하고 있었다. 한데 그 모양으로, 전래동화에서도 터무니없는 설정이라고 잘 안 나온다는 마음씨 고운 선녀식으로 응대하니, 가발댁은 돌아버릴 지경이었다.

한번은 동네 사람 다 모인 자리에서 가발댁이 대놓고 욕을 한 적도 있었다. 모내기할 때와 마찬가지로 타작할 때도 품앗이를 했는데, 말술김네 마당에서 일은 벌어졌다. 청올치댁이 '범골 4H구락부' 소속 청소년 일꾼들한테 막걸리 한 잔씩 따라주었다.

가발댁은 천둥소리로 이기죽거렸다. "저년이 인제 술집 주모질로 나섰구먼. 과거에 술 따라주고 젓가락 두드려가며 노래 불러주고 '땡기면' 몸까지 대주고 그랬다는디 그 버릇 나온 겨." 일은 조금하고 술에 취해서 가발댁이 제정신이 아니기는 했다.

환장한 것은 청올치댁이 아니라 그녀의 남편 신성일이었다. "시발년이 보자 보자 하니께, 죽을라고 염병을 했구만." 가발댁한테 달려가는 신성일의 바짓가랑이를 붙잡고 늘어진 것은 청올치댁이었다. "참으쇼! 부처님 불알처럼 참고 산다고 하지 않았소!" "참을 게 따로 있지!"

부부가 실랑이하는 것을 해죽거리며 쳐다보던 가발댁이 더 큰 소리로 지껄였다. "이 여시 찜 쪄 먹을 년아! 더러우면 더럽다고 말을 해. 속으론 부엌칼 갈고 있잖여? 넌 나한테 천불 나지도 않는 겨?"

가발댁의 남편 뱃사람이 볏단으로 아내의 얼굴을 후려쳤다. 어찌나 세게 쳤는지, 가발댁의 얼굴은 피범벅이 되었다. 뱃사람이 기절한 아내를 내려다보며 변명했다. "내가 배 탄다고 생과부를 만들어났더니…… 주둥이가 썩었나 봐."

동네마다 있는 노인회니 부녀회니 청년회니 등은 마을 사람이 자발적으로 마음을 모아서 태동한 경우도 있었지만, 면사무소와 농촌지도소가 이장과 반장과 새마을 지도자와 영농 후계자 등을 괴롭혀 생겨난 것도 많았는데, 리 차원 모임이 대개 그러했다.

반면에 골짜기 차원 모임은 자발적인 경우가 많았고, 범골부녀회의 출발도 자발적이었다.

청올치를 하던 청올치네에서 누가 먼저 말 꺼냈는지 모르게 말이 나왔고, 한 달에 쌀 한 되 값씩 모아서 우리 여편네들도 사람답게 관광도 좀 다니기로 의기투합을 했다. 회장은 나이 순서로 해마다 번갈아 맡았지만, 일 혼자 다 하는 총무는 청올치댁이 계속 책임겼다.

안 가본 온천, 안 가본 절이 없다. 당일치기로 주말치기로 전국의 온천과 절을 순례했다. 관광 다니고 남은 돈으로 불우 이웃 돕기 성금도 내고 수재민 돕기 성금도 내서 신문에 '범골부녀회'를 다섯 번이나 명토 박기도 했다.

다른 여인은 몸뚱이만 다녀오면 되게 모든 일을 홀로 능수능란하게 처리했던 청올치댁이 딱 한 번 되게 욕을 먹은 적이 있기는 했다.

"만날 우리 젊은 사람들만 놀러 댕기는 게 도리가 아니라고 봐유." 효도 여행을 하자는 것이었다. 대놓고 반대할 수 있는 며느리가 어디 있겠는가. 1박 2일로 시부모 모시고 수안보 온천에 다녀왔다. 여인들은 그 1박 2일이 '12년 동안 며느리로 살았던 것'보다 더 힘들게 느껴졌다.

"재수 좋아서 모실 늙은이도 없는 년 때문에 아주 죽는 줄 알았네. 지가 며느리 생활을 해봤어야 효도 소리가 안 나오지." 단단히 삐친 여인들을 달래느라고, 청올치댁은 열 배는 더 착한 척해야 했다. 그녀는 대오각성하고 다시는 '효'와 관계된 일을 기획하지 않았다.

청올치댁의 삼고초려를 받고 나서야 부녀회에 가입한 가발댁이 "이 동네가 무슨 박통이 통치하는 청와대여? 한 년이 계속 총무를 한다는 게 말이 되여?" 하고 올바르게 나서면서야 청올치댁은 총무를 그만두게 되었다. 그 뒤로 총무를 가발댁도 맡고 누구도 맡고 했는데 어느 해부턴가 부녀회가 있는지 없는지 누구도 모르게 흐지부지되었다.

한때 청올치댁으로 불렸던 여인은 1995년 백호제방 확장 공사에서 돌을 나르다가 굴러떨어져 다리 한쪽을 똑바로 못쓰게 되었다. 절뚝거려서 손님들 보기 안 좋다고 가든이나 식당에서 서빙으로 받아주지 않고, 오래 서 있을 수가 없어 공사판이나 공장일도 다닐 수가 없게 된 정도였으나, 가발댁은 "그년이 돈에 환장해서 싸돌아 댕기더니 다리병신 되었네"라 홍얼홍얼하고 다녔다.

'돈에 환장해서 싸돌아댕기는' 여편네들이 여럿 있어, 가발댁은 더욱 왕따가 되어갔다.

집에 들어앉게 된 청올치댁이 새로 시작한 부업이 마늘 까기였다. 어느 날 트럭 한 대가 청올치댁네 앞마당까지 와서는 안 깐 마늘 스무 포대를 내려놓고 갔다. 청올치댁은 일주일 만에 다 까서는 돈 20만 원을 받았으며, 또다시 스무 포대를 받았다. 조금만 산수를 할 수 있는 여편네라면 돈 되는 부업이라는 걸 깨달을 수 있었다.

젊은 여편네들이 돈 벌러 다니는 것을 부러워하고 배 아파하던 늙다리 여인네들은 청올치댁으로 몰려왔다. 면면을 보니 함께 청올치를 뽑아내던 동지들이었다. 트럭은 마늘을 백 포대씩 나르게 되었고, 청올치댁은 '마늘댁'이라는 새로운 별호를 얻었다.

마늘댁네는 늙다리 여인들이 돈도 벌면서 굶주렸던 이야기를 풀어내며 새 시대의 군것질거리(피자, 파이, 화과자, 스파게티 등등)를 간식하는 범골부녀회관처럼 돼버렸다. 선거철에 마을회관 찾은 정치인이 범골에 따로 들렀다가 진동하는 마늘 냄새에 취하고 갈 정도였다. (백호리 마을회관에는 노인방, 청년방, 부녀방이 따로따로 있었으나, 범골 여인은 마을회관에 거의 가지 않았다. 안골 당골 여편네들의 텃세가 심해서 아무 재미가 없다는 것이었다.)

여인들은 마늘댁의 마늘 까는 솜씨가 얼마나 탁월한지 곧 깨달았다. 청올치는 그녀가 먼저 배웠고 이미 달인급으로 숙달된 상태에서 못 따라간 것이라 여겼었지만, 마늘 까기야 누구나 이골이 난 짓거리가 아니었던가. 마늘 까는 게 돈벌이가 될 수 있다는 사실이 기가 막히게 감사할 따름이었다. 한데 아무리 까도 마늘댁의 속도를 따라잡을 수 없었다. 다른 여인들 평균해서 한 바가지 깔 때, 마늘댁은 한 말을 깠다. 게다가 다른 여인들이 깐 마늘은 티끌이 완전히 제거되지 않기 일쑤였고 손톱에 긁힌 것도 많아서 1등은 언감생심이고 2등만 받아도 자지러지게 기뻐했는데, 마늘댁은 완전무결한 1등으로만 받았다.

여인들이 "〈생활의 달인〉에 나가봐. 내가 신청해줄까!"라고 치켜세우면 마늘댁은 어림도 없다는 듯 겸손을 떨었다. "저만 봐서 그런 말을 하시는 규. 저처럼 깔 수 있는 여자가 동네마다 하나씩 있고요. 저보다 다섯 배는 빨리 잘 까는 아줌마가 고장마다 열 명씩은 된대유. 마늘 나르는 운전사 청년 말이."

여인들은 상상이 되지 않았다. 마늘댁이 까는 것도 기계가 까는 것 같은데, 마늘댁보다 다섯 배 빨리 깐다면 기계 할아버지가 깐단 말인가?

마늘댁네 주변으로 사방 오십 제곱미터는 마늘 냄새가 안개처럼 자욱했고, 마늘 까기 부업하는 여편네랑 살 맞대고 사는 남정네들 옷에도 마늘 냄새가 진동하게 되었고, 집집이 두어 달에 한 번 어버이 뵈러 온 손주 녀석들이 매워서 재채기를 할 만큼 마늘 냄새는 강력했다.

또다시 외로움에 사무치게 된 가발댁은 "그 쌍년이 동네를 마늘밭으로 만들어놨구만!" 하고 씨부렁대고 다녔다.

마늘댁네에 사람이 다시 모이자 자연스레 범골부녀회가 재건되었다. 회장은 아무나 맡았지만 총무는 또다시 마늘댁이 독재를 했다. 한 달에 쌀 한 말 값씩 모아서 봄에 한 번, 가을에 한 번 관광을 다녔다. 하고 보면 절이나 온천 찾아다니던 시절엔 하 젊었다. 늙어버린 여인들은 대전 엑스포공원, 안면도 꽃박람회, 여수 아쿠아리움 등을 찾아다녔다. 꿈에도 소원하던 제주도에도 다녀왔다. 사람 구경 실컷 했다.

마늘댁은 꿈이 있었다. 해외 구경을 한 번도 못 해본 여인이 대부분이었다. 끝내 못 해보고 죽을 가능성도 컸다. "다들 죽기 전에 해외 구경 한번 다녀오자구요!" 늙은 여인들은 열광적으로 지지했으나 끝내 결의를 모으지 못했다. 우리나라 구석구석을 다니는 것과 남의 나라를 가는 것은 천양지차여서, 여인들은 온갖 걱정이 되었고, 근본적으로 돈 걱정에 굴복했다. 단체로 관광버스 한 대 부르는 값에 해당하는 비행기값을 사람마다 내야 한다니!

마늘댁이 (예전처럼 삼고초려까지는 하지 않았지만) 아무리 곰살궂게 굴어도, 다른 여인들도 '살날도 얼마 안 남은 우리가 얼굴 붉히고 살 게 뭐 있나. 같이 놀러나 댕기자'고 꼬여도 가발댁은 외톨박이 신세를 고집했다.

"내가 존심이 있는 년이여. 우리 남편 태평양에 장사 지내고도 내가 자존심 하나로 버티고 산 년여. 내가 느그들 노는 데 왜 껴? 시발년들, 개딸년들, 주둥이를 찢을 년들, 주리를 틀어 똥구멍에 쑤셔 박을 년들, 나는 외롭지 않다구! 다 덤벼. 다 개처럼 물어뜯어 줄 텡께! 아이구, 여보 왜 안 와유, 왜 안 와. 거기서 왜 안 와. 하와이 시발년들이랑 붙어먹는 거지? 하와이 시발년하고 잘 살고 있는 거지? 잘했어. 입 드러운 년하고 살아서 뭐 해. 하와이서 오지 마, 오지 말라구 씹할 놈아……."

가발댁이 홀로 소주 댓 병을 마시고 늑대처럼 울부짖는 날에는 동네 개들도 겁이 나는지 침묵을 고수했다.

호구수산고와 진해해양대학교를 거쳐 항해사가 된 가발댁의 외아들은 제 아비처럼 1년쯤 배 타고 5개월쯤 휴가를 보냈다. 뱃사람이 그랬듯 아들도 휴가 기간 동안 어머니가 잃은 인심을 대신 만회하려고 애썼다. 아비와 마찬가지로 항해사도 마늘댁에게 가장 죄송했다.

"고생 많으셨지유. 즈이 어머니가 입이 하도 상어 같으셔서……." "한동네 사람인데 뭐 어떻디야. 자네 아부지가 얼마나 기뻐하시겠나. 이르케 선장님이 되셨으니!" "아직 선장 되려면 멀었어요. 저, 근데…… 아라는 잘 있나요?"

사랑을 누가 막겠는가. 가발댁 큰아들 배선장과 마늘댁의 막내딸 신아라가 결혼했다. 이 결혼 이야기를 제대로 하자면 책 한 권이 더 필요하겠다는 것은 독자 여러분도 충분히 짐작하실 만할 터이니 생략할 수밖에 없겠다.

결혼하기 전에는 휴가를 범골에서만 보냈던 큰아들이, 결혼 후에는 살림 차린 부산에서 꼼짝을 하지 않았다. 범골에는 겨우 1박 2일이나 머물다 갈 뿐이었다.

가발댁은 마늘댁도 모자라 그녀의 딸까지 욕하느라 입을 쉴 수가 없었다.

4. 바둑의 달인들

방 씨네는 범골 최초의 2년제 대학생, 최초의 4년제 대학생, 최초의 국립대학생, 최초의 서울대학생 등등 범골 역사상 모든 종류의 대학생을 최초로 배출했다고 할 수 있는데, 심지어 최초의 운동권 대학생도 배출했다.

1982년에 서울 사립대학에 들어갔던 '방운동'은 1학년 때 데모를 하다가 잡혀 들어가서 경찰서 유치장, 감옥, 군대 등을 풀코스로 거친 다음 낙향했다. 누가 봐도 나사가 빠진 것처럼 정신이 나가 있는 상태였다. 방운동은 다 늦은 나이에 이발소를 드나들면서 말 그대로 어깨너머로 바둑을 배웠다. 처음 이발사에게 아홉 점 깔고 두던 바둑이 불과 반년 만에 호선으로 두게 되었다.

그래도 훌륭한 대학생이라는데, 뭐라도 배울 게 있을까 방운동을 찾아다니다가, 바둑을 배운 이가 있었다. 지금 애들 가르쳐서 먹고사는 '방과외'다. 방과외도 대학 졸업하고 아이엠에프 만나서 취직 못 하고 낙향했다가 죽 눌러살게 된 이들 중의 하나였다. 학원 강사를 전전하다가 과외로 나서면서 돈을 좀 번다는 소리를 듣게 되었다. 방과외는 범골 부모 집에서 출퇴근을 했는데 남아도는 시간에는 인터넷으로 바둑을 두었다.

호신선은 대장암 수술을 받느라고 수원의 큰 병원에서 한 달을 지낸 적이 있었다. 병실에서 상종하고 지낸 젊은이 하나가 노트북으로 바둑을 두고는 했다. 그 젊은이가 (바둑이 아니라 마우스 조작법을) 가르쳐줘서, 호신선은 몇 판 둬보았다. 새 세상을 만난 듯했다.

호신선은 사람과 바둑 두기를 제일로 싫어했다. 그놈의 훈수가 견딜 수 없이 싫었다. 또 상대방의 얼굴을 보기가 괴로웠다. 유리하면 유리한 대로 불리하면 불리한 대로, 이겨도 져도 상대방의 눈치를 살피느라 피곤했다. 해서 두지 않게 되었는데, 세상에나, 사람의 얼굴을 보지 않고도 두는 법이 있었던 것이다.

자식들이 칠순 선물로 필요하신 게 있느냐고 묻기에 대답했다.

"넷바둑을 좀 두고 싶은디……."

자식들은 인터넷을 끌어왔고 컴퓨터를 가져왔다.

하여 범골 70대 늙은이 중에, 유일하게 운전면허증을 땄으며 심지어 자가용(아들이 폐차한다기에 놓고 가라고 한 똥차)까지 운전하고 다니는 호신선은, 또 유일하게 인터넷 사용자가 되었다. (이태 뒤에는 '또 유일하게 투지폰이 아니라 스마트폰을 사용하는 노인네'도 되었다.)

범골에도 집집이 이봉주가 선전했던 접시가 매달렸는데, 늙은이들은 불평이 자심했다. 돈만 비싸게 받고 볼만한 채널은 (뉴스와 드라마 말고는 볼 줄 아는 것도 없으면서) 열 개도 안 된다는 것이었다.

위성 보급에 가장 만족하는 범골인을 꼽으라면 호신선일 테다. 그는 인터넷 바둑을 두는 시간 외에는 '바둑 티브이'를 보는 것으로 소일했다. 경로당에 거의 가지 않았고 가도 바둑 생각이 나서 금방 돌아오고는 했다.

한번은 늙은 호신선과 젊은 방과외가 인터넷 바둑 사이트 대국 장에서 만났다. 호신선의 대화명은 '늙은범골', 방과외의 대화명은 '범골호랑이'였다. 두 사람은 공연히 반갑고 친밀한 느낌이 들었지만, 실제 거리 50여 미터를 사이에 두고 있으리라고는 전혀 생각하지 못했다.

범골호랑이는 1초에 한 수씩 두었고, 늙은범골은 1분에 한 수씩 두었다. 지루함을 참다못한 범골호랑이가 대화를 입력했다. '늙은탱, 빨랑빨랑 못 두니? 너 늙은 분 맞지? 우리 범골에는 너같이 느린 것은 발을 쭉쭉 뽑아서 전봇대로 만드는 풍습이 있어. 너 둘 때까지 나 계속 지랄할 거야. 야, 올드 도그 베이비야, 빨랑 두랑께……'

늙은범골은 그것을 보지 못했다. 대화창을 수첩으로 가리고 두었기 때문이다. 결국에 세대를 초월한 진검 승부는 호신선의 승리로 끝났다. 승부가 한창이었으나, 느림에 굴복한 방과외가 접속을 끊어버렸기 때문이다. 호신선의 147번째 '접속끊김승'이었다.

놀러 가자고요

1

그간 무고하신가요. 노인회장 김사또 조강지처 오지랖입니다.

—누구라고요?

노인회장 마누라라고요. 자주 뵀어요. 우리 집에도 몇 번 오셨고, 회관서 수도 없이 뵀어요.

—누구라고요? 뭐라고요? 보청기 어딨댜. 보청기 껴도 션찮게 들리는데 보청기 안 끼니께 하나도 안 들리네. 어라, 보청기 꼈네. 보청기 꼈는데도 이냥 안 들린대요. 거, 밥도 안 드시고 사시는 분인가 좀 크게 말해봐요. 대체 누구요?

노인회장 마누라라고요. 이번에 놀러 가는 것 땜에 전화했어요.
놀러 가셔야죠.

—정말 누가 뭐라는 건지 하나도 안 들리네. 누구요? 누가 뭐라
는 거요? 악 좀 써서 말해봐요.

젖 먹던 힘까지 쓰고 있어요.

—뭐라고요?

놀러 가자고요!

—뭐라는 겨!

놀러 가자고요!

—안 들려요, 안 들려! 할망구가 있으면 바꿔줄 텐데 할망구도
없고 답답하네요. 이 할망구가 대체 어딜 간 겨. 이상하네. 보청기
끼고 이렇게 안 들릴 리가 없는데. 이 보청기가 겁나게 비싼 거요.
자식 놈들이 팔순 때 사준 건데 세계적인 메이커가 고장 났을 리는
없고, 약발이 떨어졌나?

이따가 다시 걸게요. 안녕히 계셔요.

—미안해요. 나도 내 귀가 깜깜절벽이 될 줄은 몰랐어요. 안 들
리니까 사는 게 사는 게 아녀요. 사실 보청기 되게 끼기 싫어요. 귓
속에 똥파리 사는 것마냥 윙윙대니 견딜 수가 없어.

2

　―놀러 가자니께 하는 말인데, 오지랖댁은 신동엽이라고 알지? 책도 보고 일기도 쓰는 사람이니께 알 거 아녀?

　코미디언요?

　―아니, 아니, 시 썼던 신동엽. 「껍데기는 가라」나 뭐라나 썼다는 시인 신동엽이라고 있었디야. 실은 나도 엊그제까지는 코미디언 신동엽만 알고 시인 신동엽을 몰랐지. 우리 손녀딸 알지?

　상큼이 모르는 사람도 있나요. 삼동네에 셋밖에 없는 여고생이잖아요. 인사성 바르고 그 정도면 빠지지 않는 미모고 공부도……

　―공부는 못해. 애가 노는 걸 워낙 밝혀서. 엊그제도 애가 어디를 놀러 간다는 겨. 이년이 놀러 간다고 하면 겁부터 나. 사고 친 게 한두 번인가. 근데 이번에는 그냥 놀러 간 게 아니더라고. 글쎄, 신동엽 생가에서 하는 신동엽백일장에 갔대. 부여터미널 근처에 고 신동엽 씨가 태어난 집이 있대. 거기 신동엽문학관도 있고. 거기서 백일장을 했대. 오지랖댁은 책 많이 읽고 일기도 틈틈이 쓰니께 백일장이 뭔지 알지? 우리 부락 늙은것들은 백일장이 뭔지도 몰라서 한참 설명을 해줘야 했다니까. 실은 나도 백일장이 뭔지 엊그제 알았지만.

　민망하네요. 제가 뭐 책을 많이 읽어요. 1년에 두어 권 읽을까 말까……. 일기도 한 달에 댓 줄 쓰면 많이 쓰는 거라 쓴다고 할 수가 없어요.

—그 정도면 엄청스레 읽고 쓰는 거지. 암튼 내 손녀딸이 그 백일장에서 은상을 탔지 뭐야. 우리 부락서 내가 80년을 사는 동안 글 써서 상 탄 사람은 처음 봤어. 옛날로 치면 이게 장원급제나 다름없다면서? 장원급제가 뭔지 알지?

우와! 우리 상큼이가 큰일 했네요. 상큼이가 그런 글재주가 있었네요. 동상도 아니고 은상을 타다니요. 될성부른 잎은 떡잎부터 안다고 나중에 책 쓰는 사람 되겠네요.

—이제야 말이 통하는 사람을 만났네. 우리 부락에서는 내가 아무리 자랑질을 해도 알아듣는 사람이 있어야지. 책도 모르고 글도 모르고 백일장도 모르고 암것도 모르니 무슨 말이 통해? 촌놈들이 글 쓰면 배곯는다는 소리는 어디서 주워들어가지고 축하는 못 해줄망정 글 같은 거 못 쓰게 하라고 초 치는 소리나 해대고. 우리 상큼이를 진심으로 축하해주는 놈이 하나도 없네. 축하는 안 해줘도 좋은데 이것들이 믿지를 않더라고. 상큼이가 상장에다 상금까지 받아 왔는데, 돈으로 안 받고 도서상품권이라는 것으로 받아 왔어. 나한테도 기념으로 한 장 줬는데, 내가 그 만 원짜리 도서상품권을 증거로 보여주니께 비로소 믿더라고. 상큼이 말을 들어보니께 주말마다 놀러만 다닌 게 아니라, 알바도 뛰고 백일장도 다녔대. 한 번도 상을 못 타서 창피해서 얘기를 못 했었대. 이번엔 처음

으로 상을 타서 당당하게 밝히는 거래. 아이구, 이 못난 놈아. 이렇게 자랑스러운 딸을 낳아놓고 왜 죽은 겨? 어이구, 잘난 며느리년아. 어디서 안 죽고 목숨은 부지하나 모르겠다. 네 딸년 우리가 보란 듯이 잘 키우고 있다. 아이구, 미안해, 오지랖댁, 내가 너무 좋아서 말이 끊어지지를 않네.

좋은 소식은 나눠야지요.

─그렇지? 근데 우리 상큼이가 참 기특해. 뭘 썼냐니께 할아버지 할머니가 자기를 예쁘게 잘 길러준 얘기를 솔직하게 썼대. 할아버지 할머니 고맙습니다라는 얘기를 썼대. 우리는 상큼이가 저만 알고 키워준 은공은 꿈에서도 모르는 싹수머리 없는 년인 줄 알았거든. 상큼이가 그리 속이 깊은 줄 누가 알았겠나. 나중에 상큼이가 쓴 글이 책으로 나온대. 자기 것만 나오는 게 아니라 상 탄 애들 거 다 나온다지만, 내가 아무리 돈이 없어도 그 책을 한 백 권은 사서 쫙 뿌릴 테야. 오지랖댁한테는 일등으로 줄게. 아이구, 나는 생전 처음 알았어. 너무 좋아도 눈물이 철철 난다는 걸. 좋은 일이 있어봤어야 알지. 자꾸만 눈물이 나.

3

─지금 집에서 전화하는 규?

그럼요, 집이죠.

―퇴원했슈?

그럼요, 벌써 한 달은 됐어요. 저번에 제가 감사하다고 떡 돌린 날 회관에 나오셔서 맛나게 드셨잖아요.

―감사? 무슨 감사?

저 병원비 보태라고 추렴들 하셨다면서요. 꼭 돈이 문제가 아니라 걱정해주신 게 어디에요. 일일이 찾아뵙고 감사의 말씀을 전하는 게 도리인데, 서로 간에 바빠서 떡으로 때우고 만 거죠.

―떡 먹은 기억은 나는데 그 떡이 그 떡이었나. 회관에다가 떡 갖다 놓는 사람이 하도 많아서. 떡 얘기가 나와서 말인데, 이왕이면 신식 떡으로 해왔으면 좋겠슈. 하나씩 비닐로 싸서 까먹기 좋고 보관하기 좋은 거. 떡은 떡이고 되게 미안시류. 문병 간다 간다 하고 결국엔 못 가고 말았슈. 요새는 교통이 발달해서 마음만 있었으면 못 갔을까. 내가 마음이 부족해유. 죽을 때가 가까워서 그런지 부쩍 미안해유. 자식새끼들한테도 미안하고 동네 사람들한테도 미안하고. 딱 한 인간! 먼저 골로 간 남편한테는 하나도 안 미안해. 죽어서 그 인간 만날까 봐 죽지도 못하겠다니까. 그 인간 안 만난다는 보장만 있으면 내가 지금 당장에라도 농약 마셔버릴 거요. 근데 왜 전화했대요?

노인회에서 이번 주말에 놀러 가기로 했잖아요! 같이 가시자고 전화 드렸어요.

―어째 그런 전화를 노인회장님이 않고 오지랖댁이 하고 있댜?

노인회장님하고 사는 죄죠.

―앵? 노인회장님이 그새 새살림을 차리셨나?

제가 노인회장 마누라잖아요.

―오지랖댁이 노인회장 마누라였슈?

그럼요. 40년째 같이 살고 있어요.

―노인회장님 성격이 엄청 불같던데. 저번에 싸우는 거 보니께 장난 아니게 무섭더라고. 그런 무서운 사람이랑 어떻게 살아유?

지금은 싸우는 것도 아녜요. 옛날에는 말도 못했어요. 때와 장소를 가리지 않고 중뿔나게 나서서 사또 노릇을 하니 싸움이 안 나요? 젊었을 때는요, 피 칠갑 안 하면 집에 못 들어오는 줄 알았다니까요.

―그런 사람이랑 워칙히 살았슈. 나처럼 남편을 확 잡고 살아두 속상한 게 많은 법인디.

이제는 늙어서 점잖아요. 놀러 가실 수 있는 거죠?

―언제 가는듀?

이번 주말이라고요. 일요일.

―그날 자식들이 죄 오기로 했는데……. 내 생일이어서 밥 사준다고 온대유.

밥을 토요일에 안 먹고 일요일에 자셔요?

─토요일에는 사돈네 결혼식이 있슈. 사돈네 결혼식까지 챙기면서 살아야 되는 건지 모르겠지만 챙길 건 챙겨야쥬. 우리 딸내미 괄시당하면 쓰나.

생신 축하드려요.

─그런 축하는 다시 말아유. 오지랖댁은 아직 젊어서 몰유. 나만큼 늙어봐. 생일이 가장 심난혀. 생일밥 먹는 게 아니라 제삿밥 먹는 것 같다니까.

같이 가시면 좋을 텐데, 못 가시는 거로 알고 전화 끊을게요.

─우리가 언제 또 전화를 해볼 거라고 벌써 끊어유? 더 얘기 나눠유.

4

─안녕 못합니다.

어째 안녕을 못하신대요. 두 분 다 건강하시고 자식들도 다 잘나가시고……

─한 달 전까지는 그랬죠.

무슨 일 있으셨어요?

─말도 말아요. 폭삭 망했어요. 알고 보니까 둘째 놈 사업이 쫄

딱 망해버린 지 석삼년이더라고요. 그것도 모르고 우리 아들놈 사장님이라고 동네방네 자랑하고 다녔으니 부끄러워서 살 수가 없네. 알고 봤더니 둘째 놈이 저 혼자 망한 게 아닙디다. 교수 형 돈, 의사 누나 돈, 변호사 동생 돈, 복부인 장모 돈, 싹 끌어다가 다 때려 박았더라고. 저희들끼리 육이오 저리 가게 싸운 모양이요. 둘째 놈이 한 번만 더 도와달라고 논밭이고 선산이고 싹 팔아달라고 조르는데 다른 놈들이 가만있겠어요? 내 앞에서 지들끼리 지랄 염병들을 해대는데, 참 가관입디다.

마나님은 어쩌시다가…….

─자식들 그 꼬라지를 보고 어떤 여편네가 제정신이겠어요. 나까지 지랄 염병으로 날뛰니까 훅 가버립디다. 병원에 누워 있어요. 안 아픈 데 없이 다 아프다는데 의사는 특별히 아픈 데를 못 찾겠대요. 어렵게 전화 주셨는데, 간다는 말씀을 드릴 수가 없네요. 제가 놀러 다닐 정신이 아녜요.

어쩔거나. 모쪼록 가화만사성을 빌게요.

5

─기어이 놀러 간다는 거구만.

해마다 놀러 갔잖아요.

—뭣 하러 놀러 가냐고. 놀러 가봤자, 다들 다리 아프다. 허리 아
프다 해서 구경 다닐 염도 못 내고 버스에서만 죽 때리잖아. 그니
까 버스 타러 가는 거잖아. 그 돈이 얼마냐고. 돈을 건설적으로 써
야지. 노인회 이름으로다 불우이웃돕기 성금이라도 내면 좋잖아.
아픈 애들 병원비로 보내도 좋고 아프리카 같은 데는 굶고 사는 애
들이 태반이라던데 거기 밥값으로 보내도 좋고. 북한만 안 보내면
돼. 게다가 농사철이잖아. 젊은 사람들 농사짓느라고 쌔빠지는데
나이 먹어서 아무것도 못 하게 된 거 자랑질 다니자는 거야?

우리 회장님도 놀러 다니는 거 싫어해요. 꼭 가야 된다고 하시는
분들이 더 많으니까.

—그렇다니까. 저번 회의 때 나만 놀러 가는 거 반대했다니까.
곧 죽어도 놀러는 가야 한다는 거지. 우리 젊었을 때는 놀러 가는
게 의미도 있고 보람도 있었어. 촌놈들이 1년에 딱 한 번 때 빼고
광내고 유흥을 즐기다 오면 친목 도모를 넘어 보람 상조까지 되었
어. 지금은 아니잖아. 놀러 다닐 만큼 다녔잖아. 아줌마도 안 다닌
데 없잖아? 그만큼 놀았으면 됐지, 곧 땅속에 묻힐 것들이 기어코
놀러 가겠다니, 어이가 없어, 어이가. 팔구십 노인네들이 버르적버
르적 기어 다니는 거 보고 뭐라고 하겠어? 단체로 고려장 왔나 그
럴 거 아냐.

이번에 가는 데는 버스에서 서른 발짝만 걸으면 된대요.

─서른 발짝은 짧나? 열 발짝 가는 데 반 시간도 더 걸리는 노인네들 천지구만!

농사철에 일정 잡았다고 걱정하셨는데요, 노인분들이 농사철 아니면 움직이기 어려운 것도 사실이잖아요. 추우면 추워서 안 되고 더우면 더워서 안 되고 먼지 많아도 안 되고 바람 많이 불어도 안 되고 비 맞아도 안 되고 딱 이맘때밖에 없어요. 괜히 옛날부터 사오월에 놀러 가는 게 아니라고요. 석가모니 부처님도 하필이면 사월 초파일에 딱 맞춰 태어나신 것도 다 까닭이 있다고요. 농사철 중에도 논갈이 끝나고 못자리하기 전에 좀 한가하잖아요. 그래서 딱 그때로 정한 거라고요. 그것도 회장님 혼자 정한 게 아니고 회의에서 여러분이 정한 거라고요.

─말이 회의지, 그게 회의인가? 회장 혼자 안건 내고 의견 내고 결론 내고 나머지는 찬성 손뼉만 치잖아. 북한 김씨 왕조하고 다를 게 뭐여. 내가 하는 말은 들은 척도 않고! 민의의 기본이 안 돼 있어.

회장님이 독판치려고 하는 게 아니라, 지방방송은 그렇게 잘 트시는 분들이 멍석 깔아주면 꿀 먹은 벙어리가 되니까 어쩔 수 없이 총대를 메는 거죠.

─아따, 남편이랍시고 되우 감싸네. 열녀 났구먼. 홍살문 세워야겠어.

영감님은 어려우실 것 같고, 마나님은요? 마나님 안 계세요?

―나랑 같은 생각이여.

마나님은 가시고 싶으실 수도 있잖아요.

―내 마누라는 생각이라는 게 없어. 내 생각이 그 사람 생각이여. 안 가. 못 가. 우리만 안 가는 걸 다행으로 알아. 내가 소싯적 성질대로라면 관광버스 앞에 드러누웠을 거야. 다 못 가게.

소싯적 성깔로 따지면 우리 남편이 더하죠. 감당되시겠어요?

―깜빡했네. 열녀 아줌마, 계속 수고하셔.

6

―아이구, 종일 전화하고 계신 거유?

말도 말아요. 아침나절부터 전화하고 있는데 벌써 목구멍이 팅팅 분 것 같아요. 귀 어두운 분들이 태반이라 소리를 박박 질러댔더니.

―전화를 왜 한대요? 방송으로 하면 될 것을.

걱정되니까 그러지요. 30명은 가줘야 되는데, 가겠다는 사람이 없으니. 가실 건지 마실 건지 확인할 겸 웬만하면 가시자고 설득할 겸 전화를 돌려보고 있는데 영 소득이 없어요. 큰일 났네, 큰일 났어. 버스를 어찌 채운대요. 가실 수 있죠?

—회장님이 다 좋은데 아내한테 막 시키는 것은 문제가 있다고 봐. 전화도 하실 양이면 직접 하셔야지, 왜 애먼 아내한테 시킨냐.

내가 한다고 했어요. 회장님이 시킨 게 아니고 내가 자발적으로 하는 일이에요.

—가슴 혈관에 뭐 끼고 살잖아요? 말 많이 하면 가슴에 엄청 안 좋다던데. 전화 일이 보통 일이 아녀요. 제 며느리가 홈쇼핑에서 전화통이랑 싸우는 일을 하는데, 전화 한 통 받을 때마다 한 달씩 늙는 것 같대요.

우리 며느리 하나도 마트서 계산원을 하는데 손님 거지반이 귀어둡고 말 많은 노인네들이라 계속 대꾸하고 소리를 질러야 된대요. 저녁에 가슴이 아파 숨쉬기가 너무 힘들대요.

—그니까 전화 일이 보통이 아닌데 왜 그걸 가슴 아픈 아내한테 시키셨냐고.

자발적으로 하는 거라니까요. 우리 회장님이 너무 바빠요. 한 열흘 동안은 소똥 친다고 죽어나더니 요새는 그 소똥 논바닥에다 펴느라고 또 죽어나요. 그렇게 죽을 둥 살 둥 하고 다니는 양반이 노인회 놀러 갈 사람 머릿수 걱정까지 하고 있으니 제가 좌불안석이라 가만히 있을 수가 없더라고요. 입은 살아 있으니 전화질이라도 해보겠다고 떠맡았죠. 이제 한 스무 집 했는데 남은 집을 언제 다 할는지 까마득하네요.

―다 한다고요? 한 예순 집은 될 텐데.

딱 한 번만 해서 되면 좋은데, 도통 안 받는 집, 생각을 좀 해본다는 집, 말이 안 통하는 집, 본인이 안 받은 집, 이런 데는 다시 걸어야 하니까 백 번은 더 해야겠지요.

―대충 하세요. 그게 무슨 사서 고생이에요. 전화 같은 거 안 해도, 갈 사람은 가고 못 갈 사람은 못 간다니까요.

이왕 시작한 일이니 최선을 다해야죠.

―못 말려요. 못 말려!

그래서 가실 거죠?

―노인네, 말 잔뜩 시키고 못 간다고 하면 그게 사람이에요. 갈게요. 저는 하늘이 무너져도 놀러 가요!

7

―힘드신데 저한테까지 전화를 하셨대요. 당연히 저는 가야지요. 명색이 부녀회장인데 저라도 가서 재롱을 떨어야지 어쩌겠어요. 확실히 나이는 못 속여. 칠십 넘어가니까 흔드시는 분도 없어요. 새색시 새신랑 신혼여행 가는 것도 아니고 민숭민숭 참 재미없어요. 우리 젊은 사람들이 분위기 주동해야지요.

부녀회장님이 예순다섯이죠? 나이 젊다고 다 건강한 거 아니죠.

나 봐요. 칠순 나이에 구순 노인네 소리를 들으니. 부녀회장님은 워낙 건강하게 사시니까 오십 대로 보이잖아요.

　―제가 동안 소리는 듣는데 오십 대는 좀 심하셨다.

　부러워요, 부러워!

　―근데 전화 된 김에 좀 여쭤볼게요. 노인회장님이 집에서도 그러시나요?

　뭘요?

　―설거지도 너무 잘하시고 청소도 너무 깨끗이 하고. 어떤 때는 지저분하다고 우리 부녀회 방까지 쓸고 닦아주시는데 정말로 파리가 미끄러져서 다칠 정도였어요. 냉장고하고 창고도 어찌나 정리가 잘되어 있는지. 옛날 노인회 남자 방은 지린내, 담배 내, 노인 내, 냄새 천국에다가 돼지우리나 다름없었어요. 지금 회장님이 들어선 이후 완전히 달라졌어요. 깨끗한 것은 청소 열심히 해서 그렇다 치고 냄새 사라진 건 정말 신기하다니까요. 실내에서 절대 흡연 금지시켜서 담배 냄새는 없어졌다고 쳐요, 지린내, 노인 내는 정말 없애기 힘든 거잖아요. 방향제 같은 것도 안 쓰시던데 뭐로 어쩌신 걸까요?

　노인 냄새가 어찌 안 나겠어요. 부녀회장님이 좋게 생각하시니까 좋게 보이는 거지. 근데 우리 회장님, 집에서는요, 아무것도 안 해요. 걸레 붙잡아본 적도 없고 설거지해본 적도 없고. 나 병원에 있는 두 달 동안은 어쩔 수 없이 했다던데 나는 본 적은 없어요. 며느리하고 딸 말로는 아버님이 설거지도 잘하고 빨래도 잘하고 방 청소도 잘하고 사시는 것 같다고 하던데, 나는 본 적이 없어요. 내가 집에 있을 때는 아무것도 안 해. 의사가요, 무릎 수술받고 아무 일도 하면 안 된다고 했어요. 근데 집안일 다 하고 있어. 이 무릎으로 밥, 설거지, 빨래, 마당 비질…… 우리 집에 와보셔서 알겠지만 우리 집이 무릎 성한 사람도 걸어 다니기 힘든 구조잖아요. 아주 죽겠어요. 노인회장님, 집에서는 천둥 번개가 쳐도 꿈쩍 않는 돌부처예요.

　─희한하시네요. 그런 분이 회관 살림은 가사도우미 수준이시니.

　참, 내 정신 좀 봐요. 부녀회장님 틀림없이 가실 것을 알면서도 내가 전화 드린 것은 좀 도와주실 수 있는가 해서요.

　─당연히 도와드려야지요. 못 도와드리는 것 빼고는 다 도와드릴게요.

　그냥 놀러 갈 수 없잖아요. 간식거리를 준비하라는데…….

　─가서 점심 사 먹으면 되지, 뭔 간식까지. 세심한 노인회장님 때문에 우리 사모님만 생고생하신다니까! 무슨 말씀인지 알겠어요, 저랑 같이 가서 시장 보셔요. 언제 나가실래요?

8

　―내 국민핵교 동창 오지랖 여사 아니셔. 55년 전 첫사랑한테 전화를 다 하셨네.

　몸이 많이 안 좋다고 들었는데 목소리가 씩씩하네.

　―그럼 씩씩해야지. 이게 죽을병인 거 맞는데 죽을 때까지 된통 아프고 그러지는 않대. 진통제 먹으면 아무렇지도 않아. 복 받았지 뭐. 살 만큼 살았고 편안히 죽어가니까.

　너무 태평히 말하니까 더 슬프다야.

　―놀러 가는 것 때문에 전화했지?

　어떻게 알았어?

　―인스타그램, 페이스북, 카카오톡에서 봤어. 오지랖 여사가 전화 돌리는 거 생중계하더라. 안 웃기냐?

　뭔 말인지 알아야 웃지.

　―미안. 그날 컨디션 좋으면 부부 동반으로 꼭 갈게. 나는 못 가더라도 마누라는 꼭 보낼게. 오지랖 여사를 그때 아니면 언제 보겠어. 내가 너를 따로 보고 싶어도 네 남편 무서워서 보러 갈 수가 없다니까.

　나는 못 가. 놀러 다닐 수 있을 만큼 낫지를 못했어.

　―자기는 놀러 가지도 못하면서 놀러 가자는 거야? 한 삼백 미터씩 운동 다니잖아. 멀리 숨어서 너 지켜보는 게 요즘 내 낙이라

니까. 그 정도 보행 능력이면 관광지는 우습지 않아?

버스 타는 게 무서워서. 앉아 있는 것도 힘들어. 허리가 너무 아파서.

—허리가 아파?

원래 안 아픈 데가 없었지. 그중 무릎이 극심하게 아파서 다른데 아픈 게 생각이 안 났던 건가 봐. 무릎이 안 아프니까 허리, 어깨, 팔, 머리, 다 아프네. 사는 게 지긋지긋해. 아, 미안!

—어렸을 때 나랑 서울로 도망갔으면 그렇게 고생하며 살지 않았을 거 아냐.

자꾸 그런 말 하면 끊는다.

—네 남편 정말 대단하다. 그 소똥 혼자서 다 치웠다면서? 형님, 돈 많지 않아? 그걸 기계 불러서 치워야지, 팔순 나이에 뭐 하시는 거야. 사람들이 다 기함을 하더라고.

말도 마. 소똥 치우는 거 지켜보느라고 애간장이 다 녹았어. 감기몸살까지 걸려서 아침부터 저녁까지 종일 삽질해대는데 아이구야, 못 방석이 따로 없었어. 밥이나 먹으면 말을 안 해. 그 힘든 일을 하면서 밥을 안 먹어. 하루 한 끼니 반 먹고도 사람이 살더라고.

—형님이 봄만 되시면 꼭 그러잖아. 밥 안 먹고 술만 마셔서 우리 오지랖을 너무 속상하게 하잖아. 해튼 유난히 봄 타셔.

올핸 자기도 힘들긴 힘든가 보더라고. 얼마나 바쁘기에 얼굴 한

번 안 비치냐고 툴툴대데.

　─누구?

　자식 놈들. 그런 소리까지 하고 있는데 듣고만 있기가 그렇잖아. 첫째한테 전화를 했더니 득달같이 내려왔더라고. 첫째가 하루 반나절 도와주고 갔는데, 그걸 아들이랑 일주일 내내 푼 것처럼 자랑삼아 얘기하고 다니더라고.

　─자랑할 만한 자식들이잖아. 결혼도 잘하고 인정받는 직업들이고.

　문제는 돈을 별로 못 번다는 거지. 특히 첫째는 말만 교수지 시간강사밖에 안 돼. 텔레비전에 나오고 신문에 나오면 뭘 해. 며느리가 만날 죽는소리를 하는데. 오죽하면 며느리가 마트 계산원으로 나섰겠어. 며느리한테 면목이 없어. 나 병원에 있을 때 며느리가 한 달 동안 보살펴줬다니까. 똥오줌까지 받아줬어. 요새 세상에 그런 며느리가 어디 있어. 자주 오지는 않지만 오면 새벽같이 일어나서 시아비 시어미 밥을 차려준다니까. 우리가 아침 6시에 밥을 먹잖아. 간만에 모처럼 새벽밥 며느리한테 얻어먹으면서도 이러다가 우리 아들 이혼당하는 거 아닌가, 벌벌 떤 게 어느덧 17년이네. 메이커 옷이라도 한 벌 해주려고 했는데, 못 해주고 말았어. 갑자기 또 틀니가 부서지는 바람에 고거 고치느라고.

　─걱정하지 말어. 알아서들 다 잘 살아. 나는 자식 걱정 하나도

안 해.

그러고 보니 또 걱정되네. 노인회 여행을 가면 젊은 사람들이 찬조를 하잖아. 젊은 사람들도 참 힘들지. 노인들이고 부녀들이고 놀러 갈 때마다 행사 때마다 오만 원씩 십만 원씩 내놓아야 되니 얼마나 힘들어. 도시 사는 젊은 사람들도 자기 아버지 놀러 간다고 자기 아버지 체면 세워준다고 찬조를 하더라고. 작년 경로잔치 때도 찬조한 사람 명단 부르는 데만 반 시간은 걸렸대.

─뭐가 걱정이라는 거야? 찬조 많이 들어오면 좋잖아?

돈 쓰기가 얼마나 힘든데! 김사또 이 양반이 일 원 한 장까지 틀림없는 분이라 돈 쓰는 것도 보통 일이 아니야. 그게 걱정이 아니라, 다들 찬조하는데 우리 자식들이 찬조를 못 하거든. 명색이 노인회장님인데. 다들 잘산다고 무슨 감투 썼다고 아버지 면 세운다고 자식들이 찬조를 하는데, 우리 자식들은 남편이 노인회장 7년 하는 동안 딱 두 번 찬조를 해봤다니까.

─찬조할 만하니까 하겠지. 형님이 그렇게 헌신적으로 하는데 형님 자식까지 돈 내는 건 불공평하지.

그 두 번도 사실은 내가 꾸민 거다. 내 돈을 주고 이 돈을 아버지한테 '놀러 가실 때 쓰십시오!' 말씀드리면서 봉투에 담아 드려라, 한 거지. 애들이 나한테는 가끔 용돈을 주는데 지 아버지한테는 전혀 안 줘. 없어서 못 주는 건지 어려워서 못 주는 건지. 그래서 내 돈 주면서 아버지한테 '맛있는 거 사드십쇼!' 하면서 용돈 드리라고 한 적도 있어.

　―네 말 듣고 있으니까 더 살고 싶다. 오지랖아, 나 정말 죽고 싶지 않다. 나 참 선량하게 살았다. 내가 왜 벌써 죽어야 하냐? 우냐? 울어도 시원치 않을 사람은 난데, 네가 왜 울어?

9

　―어제 조공장님을 뵈었네. 저승에서도 유유자적 잘 살고 계시더군. 조공장님이 오지랖댁을 특히 예뻐하셨지.

　저만 예뻐했나요, 다 예뻐했지. 저도 텔레비전에 희한한 재주 지닌 분들 나오면 조공장님부터 떠올라요. 참말로 감쪽같이 잘 깎았어요.

　―자네를 편애했어. 다른 여편네한테 하나 줄 때 자네한테는 서너 개씩 줬잖아. 나한테는 수수비만 주고 자네한테는 싸리비에 대비까지 엮어줬잖아. 하기는 자네가 예쁜 짓을 했어. 다른 여편네들은 고맙다는 말 한마디로 퉁치는데, 자네는 그게 안 되는 여자잖아. 술 담그면 꼭 조공장님한테 한 병씩 보냈잖아. 정자나무 밑에서 안주도 없이 술 들고 계시면 아무도 안 쳐다보는데 자네는 국수라도 말아서 내갔잖아.

우리 아버지하고 동문수학하셨고 저한테는 아버지나 다름없는 분이었으니까요.

─조공장님이 만들어준 거 혹시 남아 있는 거 있나? 버리지 마. 나중에 알아. 진품명품에 나올지.

진품명품씩이나. 그래도 혹시 몰라 다식판 하나는 잘 챙겨뒀어요. 조공장님은 그 귀한 재주를 갖고 왜 평생을 촌구석에서 썩었을까요. 그런 분이 공부했으면 텔레비전 막 나오는 박사가 되고도 남았을 테지요.

─누구는 안 그런가! 우리 남편, 네 남편 할 것 없이 부자 부모 밑에서 잘 배웠으면 이런 촌구석에서 농사나 지었겠어? 우리 여편네들은 또 어떻고. 우리도 도시에서 태어나 교육받았으면 이렇게 살지 않았을 거라고. 신여성이 별건가!

맞아요. 촌사람은 다 억울해요. 진정 원해서 평생 농사꾼으로 산 이가 몇이나 되겠어요. 다들 불쌍해요. 가진 재주가 뭔지 알지도 못하고 안다 한들 펼쳐보지도 못하고. 언니 재주는 뭐였어요?

─재주 같은 게 있었기는 했나. 글쎄, 이것도 재주인지 모르겠는데 내가 귀신을 잘 봐.

저도 꿈속에서 많이 봐요. 심하게 많이 볼 때는 눈 감기가 두렵다니까요.

─나는 꿈에서 보는 정도가 아녀. 꿈에서 귀신들하고 한참을 떠

든다니까. 요새 만난 귀신 중에는 서 면장이 참 억울해하더만. 억울하고도 남지. 나 같은 골골도 팔십을 살았는데, 그 풍채 좋은 사람이 육십도 못 넘기다니. 그 고생을 해서 면장까지 되었는데 면장 노릇도 못 해보고, 쯧쯧.

10

─하필이면 16일이네요.

다들 그날밖에는 안 된다고 해서 그날로 잡았대요.

─16일은 일요일이고 15일은 토요일인데, 이왕이면 토요일로 잡지 그랬데요.

자식들이 토요일 와서 저녁때 가거나 다음 날 해뜨기 무섭게 올라가잖아요. 생일이고 잔치고 뭐든지 토요일에 당겨 맞추는 집이 대부분이잖아요. 노인네들은 일요일이 제일 한가하니까 일요일로 정한 모양이데요.

─아줌마, 4월 16일이 무슨 날인지 모르죠?

노인회 놀러 가는 날이라니까요. 어라, 잠깐만요, 달력에 뭐라고 적혀 있네. '국민안전의 날'? 이런 날도 다 있었나.

─세월호가 가라앉았던 날이라고요, 4월 16일이. 그 슬픈 날에 놀러 가는 건 아니죠. 국민안전의 날, 그것도 세월호 같은 일이 다

시 생기면 안 되겠다 해서 만들어진 날이라고요.

그럼, ……그날은 뭐 하고 있어야 돼요?

—뭐…… 나도 잘 모르겠는데, 암튼 놀러 가는 것은…… 그러니까 뭘 해야 하냐면…….

그러니까 못 가신다는 얘기죠?

—잘들 다녀오세요.

11

—왕따한테도 전화를 했네?

집이 아니신가 보네요. 시끌벅적한 게.

—우리 동네에서는 나랑 놀아주는 것들이 없어서 내가 중원리 경로당으로 고스톱 원정을 왔네. 중원리 씹할 년들 텃세 장난 아냐. 젖탱이를 똥개한테 물렸나, 대가리를 살무사 씹에 씹혔나, 보지 구멍에 작대기가 박혔나, 즈이 남편이랑 즈이 어미랑 붙었나, 시누이한테 똥구멍을 찔렸나, 자다가 뒤통수가 깨졌나, 밥 처먹다가 쥐똥을 처먹었나, 어디서 못 크고 못 처먹고 못생긴 것들이, 탱자 호박 바가지 세숫대야 골고루 앞뒤로 매단 것들이, 이렇게도 맞고 저렇게도 처맞다가 상여 탈 년들이, 꽃상여는 고사하고 지게에만 타도 감사해야 할 년들이, 나를 못 잡아먹어 안달이네. 일 대 십

팔로 뜨고 있는 중이여.

팔팔하시네요. 놀러 가고도 남으시겠어요.

—안 가. 나도 자네 서방은 무서워. 재작년인가 내가 버스에서 욕 좀 했다고 나를 그냥 들어서 길바닥에 내팽개치더라고. 나도 법 무서운 줄 모르는 사람은 무서워. 그냥 욕쟁이 왕따로 살려.

12

—농약에 대해서 좀 알아?

평생 냄새만 맡았지 잘 몰라요.

—나도 그래. 어떤 건 한 방에 훅 가지만 어떤 건 되게 고생한대. 어떤 건 재수 없이 목구멍이랑 내장이랑 창자랑 다 타고 목숨은 안 끊어진대. 농약병 뚜껑 색깔이 네 가지나 있네. 평생 농촌 살고 첨 봐. 농약은 서방이 해줬거든. 서방 죽은 뒤엔 아들놈이 해줬고. 아 들놈이 올 때까지 기다릴 수가 없어. 분홍색, 녹색, 황색, 청색, 이 중에 어느 색깔이 살충제일까. 아무래도 살충제가 마시자마자 가 는 거겠지?

무섭게 왜 그러셔요?

—오지랖댁은 그 나이 먹고도 무서운 게 많은가 봐.

성님, 제발 농약은 건드리지 마셔요. 가더라도 깨끗하게 가야죠.

이왕 살았는데 살 때까지는 계속 살아야죠. 사람이 왜 사는지 모르겠지만 살라고 태어난 게 아니겠어요. 제발 마음을 고정하시고 저랑 얘기하세요.

—귀 뜨거워 죽겠네. 빨랑 용건 얘기하고 끊게나.

용건이야 놀러 가자는 건데요, 지금 그게 문제가 아니고 성님이 이상한 생각을 하시고 계시니까…….

—에라, 모르겠다. 다 섞지 뭐. 섞어버리자. 살균제 제초제 조정제 살충제 팍팍 섞어버리자. 마셔버리자! 마셔버려라! 다 처먹으면 단박에 안 죽고 배기겠어. 확 죽어버려라.

왜 자꾸 끔찍한 말씀을 하시는 거예요.

—선불 맞은 멧돼지보다 더 끔찍한 놈이 단박에 안 죽는 농약 마신 멧돼지래. 속이 뒤집어져 갖고 미쳐 날뛰니까 육이오 때 탱크나 다름없다는 거지.

멧돼지 잡으려고요?

—암만. 막걸리병에다 잔뜩 타서 밭고랑에다 마시기 좋게 놓아둘 참이야. 왜 그랴? 왜 컥컥대?

가슴 가라앉히느라고요.

13

―뭐여, 우리 아버지 전화하고 있었어. ……안녕하세요. 저는 우리 아버지 딸인데요, 무슨 일로 전화하셨는지 몰라도 아버님이 거시기가 거시기하셔서 오락가락하셔요. 요새는 옛날에 호랑이 새끼 잡았던 얘기만 계속하시고 그래요.

참말로 호랑이 새끼를 잡았단 말이에요?

―참말인지 거짓말인지는 모르겠는데 신문에는 나왔었지요. 코팅한 옛날 신문이 벽에 가보로 붙어 있는걸요.

암튼 영감님은 놀러 가시는 것은 어렵겠네요.

―당연하지요. 도저히 안 되겠어요. 요양원으로 모셔야지. 정말 치매 노인네 모시기 너무 힘들어요. 얼치기 효녀 노릇도 1, 2년이지, 더는 못하겠어요.

그려요, 요새는 다들 좋은 데로 모십디다.

―그죠, 저 나쁜 년 아니죠?

그럼요, 누가 나빠. 1, 2년 모신 것만으로도 효녀 중에 효녀네요.

―그런데 왜 자꾸 죄스러운 걸까요.

14

―포도청이 완전 맛이 갔잖여. 으째 그리 쉬었댜?

전화 수백 통 해봐.

—전화 마침 잘했네. 내가 자기한테 막 전화할 참이었어. 다리 수술받은 사람마다 말이 달러. 나비처럼 훨훨 날아다닌다는 사람, 수술하기 전보다 더 못 걷는다고 절대로 하지 말라는 사람, 할 거면 하루라도 더 빨리 하라는 사람, 이왕 참고 산 거 하나 마나니께 계속 참고 살라는 사람, 하라는 겨, 마라는 겨? 늦을수록 더 힘들다메? 나는 해야 돼? 말아야 돼? 자기는 진실이 아니면 말하지 않는 사람이니께 자기가 양단간에 결정을 내줘. 해? 말어?

나도 그랬다니까. 작년 가을까지 그렇게 만날 갈등만 했다니까. 수술 잘된 사람 보면 나도 얼른 하고 싶고, 잘 안 된 사람 보면 할 엄두가 안 나고. 갑자기 옴팡지게 아프더라고. 그전에는 아파도 대강 걸어 다닐 수 있었는데, 한 발짝 뗄 때마다 부엌칼로 저미는 것처럼 고통스럽더라고.

—내가 지금 그렇다니까! 누가 쇠꼬챙이로 무릎을 쑤셔대는 것 같아.

그럼, 해. 수술할 때는 마취 덕에 하나도 아픈지 몰라. 깨어나면서부터가 참혹하지. 한 달만 견디면 살 만해. 나도 다리 아픈 건 이제 모르고 살아. 다른 데가 아파서 그렇지. 다리만 안 아파.

—그렇지? 하는 게 맞지.

다른 것은 모르겠는데, 다리가 똑바로 펴져서 너무 좋아. 너도 알다시피 내가 어릴 때부터 안짱다리라 보기 흉했잖아.

─그려, 네가 얼굴은 반반했는디 하체가 좀 부실혔어.

평생 치마만 입고 살았잖아. 내가 일자 바지 한번 입어보는 게 소원이었잖아. 요새 그 소원풀이 하고 산다. 잘 때도 일자 바지 입고 자니 말 다했지. 일자바지 입고 시내 나가면 사람들이 그래. 나무젓가락 됐네요! 그런 말 들으면 수술하기를 백 번, 천 번 잘했다 싶지.

─야, 그런디 네 목소리 정말 심상치 않다. 응급실 가봐야 하는 거 아녀?

15

─뭣할, 뭣 같은 여편네!

나한테 하는 욕이에요?

─삼거리 논을 팔았다잖아. 팔 거면 진작 팔았어야지. 소똥 내고 그 소똥 다 펴고 내 논보다 더 정성들이는 남의 돈이라 기계 불러 제일 먼저 갈았는데, 팔았대! 기계 삯은 지가 책임진다고 해서 그나마 참았어.

잘 참았어요. 저절로 일이 줄어드니 다행이에요. 이젠 좀 쉬엄쉬엄 살아요.

─철없는 소리 작작하고 자빠졌다. 뭐 먹고 살래? 자식 놈들이 손 안 벌리는 건 다행이다만 한 달에 이삼십이라도 따박따박 입금하는 놈이 없는데 어찌 살래? 시제답 내놓고 농공단지 삽 뜨면 우리 논은 꼴랑 두 마지기 남는다고. 이태 뒤엔 우리 먹을 쌀도 없다고! 소도 다 키웠고 내 논도 없고 소작 지을 논도 없고 손가락 빨면서 살래? 너 무릎 고치는 데 때려 박은 돈이 어떤 돈인 줄 알아? 나가고 너 혼자 자식들 눈치 보지 말고 잘 살라고 모아놓은 돈이었다고. 그 돈 다시 마련하기 전에는 내가 눈을 못 감아. 논도 없고 소도 없고 뭐로 그 돈을 마련하냐고.

내 걱정 하지 말아요. 나는 자식들한테 의지할랍니다. 그렇게 지극정성으로 키워줬는데 버리기야 하겠어요.

─믿을 게 없어 자식을 믿어?

버리면 또 어때요. 당신 따라가면 되지.

─어휴, 이 철딱서니 때문에 내가 안 살 수가 없다니까.

나야말로 당신 때문에 사는 거요.

─됐고, 몇 집이나 했어?

전화 있는 집은 다 했어요. 손전화 있는 노인네들한테도 다 했어요. 삼백 통은 한 것 같아요. 전화비 무지 나오겠어요.

─얼마나 간대?

확실히 가겠다는 분이 열댓, 그날 돼봐야 알 수 있다는 분이 여남은, 생각해보겠다는 분이 네다섯이에요.

—어디 봐봐. ……재수 없는 것들이 왜 이렇게 많아. 놀러 가는 거에 환장한 것처럼 방방 떨고서는 못 가? 가자고 지랄을 떨지 말든가.

전화하다 죽을 뻔한 마누라한테 고맙다는 말 한마디 하면 어디가 덧난대요?

—누가 하랬어?

미안해요. 하지 말라는 전화 2박 3일 해서.

—애썼어. ……엎드려 절 받으니까 속 시원해?

그 말 많은 노인네들 데리고 다니려면 당신도 참 고생이겠네요. 유치원 선생이 따로 없겠어요.

김 사 또

1. 갈비찜

둥그런 밥상 한가운데에 돼지갈비찜이 우아하게 놓였다. 뜨거운 김이 모락모락 피어났다.

"안 드시구 뭐한대유. 늬들도 어여 먹어라. 어서!"

손자 녀석 그림 그리는 걸 대견스럽다는 듯이 바라보고 있던 남편이 젓가락을 들었다. 손자는 밥상 따위는 쳐다보지도 않고 스케치북에다 크레용 문대기에 골몰했다. 제 애미 애비가 야단쳐가며 불러 앉혀도 아랑곳 안 했다. 네 살짜리가 말 듣기를 바라는 게 우스운 일일 테다.

드디어 남편의 입으로 갈비찜이 들어갔다. 남편의 얼굴을 뚫어지게 쳐다보았다. 남편은 푹푹, 잘도 뜯어먹었다. 금세 뼈만 남았다. 아주 흡족한 표정이다. 그럼, 그렇지. 당신이 뭘 알겠어. 당신 싸구려 혀에, 고동이나 소라나지, 뭐.

이제 자식 놈들 차례다. 한 녀석이라도 '뭐 이렇게 맛이 없데요'라는 식으로 말했다가는 다 된 밥에 코 푸는 거다. 자식 놈들이 물어뜯기가 무섭게 별로 씹지도 않고 삼켜버렸다. 시장해서일까, 아주 만족스러운 얼굴들이다. 그럼 그렇지. 늬들이 늬 애비 아들딸 아니겠냐. 혀가 안 닮으면 뭐가 닮았겠냐. 에이, 이 맛 숙맥들하고는.

탁구공처럼 튀어대던 심장이 비로소 박자를 낮추며 가라앉았다. 안도의 한숨 소리를 며느리가 들은 모양이다. 며느리는 실실 쪼개는 눈으로 쳐다본다. 며느리 얼굴을 마주 보면 기어이 웃음보가 터질 것만 같아, 얼른 외면했다.

남편은 자식 놈들의 만족스러운 얼굴을 확인하고는, 몇 배는 더 만족스러운 얼굴이 되어 소주 한 잔을 쭉 들이켰다. 한 달만 있으면 남의 집사람 되는 딸아이가 냉큼 빈 잔을 채웠다.

남편과 자식 놈들, 정신없이 먹어댔다. 참말이지, 맛 따위는 고려를 않는구먼. 그러니 촌놈들이지.

"어머니도 드세요." 며느리가 금방이라도 쏟아낼 것만 같은 입으로 권했다. 이년이 이거 들통을 내려고 그러나. 조신하지 못하게. 아들이 며느리를 처음 인사시켰을 때, 초면에도 스스럼없이 웃어대는 게 좋았다. 그래도 그렇지, 지금은 웃을 때가 아니여.

"니, 그려 나도 먹어야지." 상 한 귀퉁이에 소고기볶음 한 접시가 있었다. 딸아이 말을 빌리자면 나는 '입이 고급'이었다. 개고기는 물론 못 먹고, 그 흔한 닭고기도 못 먹고, 심지어는 계란찜도 계란 프라이도 못 먹고, 돼지고기도 못 먹었다. 그런데 소고기는 먹을 수 있었다. 며느리가 경황없는 중에도 소고기 조금을 볶았나 보다. 고마운 년.

한데 자식 놈들, 입 한번 무겁다. 거, 지 아버지한테 맛있단 소리 한번 해드리면 어디가 덧나나. 제, 아버지가 이 고기 구한다고 윤사월 바람 맞아가면서 몇 시간을 떨었는디. 아, 참 이 고기는 그 고기가 아니지.

아뿔싸, 자식 놈들한테 이게 네 아버지가 구해 온 고기라는 것을 말해두지 않았다. 딸아이는 제 오빠들이 사 온 고기로 알 테고, 작은아들은 제 형이 사 온 고기로 알 테고, 큰아들은 자기 마누라가 사 온 걸로 알고 있으니, 이것들이 지 애비한테 공치사하기를 바랄 수는 없는 노릇 아닌가.

이를 어쩐디야. 남편이 자못 섭섭할 텐데. 이거 또 삐지시는 거 아닌가? 그렇게 생각해서 그런지, 남편의 얼굴이 어느 결엔가 우중충해졌다. 남편은, 설마 마누라가 자식 놈들에게 제 아비가 고기

구해 온 걸 귀띔 안 했을 리는 없고, 자식 놈들이 싹수머리가 없어서 공치사 한마디를 안 한다고 오해하기에 십상이었다.

이를 어쩐디야. 진실을 밝힐 수도 없고! 애가 탔다.

시어머니를 구원하겠다는 듯 며느리가 새살댔다. "아버님, 이 고기 저엉말 맛있어요. 정육점 냉장고에서 찬 공기 쐬던 것들과는 달라도 한참 달라요. 아버님 아니었으면 이렇게 신선한 갈비는 평생 못 먹어봤을 거예요."

내가 제과점에 출퇴근할 때, 빵공장 젊은것들은 툭하면 '오버한다'고 했었는데, 며느리가 제대로 오버해주는구나.

남편의 얼굴은 대번에 펴졌다. 활짝 웃는 얼굴이 되었다.

참, 거시기 한 양반이셔. 그러니께 노인네가 애랑 동무란 소리를 듣는 겨.

큰아들이 제 아내에게 물었다. "그게 무슨 말이야?"

"이 고기, 아버님이 돼지 잡는 집에서 직접 구해가지고 오신 거래. 신선 그 자체라고!"

큰아들 녀석은 고개를 주억거리며 제 아비 듣기에 딱 좋을 소리를 했다. "어쩐지 맛이 다르더라. 아버지, 고기가 너무 좋아요."

작은아들과 딸아이도 박자를 놓치지 않고 장단을 맞추었다. "요새 이렇게 싱싱한 고기 먹기 힘든데 아버지 덕분에 먹어보네요."
"아버지, 살살 녹아요."

이런 걸 각본 없는 드라마라고 하나 보다. 짜지도 않았는데 입이 착착 맞아 떨어지잖나!

남편이 덕색을 냈다. "그러냐들? 음, 내가 돼지 잡는 사람 옆에 바싹 붙어가지구서는 일일이 부위를 가리켜가며 얻어낸 것이니께, 뭐, 고기가 좋기는 할 겨."

나는 허리를 숙이고 컥컥댔다. 입을 앙다물고, 거의 터졌던 웃음을 되삼키느라 사레가 들리고 만 거였다. 며느리가 등을 두드려 주었다. 이년도 웃음 참느라 엄청 힘든가 보다. "어머니, 괜찮으세요?" 어쩌고 하는 소리가 금방이라도 와르르 웃어버릴 것만 같다.

남편이 말했다. "자기 혼자 소고기 먹을라니께 사레 났남? 근디 밤 잔뜩 썰어 넣었다고 하지 않았어?"

기억력도 좋으셔라. 설레발쳤다. "그걸 잰 게 몇 시간이고 푹 찌기까지 했는디, 다 녹았쥬. 갈비서 밤 냄새 안 나유? 그기 다 밤물 들어서 그런 거 아닌가 베유."

"그런가…… 늬들, 니 엄마한테도 감사혀라. 엄마가 이거 한다고 밤 엄청 깠다. 손가락에 곰팡이 슨 사람이. 야, 너는 또 왜 그러냐? 너두 사레 걸렸냐?"

며느리가 손으로 입을 가리고 숨 막히는 사람처럼 컥컥대고 있었다. 며느리 등을 두드려주는 척하면서 텔레파시를 보냈다. 참아라! 참아야만 한다!

어제 오전 10시경이었다. 어디선가 돼지 멱따는 소리가 들려왔다. 짐승 뒈져가는 소리, 시골에서도 들어먹기 힘든 지 오래된 소리였다. 애들 중고등학교 다닐 때만 해도, 달포가 멀다 하고 개 돼지 소 들이 죽어가는 소리가 동네에 메아리쳤다. 먹고살 만한 시절이 되었다는 건지, 그간 육고기 못 먹고 산 게 포원이라도 졌다는 듯, 경조사는 물론이고, 칠순 회갑은 고사하고 생일만 되어도 무시로 짐승을 잡았다.

네발 달린 짐승도 뒈질 때는 제 가진 힘을 모두 모아 크게 한 번 질러보는지, 비명은 꼭대기 집에서 시작했어도 끝집 뒷동산까지 다다른 다음, 하늘로 올라가 천둥처럼 울었다.

나라에서 동네 도살 금지령이라도 내렸는가, 언제부터인가 정육점 고기를 사 먹는 시대가 돼 있었다.

뒈져가고 있는 돼지가 들으면 죽다가 기절할 소리였지만, 무심코 뱉었다. "오래간만이 들어서 그런가, 저 소리가 다 정겹네유."

남편이 반색했다. "내일 애들이 틀림없이 온다고 했지?" "그류, 그런다고 혔슈." "또 한밤중에 온다던가?" "점심때까지 오도록 노력을 해보겠대유." "말만 그러지." "그건 그류. 와봐야 온 거지."

밤과 낮이 뭐 그리 다르겠는가만, 기다리는 마음은 밤이 훨씬 더 팍팍했다. 게다가 큰아들 녀석이 빙충맞게도 운전을 못했다. 젊은 사람들이 고향 올 때 제일로 힘든 게 운전이라던데, 시어미 입

장에선 내 배 속으로 난 녀석이 하는 거에 비해, 남의 집에서 얻어온 자식이 하는 게 백 곱절은 더 신경이 쓰였다. 큰아들은 저희 말마따나 쪽팔리지도 않는가, 운전하는 것보다 차에서 애 보는 게 더 어렵다고 지껄이더라만, 그건 지 생각이지. 아무렴 운전이 어렵지, 애 보는 게 어렵겠어?

논에 두엄 내러 가겠다고, 조금 전에 똥복으로 갈아입었던 남편이 훌러덩 벗었다.

남편은 똑같이 싸구려 남방에 싸구려 트레이닝복에 싸구려 모자였지만 구분해서 입었다. 소 똥오줌 다룰 때만 입는 똥복, 논일 할 때만 입는 논복, 흙을 안 묻히는 일을 할 때만 입는 일복, 마을회관에 놀러 갈 때와 면 소재지로 출타할 때만 입는 외출복. 신발도 네 종류였다. 똥장화, 논장화, 막운동화, 외출운동화.

남편은 일복을 후닥닥 입었다. 막운동화를 신고 바깥마당으로 달려갔다. 곧 오토바이 시동 거는 소리가 들렸다. 멀어져가다가 들리지 않던 오토바이 소리가 돌아왔다.

"금방 오네유, 뭐 빠트리셨슈?" 남편은 대답 비슷한 것도 않고 마루에 오르더니 또 훌러덩 벗어버렸다. 안방으로 들어가더니 금방 외출복을 입고 나왔다. "나, 물 좀 줘." 남편은 단숨에 들이켰다.

진짜로 어딜 가간 저런디야.

동네 사거리에서 남편의 오토바이는 또 한 번 돌아섰다.

"왜, 또 와유?" 남편은 역시 대답을 않고 안방으로 뛰어 들어갔다. 러닝셔츠와 팬티 차림으로 마루로 나온 남편은 아까 훌렁 벗어 놓은 일복을 입었다.

"지금 뭐 해유? 패션쇼 해유?"

남편이 엉뚱한 소리를 남겨놓고 가버렸다. "피 튀길까 봐."

남편이 12시가 땡 했는데도 돌아오지 않았다. 남편은 정각에 먹는 위인이었다. 1분이라도 밥상이 늦으면 삐져버렸고, 아예 안 먹을 때도 있었다. 그런 시계 같은 사람이 1시가 돼가도록 안 왔다. 전화도 없었다. 한동안은 며느리가 사준 휴대폰을 자랑처럼 들고 다니더니만 요새는 귀찮다고 맨손으로 다녔다.

"증말로 어디로 간 거랴? 에휴, 더는 못 기다리겠다. 내가 조선 시대 열녀도 아니고, 먹자, 먹어!" 아침에 먹었던 호박된장찌개를 데웠고, 냉장고에서는 김치 한 보시기만 꺼냈다. 남편이 있었다면, 이것저것 다 꺼내야 했을 것이다. 조기도 구워야 했을 테고.

3시가 되어가고 있었다. 남편에게 뭔 일이 난 게 틀림없었다. 그놈의 오토바이를 없애버리든지 해야지. 그 물건 타고 다닌 뒤로는 하루도 맘을 못 논다니께. 헛간에서 마늘을 까는지 짓이기는지 하고 있다가, 오토바이 소리가 들리자 허둥지둥 뛰쳐나갔다.

남편은 만면에 웃음꽃이 활짝 피어 있었다. 이 양반이 이렇게 웃는 것은, 지난 설에 손자랑 놀 때 후로는 처음이지 싶다. 남편은 딸아이가 퇴근하면 둘이서 두어 시간을 아옹다옹하면서 웃어대었다. 한데 그렇게도 고대했던 딸아이의 결혼이 확실시되던 때부터 부녀지간이 서먹서먹해졌다. 남편은 불경을 외듯 했다. "정을 끊어야지, 정을."

대전에서 전문대학 다닐 때 2년 빼놓고는 서른 살이 되도록 내내 집에서 끼고 있던 딸자식, 언놈한테 줄라니, 어미는 미치고 팔짝 뛰겠는디, 애인 같았던 애비야 오죽하겠어?

남편이 딸아이를 멀리하니까 딸아이도 아버지한테 막 까불지를 못했다. 하기는 고년이 결혼 날짜 받은 뒤로는 내놓고 연애질하느라 만날 밤늦게 들어오니 얼굴 볼 새도 없었다.

남편이 오토바이에서 내린 묵직한 검은 비닐봉지에는 갈비가 잔뜩 들어 있었다.

"이것 봐, 끝내주지!"

"고기가 좋네유. 그냥 들고 생으로 뜯고 싶은 맹키로 먹음직스럽구먼유."

"그렇지!"

"어디서 샀슈?"

"돼지 잡는 집이서."

"시내 도축장까지 갔었단 말이유?"

"무슨 헛소리여. 대골 방 씨네가 아들 치우잖여."

"맞어유, 맞어. 아이구, 또 깜빡하고 있었네. 아이구, 이 건망증!"

아침에 들었던 돼지 멱따는 소리가 떠올랐고, 그 소리가 대나무 골에서 났으며, 며칠 전에 대나무골 방 씨네 마흔두 살 먹은 큰아들 덕출이가 드디어 장가간다는 청첩장을 보내왔는데, 예식 장소가 삼동네에서는 특이한 경우로 자기 집이고, 즉 전통 혼례를 치를 거여서, 그 젊은 사람이 그렇게 전통을 따지는 사람이었는가 혼자 궁금해했던 것도 생각났다.

"그러니께 장가간다고 돼지를 잡았구먼유."

"그려, 새신랑 될 사람이 직접 잡고 있더만. 한 푼이라도 애낀다고."

"허이구, 부자 되겠구먼유."

"소문은 그냥 나는 게 아니더구만. 삼동네 젊은 사람 중에 손재주는 방덕출이가 제일이라더만, 참말로 손재주가 보통이 아니던디. 옛날 한참 동네 짐승 잡아먹을 적에, 칼잡이로 날리던 김석수보다 더 나은 솜씨더라구. 하도 뼈를 잘 발라서 눈을 뗄 수가 없더만. 예술이더라구, 예술!"

"그럼, 이제까지 돼지 잡는 거 보고 왔단 말이유?"

"이 갈비 얻을라고 그랬지. 돼지 잡을 때는 말이야, 예나 저나 끈기 있는 사람이 좋은 고기를 얻는 겨. 인지상정이라구, 그냥 앞에 버티고 서 있는 사람한티 칼잡이 마음이 가게 돼 있는 거거든. 덕출이 자식, 안 준다고 버티더만, 결국 내 끈기에 감복해서는 달라는 대로 다 주더라고. 흐흐, 내가 가장 좋은 부위를 얻었어. 다른 녀석들은 왔다 갔다 해서 칼잡이 맘에 안 들었거든."

"큰일 하셨구면유. 그래 밥은 얻어먹구유?"

"내일 혼례 치를 집인데 국수 한 그릇을 못 얻어먹었겠어. 간만에 돼지 생간도 먹었지."

"잘하셨슈. 그런디 춥지 않았슈? 바람이 쌀쌀허더만."

"춥기는. 그런디 있잖여, 색시가 동남아더구만."

"니이?"

"말로만 듣고 테레비에서나 보던 베트남 처녀더라구."

"그려요?"

"벌써 와 있어. 국수도 내일 결혼할 색시가 끓여준 거여."

"이쁘요?"

"으, 이쁘더구만. 듣던 대로 피부가 까무잡잡하고 우리나라 사람하고 분명 달라 뵈기는 하는디, 그려도 뭐 이쁘고 참하게 생겼더만. 내 눈이 잘못되었는지는 모르겠지만서도, 우리나라 텔레비전에 나오는 아이들인지 색시들인지 하는 처자들보다도 나은 것 같은디. 일단 싸가지가 있어 뵈더랑께."

"얼매나 까매요?"

"글쎄 확 표가 나긴 하는디, 한여름 되면 별로 표 안 날 것도 같어. 우리도 여름 되면 시커먼스 되잖여."

"한국말은 아직 못하쥬?"

"새색시인디 내남없이 말을 하간. 그려도 내가 신경 써 들어보니께 한국말을 곧잘 하더라고. 덕출이가 그러는디, 그 색시가 한국말 공부를 좀 했었다는구만. 그것으로 봐두 덕출이가 장가를 잘 간 것 같여. 누가 남의 나라로 시집가면서 공부까지 해 오겄나."

"니, 참 결정적인 걸 안 물어봤네. 나이는 어찌 된다요?"

"뭐, 스물은 넘고 서른은 안 된 것 같던디. 덕출이가 나이는 안 가르쳐주데. 딸뻘한티 장가드는 게 쪽팔린다구만 하데. 아, 그만 물어봐. 내일 가서 볼 거 아녀. 이 갈비나 재. 내일 애들 먹이게."

"텔레비전 보면 시골에 죄 동남아 처녀들이 깔린 것같이 말하더만서도, 우리 삼동네에서는 첨 아니유?"

"처음이지. 저기 샘골 조 씨가 조선족 색시를 며느리로 들인 적은 있어두, 순 외국 종자는 첨이여."

"덕출이가 테이프를 끊었으니께 인제 우리 삼동네 노총각들이 분발을 하겄구먼유. 덕출이 빼고도 미장가가 열댓은 되지유? 우리 범골만 따져도 다섯이나 되니께."

"고기 안 잴 겨?"

"애들 내일 와유, 내일. 급하기는. 근디 베트남 처자를 얻으려면 돈이 많이 든다던데유?"

"그려, 돈 많이 들었디야. 500근짜리 소 다섯 마리 팔았디야. 그려서 신혼여행이고 뭐고 다 생략했디야. 결혼식도 베트남서 한 번 하구 와서 또 안 할라구 그랬는디, 그간 분 부조금을 회수하기는 해야 하겠어서, 간단히 하기로 혔디야."

"왜, 집에서 한대유?"

"지금까지 뭣 들었어. 처가 부모도 안 데리고 혼자 달랑 온 외국 신부 데리고 언놈이 비싼 예식장까지 가겠어? 당신 말마따나 우리 고장은 동남아 신부가 드물어서 남 보는 눈도 거시기 하구, 영 그 려서 그냥 집에서 하기로 혔디야."

남편은 똑같은 질문을 열 번은 했다. "갈비 재어뒀남?"

"아, 증말로 몇 번이나 말해야 되유. 쟀다니께유. 그게 워떤 고긴 데, 지 아버지가 자식들 먹이겠다는 정성으로다, 돼지 잡는 거 지 켜보고 있다가 배 가르자마자 가져온 건디, 여지껏 가만 놔뒀겠슈. 늘 거 다 넣구 푹 재웠슈. 대추도 모자라 밤까지 엄청 넣었슈. 아까 밤 까는 거 못 봤슈?"

남편은 어젯밤부터 오늘 점심때까지 김치냉장고를 다섯 번은 열 어보았다. 갈비 재어둔 냄비를 꺼내 뚜껑을 열고는 콧구멍을 벌렁

거리면서 냄새를 맡았다. 흐뭇하고도 행복에 겨운 미소를 지었다.

2시 무렵에 큰아들에게서 전화가 왔다. "어머니, 또 늦게 출발해서 5시에나 들어갈 것 같네요."

"늬들이 뭐 그렇지. 그리두 저녁 전이 들어오니 얼마나 다행이냐."

"집에 고기 없지유?"

"고기 쌨다 쌨어. 암것도 사 오지 말아라. 느이 남동생이 접때 사온 소꼬리뼈도 있구, 느이 여동생이 사다 쟁여놓은 족발도 있다. 너 좋아하는 그이도 있구, 아나고도 있구, 겁나게 많어야. 아무려면야 내일 못자리할 건데 집에 먹을 게 없었냐?"

"삼겹살도 있어요? 저녁에 삼겹살 구워 먹게요."

"삼겹살도 많지. 니, 아니다, 아녀. 저번 주에 다 구워 먹은 것 같다. 거, 있잖냐. 늬 사촌 형들이 와서 보일러를 새로 놔줬어. 심야보일러로 바꾼 겨."

"심야보일러유? 그게 좋아요?"

"간밤에 되게 뜨겁기는 하더라. 그런디 뭐 외풍이 세서 얼굴 위는 똑같어. 야, 애 찡찡거리는 거 아니야? 전화 끊고 얼른 놀아줘라. 애미 운전하는데 정신 사납겠다."

"예, 그럼 삼겹살이나 몇 근 가지고 들어갈게요."

전화를 끊고서 뭔가 빠트린 말이 있다는 생각이 들었다. 한참을 생각해도 기억이 나질 않았다. 그로부터 두어 시간 뒤, 이제 갈비를 안쳐볼까나 하고, 김치냉장고를 여는 순간, 아까 빠트린 말이 생각났다. "결정적으로다 갈비 쟀다는 얘기를 안 했구먼! 갈비 있는디, 괜히 또 고기 사 오겄어!"

안마당 샘가에 다량의 요리를 할 때 쓰는 가스불이 따로 있었다. 푹 잰 갈비를 쏟아붓고 다독거렸다. 남편이 기다렸다는 듯이 나타나 냄비에 든 갈비를 바라보았다.

"맛있겄지?"

"아, 그럼유, 워칙히 맛이 없을 수가 있겄슈. 당신이 이냥 안달복달을 하는디."

텃밭 한 귀퉁이에서 양은솥에 개죽을 끓이고 있었다. 소각장 비슷하게 꾸며놓고 아궁이 파서 쓰레기도 태우고 일석이조로 사용하고 있었다.

그런디 이게 뭔 냄새랴. 아궁이에 뭐 이상한 게 들어가 있나. 막대기로 아궁이를 뒤적대보았지만 이런 이상한 냄새를 피울 만한 것은 없어 보였다. 저쪽에서 깽깽대는 강아지 녀석을 보는 순간, 문득 생각나는 게 있었다. "갈비!"

샘가는 시커먼 연기로 뒤덮여 있었다. 탄 냄새가 진동했다. 밸브부터 잠그고 보았다. 냄비에서 무지막지한 열기가 느껴졌다.

냄비 속은 시커먼했다. 숯검댕을 삶아놓은 것 같았다. 단 한 점도 성한 게 없었다. 샘가에 주저앉았다. 쥐를 잡아먹을 듯한 뱀의 얼굴이 떠올랐다. 뱀의 침묵은, 이번 사안의 경우, 최소 한 달이야! 노인네가 장장 너덧 시간을 죽치고 앉아서 얻어온 건데.

아아, 이러구 있을 때가 아니야. 황급히 딸아이의 휴대폰 번호를 눌렀다. "너, 언제 오냐?" "엄마, 목소리가 왜 그래요. 무슨 일 있어요?" "몇 시까지 올 수 있냐니께. 지금 못 오냐?" "6시는 돼야 갈 수 있어요." "그 전에는 안 돼냐?" "안 돼요, 손님 되게 많아."

이번엔 큰아들의 휴대폰 번호를 눌렀다. "애비냐? 어디께냐?" "거의 다 와 가요." "애 엄마 좀 바꾸라, 얼른. 니, 아가냐? 저기 있잖냐, 미안하지만 시내 좀 다시 나갔다 와야겠다. 마트 가서 제일 좋은 갈비로다 한 5킬로만 사 와라. 제일 좋은 거로다. 돈은 내가 줄 테니께. 급하다, 급혀. 그리두 운전은 조심히 하고. 참, 양념장도 있어야 한다! 바로 갈비찜 해 먹을 수 있게 말이여!"

남편은 정확히 6시에 밥을 먹는 위인이었다. 현재 시각 4시 50분! 어제 넣을 수 있는 재료는 다 넣어서 갈비를 쟀다. 대추도 밤도 남아 있지 않았다. 양파라도 넣어야지. 양파 몇 개를 정신없이 깠다. 참, 저놈의 냄비를 치워놓아야지. 남편이 냄비를 보면 끝장나는 거 아닌가. 남편은 또 어디로 갔나? 암튼 집에 없는 건 다행이지만. 아직도 뜨거운 냄비를 바깥마당 옆 헛간 저 구석에 쑤셔 넣었다. 며느리 운전하는 마티즈가 도착할 때까지 심장이 널뛰기했다.

여느 때라면 손자부터 안고 보겠지만, 손자보다 갈비가 급했다. 며느리가 사 온 갈비와 양념장 두 병을 새 냄비에 쏟아붓고, 막 뒤적였다. 양파를 집어넣고, 가스불을 최대한 올렸다. 진인사대천명! 이제 남은 일은 하늘에 맡길 뿐!

설거지를 끝내고도 한참 뒤, 손자와 놀던 남편이 안채로 건너갔다. 남편이 안방 문 닫는 소리가 들렸고 텔레비전 소리가 여기까지 들렸다. 그제야 나와 며느리는 마음 놓고 웃음을 터뜨릴 수 있었다.

단둘이 있게 됐을 때, 며느리를 추어올렸다.

"너, 거짓말 정말 잘하더라."

"어머님은 어떠시구요. 저도 어머님 거짓말 잘하시는 것 보고 놀랐어요."

"야, 말 마라. 거짓말로 산다. 요놈의 건망증 때문에. 이거 벌써 치매 아니냐?"

"어머님, 무슨 그런 말씀을 하세요. 저도 엄청 잘 잊어버려요."

"아니여, 내가 지금 보통 심각한 상태가 아니여. 저번이는 콩 볶다가 집을 태울 뻔했구, 또 저번이는 소들을 죄다 굶긴 적도 있구, 일일이 꼽을 수 없을 정도로 많여. 장난이 아니다."

"집을 태울 뻔하셨다구요?"

"집을 태울 뻔한 게 문제가 아니라, 그걸 느이 아버님한테 속여 먹느라고 증말로 힘들었다."

"집 태울 뻔한 일을 속일 수가 있어요?"

"그러게 말이다. 그러니 내가 거짓말 선수가 된 거지. 아니면 느이 아버님이 잘 속아 넘어가는 건지. 거짓말이란 게 정말로 그렇더라. 한번 하면 계속하게 돼."

"아버님이 설마 속으셨을라구요. 알고도 모르는 척하신 거 아닐까요?"

"알고도 모르는 척, 그거 아니다. 정말 속으시는 거다. 오늘 못 봤냐? 그냥 속는 거. 거짓말할 때는 머리가 젊은 사람처럼 팽팽 돌아간단 말여……."

2. 모내기 타령

늘 허리가 쑤시고 다리가 삐걱대는 것도 모자라 2년 전부터 심혈관 약을 하루에 두 번씩 밥처럼 먹는 오지댚이 슬그머니 나타나 모판 하나를 들고 낑낑대었다.

김사또는 버럭 소리부터 질렀다. "죽을라고 환장했어? 가서 방구들에 지지고 있어."

"당신 혼자 쌔빠지는데 가만히 있을 수가 있대유. 몸이 편하면 뭘 해유, 마음이 가시방석인디. 아무 말 마유. 기계 쓰는 일은 몰라도 이런 일은 같이해야, 살 것 같다구유."

김사또도 엔간히 힘들기는 했는지 더는 까탈을 부리지 않았다.

김사또는 일곱 마지기 세 다랑이를 자작했고, 여섯 마지기 두 다랑이를 소작했다. 모판이 총합 520개였다. 못자리 논에서 뿔뿔이 흩어져 위치한 논다랑이로 경운기에 실어 옮겨야 했다.

오지랖은 저녁부터 끙끙 앓았다. 김사또는 표는 안 냈지만 또 어떤 밤처럼 119를 불러야 할지 몰라 두려웠다.

김사또는 못자리판 했던 논을 다른 논과 마찬가지로 만들어야 했다. 로터리 치고 써레질하고. 다른 논을 보러 갔다가 울퉁불퉁 솟은 데가 띄자 쇠스랑 들고 허우적대었다. 김사또는 전날의 아내보다 더 큰 소리를 내며 앓았다. 오지랖은 '이 노인네가 진짜로 늙긴 늙었구나. 이러다가 큰일 나는 거 아녀' 밤새 떨었다.

무사히 아침을 먹으며 김사또가 읊었다.

"허리 찜질 좀 하고 오지. 도리가 읎네. 웬만하면 사람을 써보겠는디 시발놈의 선거 때문에."

모내기 풍경 속에 네다섯 살짜리 꼬맹이가 하나 있다. 혼자 논둑에서 노는 것이 지겨웠는가, 아이는 못단을 던져보겠다고 끙끙대더니, 슬그머니 논바닥으로 기어들어 간다. 어른들 하듯이 모 한

줌을 떼어 쥔다. 어른들 사이를 첨벙첨벙 비집고 들어가 한 줌을 통째로 박는다.

고주망태 오 씨가 입 근질거리던 차에 잘 걸렸다는 듯 나발을 분다. 뭐여, 니도 일을 혀보겠다고? 어쭈, 잘하는디. 커서 상농사꾼이 될라나 비다. 김사또는 아들 잘 둬서 좋겠구먼. 벌써 한몫하는 게 천석지기 팔자 아니겠냐구.

김사또는 활짝 웃으면서도 짐짓 딴소리다. 이 시대에 무슨 얼어죽을 천석지기야, 판검사가 돼야지.

꼬맹이는 한순간 으앙, 울음보를 터뜨린다. 꼬맹이의 팔뚝에 고추만 한 청거머리가 움찔대고 있다.

오랜 세월이 흘렀다. 그때 품앗이를 했던 사내와 여인 중 2할은 백호리를 둘러싼 야산의 어느 자락엔가 묻혀 있다.

쇠스랑 든 김사또는 연신 뚜덜댔다.

"저게 심는 거여, 마는 거여. 이런 제길헐, 또 한 줄 빼먹고 가네. 빠꾸, 빠꾸! 참 드럽게 칠칠맞네. 일 시킬 사람이 읎으니께 저런 것한티 일을 시켜유. 도대체가 개판여. 아이구, 열 터져."

조용한 혼잣말이 아니었다. 대놓고 들으라는 식으로 소리소리 질러대는 것이었다. 이앙기가 논바닥을 탱크처럼 굴러가며 모 박아대는 소리도 굉장해서 김사또의 지청구가 열부의 귀청까지 파고 들기는 어려울 테다.

뜻밖에 내려온 아들 판돈 덕에 남아도는 인력이 된 오지랖은 농로에 퍼질러 앉아서 중얼댔다.

"그럼 일을 시키지 말든가, 일을 시켜놓고 저리 타박을 해대면 제 속만 상하지. 에구, 저게 니 아비 성격이지. 다 늙어서도 조금이라도 틀리면 저리 성질을 부리니. 열부 저 사람이 일이 시원치 않다고 소문이 나 있어. 개갈 안 나긴 허다, 그지?"

한 다랑이를 끝내고 다른 다랑이로 이동, 막걸리를 나눌 때 김사또가 허허댔다.

"작년까지만 해도 몇 사람 있었는데, 금년엔 진짜로 나 혼자더만. 시골박사도 금년엔 않대. 경운기 대가리로 논 뚜드리는 놈은 나밖에 없어. 혼자 그 지랄하고 자빠졌으니께 으째 외롭더만."

김사또보다 여섯 살 아래인 열부가 이쑤시개로 참외를 찍으며 치켜세웠다.

"근력이 아직두 되시니께 그러셨쥬."

"이젠 나두 다 됐어. 아주 죽겄드라고. 작년까지는 한 다랑이 뚜드리면 한나절을 앓았는디, 금년엔 한 다랑이에 이틀은 죽을 것 같드만."

"인제 그만 고집부리셔유. 기계 산 사람 기계값이라도 뽑아야지유."

"나도 확 기계를 사버리고 싶어."

"지금도 기계가 너무 많어유. 그냥 참고 지내슈."

작년 추석 때, 김사또는 자식들이 다 모인 밥상 자리에서 불쑥 물었다. 늬들 중에 누구 농사지을 사람 있냐?

김사또는 서투른 코미디언처럼 제풀에 웃었다. 자식들 놀래기는. 하도 답답해서 허는 소리다. 기계값 주고 나면 남는 게 없으니 속이 터진다구. 기계 가진 놈들 찾아다니며 사정해대는 것도 드럽구 치사해서 말이지, 까짓것, 나도 기계를 싹 장만해볼까 그런 꿍꿍이를 해보는 게여. 트랙터, 이앙기, 콤바인, 바인더 몽땅 사버릴까 허는 게여. 내가 10년만 더 농사지을 수 있다는 보장만 있어두 당장 저지르고 말 것인디, 언제 죽을지 모를 판이니. 너희들 중에 한 놈만 농사를 이어 짓겠다고 하면 당장 기계를 사겠단 말여.

장남 판돈이 여쭸다. 기계가 엄청 비싸지 않나요?

농협서 보조를 많이 해주니께. 다 빚이 되겠지만서두.

이때 큰며느리가 불쑥 말했다. 이 사람이 쉰 살 되면 귀향해서 농사짓는대요.

식구들이 한바탕 웃음으로 흐드러졌다.

김사또는 싱글벙글하며 뒤대었다. 니깐 게 농사는. 나 죽으면 끝인 농사, 기계 사서 뭐 할까. 이냥저냥 버티다 가는 거지 뭐. 논이나 많기를 한가. 몇 마지기 안 되끼 너희들끼리 싸울 일은 없겠다.

"일 않고 술만 처먹냐? 인저 두 다랑이 하고 무슨 염치로 새참을 자시냐. 똑바로 심고 있는 겨?" 자전거를 타고 온 시골박사가 열부에게 다짜고짜 지청구다. 두 사람은 죽마고우였다.

박사는 판돈이 종이컵에 따라준 막걸리를 들이켜고는 열부에게 시비 걸듯 쏘아댔다. "이게 니 조카가 한다는 그 막걸리냐? 시금 털털한 게 개갈 안 나는구먼. 막걸리 사장이 조카인께 너는 공짜로 먹겠다?"

"그럼, 공짜지. 유통기한 지난 건 다 내 거여. 저녁마다 들러서 유통기한 두 병씩 조져."

열부의 조카는 판돈의 동창이었다. 10년 전에는 카센터 사장이 었는데, 근년에 경기도에서 막걸리 회사를 차렸다고. 동창의 아버 지는 30년 경력의 양계업자였는데, 아들 덕분에 졸지에 막걸리회 사 시골 대리점장을 겸하게 되었다. 동창의 숙부인 열부는 오래된 막걸리 처리반이 되었고. 김사또는 단골손님이 되었는데, 맛이 문 제가 아니라 신속 배달 서비스 때문이었다.

김사또가 채근했다. "점심 뭐 먹을 겨? 우리가 밥해줄 형편이 못 되어. 대궁가든여? 광명식당여? 중국성도 괜찮고. 먹고 싶은 데나 먹고 싶은 걸 얘기해보라고. 고기 궈 먹게 준비해달라고 할까?"

오지랖이 보태었다. "내가 허리고 다리고 괜찮은 디가 없어서 밥을 못 해줘유. 따뜻한 집밥으로 대접하는 게 도리인디……."

"요새 누가 집밥을 먹는대유. 다 식당서 먹지."

"그니께 말을 해보라고, 뭘 먹을 건지."

"집에 가서 먹을께유."

"그런 게 어딨어유?"

"과수원 아줌마들한티 밥 실어다 줘야듀. 아줌씨들하고 잠깐 먹쥬, 뭐."

"오늘 과수원 일 해유?"

"꽃봉우리 솎아낼 때잖유."

"일꾼 아줌마를 워칙히 구했냐? 선거판 일당이 7만 원이라는디 거기 안 가고 과수원 5만 원짜리 일하겠다는 아줌마들이 남아 있어?"

"우리 아줌씨들은 의리가 있은께."

오지랖은 열부의 아내를 걱정했다. "몸도 안 좋은 사람이 일꾼들 밥을 워칙히 해 먹인댜. 찌개 국은 또 워칙히 끓이구. 식당에 그냥 대 먹지."

"지두 그러라고 하는디, 그 짠돌이가 말을 듣간유. 기어 댕기면서 워칙히 워떻게 밥은 해대더라구유."

열부는 복숭아 과수원도 운영하고 있었다. 그의 아내는 연전에 뇌진탕으로 쓰러졌는데, 목숨 건진 건 다행이었지만 반신불수였다. 그녀는 전화도 제대로 받을 수가 없었다. 비명이나 신음에 불과한 단음절 몇 마디를 고작 토할 수 있었다. 열부는 집 전화도 휴대폰으로 받을 수 있도록 설정해놓았고, 언제 어디서 무슨 상황이건 벨이 울리면 받느라고 부산을 떨었다.

도시의 중심지를 전국 시대 모양으로 분할 점령한 각 정당과 각 후보의 운동원 부대와 '도로를 질주하는 무서운 아해'들 같은 선거 차량의 무차별 소리 발사에 귀청이 너덜거리도록 시달리노라면, 후보자들의 위대한 공약과 훌륭한 발언에 공감하고 생각하고 감탄하기보다는, 아우 시끄러워라, 소중한 표고 뭐고 겁나게 어려운 시험으로 뽑으면 안 되나, 하는 민주주의 말아먹는 불평이 나오는 것도 인지상정이리라. 도지사에 시장에 광역의원에 기초의원에 교육감까지 뽑는 지방선거니, 한 명 뽑는 국회의원 선거 때보다 최소한 다섯 배는 시끄럽다고 해도 지나친 말은 아닐 테다.

선거철의 시끄러움은 도시만의 자랑이 아니었다. 오히려 농촌이 더 시끄러울 수도 있었다. 색깔도 다양한 선거운동 차량이 10분에 한 대꼴로 지나쳐 갔다. 노란색이 트로트에다 '2번'을 넣어 쩌렁쩌렁, 파란색이 댄스곡에다 '1번'을 넣어 오오오오, 하늘색이 스포츠

응원가에다 '3번'을 넣어 둥둥둥둥, 하얀색이 무소속 누구누구를 앞세운 다짜고짜 연설로 뭐라뭐라…… 줄줄이 이어지는데, 집들이 대개 도로에서 멀찍이 떨어져 있고 늙은이들 귀가 대체로 어두우니 스피커 음량이 무지막스레 높았다.

아직 귀 어둡지 않고, 도로와 인접한 논바닥만 오가며 모내기 보조를 하던 판돈은 선거 차량이 지날 때마다 간이 널을 뛰는 듯 놀랐다.

오지랖이 자랑하듯 소곤거렸다. "나도 선거 운동원 해봤는디. 투표를 그때 딱 한 번 해봤구나. 느이 아버지한테 나라도 모르는 병신이라고, 손가락 병신인가 투표도 못 한다고 선거 때마다 욕을 먹어가면서도 이상하게 투표소 가기가 싫더라. 그래서 평생 안 하고 살았는데, 그때 선거운동원까지 했으니께 별수 있남. 내가 운동 한 사람은 찍어줘야지. 가만있자, 그 사람이 됐던가 안 됐던가? 기억이 안 나네."

관광버스 넉 대가 줄지어 달려갔다. 나가는 팀이었다. 관광버스의 청소년들이 손을 흔들었다. 오지랖은 흙 묻은 말라깽이 팔을 들어 올리고는 힘없이 흔들었다.

며칠 전 정부에서 '천안함 사건' 최종 발표를 했다. 점심 뉴스는 꺼져가는 불씨 같은 천안함 사건을 다시 활활 태우려고 안간힘을 다했다.

김사또가 욕을 해댔다. "북한 놈들도 병신여. 쌀도 안 주고 그러니께 쏜 건 이해가 가는디, 쏠라면 서울 강남이다 쏴야지, 바다에다 왜 쏴. 거기다 쏘면 누가 알아줘. 강부자 고소영 것들 놔두고 왜 앰한 젊은 애들한테 쏘냐고. 서울 강남 새끼들 삼풍아파트 때처럼 된통 당해봐야 정신 차리지."

판돈은 등골이 오싹했다. "아버지, 그런 말 하시면 큰일 나세요. 잡혀 가시면 어떻게 하시려고."

"개새끼들 잡아가, 잡아가라고. 재판정에서 속 시원히 떠들어나 볼 테니께. 서울 강남 놈들한테 피 빨리고 사는데 그런 말도 못 허냐? 거, 인터넷 워칙히 허는 거냐? 하고 싶은 말 막 써서 올리는 데가 있다메? 나도 거기다 확 써볼란다."

오지랖이 맥없이 웃었다. "만날 이러신다. 밥상머리에서 혼자 욕하셔."

뉴스의 화두가 '지방선거'로 건너갔다.

김사또가 또 한바탕 질러댔다. "하필이면 다른 때 다 놔두고 모내기 철에 선거를 하냔 말이여. 농촌에서 가장 바쁠 때가 모내기 철 아니냐고. 그렇지 않아도 일할 사람이 읎는디, 그나마 일할 만한 사람을 선거판이 싹쓸이해버려. 뽑는 게 몇 개고, 하나 뽑는 거에 후보가 몇씩이냐. 여덟 개에 후보 다섯 명씩만 잡아도 후보가

40명이여. 그 40 후보 놈이 선거원을 열 놈씩만 써도 400명이다, 400명. 그놈들이 법이 정한 대로만 쓰겠냐? 무법적으로 쓰는 선거원까지 합치면 천 명은 다 선거운동하고 자빠졌다는 거 아니냐? 우리 호구시에 젊은 놈이 몇이나 있냐? 이 바쁜 농번기에 그나마 있는 젊은 놈 천 명이 선거운동 판에 가 있어."

6공화국 체제가 비롯된 1987년부터 대선은 한겨울인 12월, 국회의원 선거는 4월인데, 1990년에 새 장을 연 지방선거는 농사짓는 사람 사정을 전혀 고려하지 않고 모내기 철에 치러지게 됐는지 언뜻 생각으로는 알기 어려운 일이다. 당시 법을 만든 금배지들이, 요새는 기계로 모심는데 모내기 철 따질 게 뭐 있어, 농사꾼이 몇 퍼센트나 된다고 그 사람들은 없는 셈 쳐도 돼, 확 무시해버려, 이런 식으로 생각했던 걸까? 그 전의 임명직 시장님들 군수님들 넉넉하게 임기를 채워주느라고 그랬던 걸까?

도로에 딱 붙은 논 다섯 다랑이를 마지막으로 심었다. 열부가 2천 7백만 원짜리 이앙기를 트럭에 실어놓고 와서는 멋쩍게 웃으며 눙쳤다. "그여 한 줄 몽땅 빼먹었네."

웃는 낯에 침 못 뱉는다고, 김사또는 뭐라 말을 못 했다.

열부에게 논갈이 부탁하러 또 왔던 박사가 대신 지청구를 했다.

"정신을 어따 빼 처먹구 일혔냐. 그러구도 품값 받아 처먹냐?"

"그 쌍년한테 욕하다가 잠깐 정신 줄 놨지. 선거년 말여. 하여간 내가 쪽팔려요. 논바닥이서 휴대폰 울린다고 전화 받는 놈은 나밖에 없을 겨. 반신불수 마누라가 워칙히 됐다는 전화일까 봐 별수 있나 꼬박꼬박 받아야지. 기계 세우고, 흙 묻은 장갑 벗고, 손 문질러 닦고, 전화 간신히 받았더니, 한다는 소리가 기호 몇 번 누구가 어쩌고저쩌고, 에이, 쌍년 한 번만 더 전화하면 찢어 죽어삔다, 꽥소리를 질렀더니 얼른 끊더만. 한두 번이 아니여. 아주 선거 땜에 미치겠어. 오늘도 한 여섯 번은 받았을 겨. 문자는 또 어떻게 알았나 하루에 100개는 찍혀. ……다 끝났는디 또 한잔해야쥬, 막걸리 남은 거 있쥬?"

김사또가 하고팠을 말을 시골박사가 또 대신했다. "뭘 잘했다고 또 술을 찾냐?"

회색 승합차가 서더니 선거운동원 띠를 멘 50대 양복쟁이가 내렸다. "수고들 하십니다. 시의원 후보 기호 10번 아무개입니다. 잘 부탁드립니다."

양복쟁이가 내민 명함을 받아든 열부가 대충 보고는 쏘았다. "어제 받은 것 같은디유."

"또 받아주십시오. 그럼, 가보겠습니다. 애들 쓰십시오."

승합차가 출발하자, 김사또는 명함을 장홧발로 문댔고, 시골박사는 도랑에 던졌고, 판돈은 찢었다. 과수열부는 남방 호주머니에

넣었다.

"그걸 왜 챙긴다냐?" 박사가 물었다.

"한두 장 받다 보니께 챙겨두고 싶더라고. 수집이지 뭐. 한 300 장 모았어. 시내 한번 가면 한 20장씩 받는다니께."

"야, 나는 마을회관에 가만히 앉아 있어도 서른 장이더라."

하늘색 선거운동 차량 한 대가 풍악을 울리며 달려왔다. 김사또의 집은 바깥마당까지 웬만한 농로만큼 길을 잘 내놓은 탓에 가끔 안골 쪽으로 이어진 도로로 착각하는 운전자들이 있었다. 하늘색 차에는 네 명의 50대 여성이 타고 있었다. 그중에 한 명이 내리며 명함을 뽑아 들었다. "기호 3번 아무개 후보입니다. 잘 부탁드립니다. 그런데 여기, 길 없나요?"

틈틈이 들이켠 막걸리 대여섯 병에 취해 있던 김사또는 부동자세로 매서운 눈빛을 쏘아댔다.

"아저씨, 왜 그렇게 무섭게 쳐다봐요?" 여성은 겁이 난 듯 명함을 내밀지도 못했다.

판돈은 '우리 아버지 화났습니다, 어서 차 돌려 나가세요'라는 말을 하고 싶었는데, 목소리가 나오지를 않아서 손짓만 해 보였다. 그걸 명함 달라는 말로 알아들었나 보다. 여성은 방향을 홱 바꿔 판돈에게 명함을 내밀었다. 판돈은 얼떨결에 받았다.

김사또가 낫 가는 목소리를 냈다. "구제역 간판 못 봤슈?"

"아, 봤지요, 봤어요."

"그런데 왜 들어와유?"

"길이 있으니께 들어왔지요. 길이 있는 줄 알고. 길 있는 거 아녜요?"

"간판에 차량 진입 금지라고 써 있잖유?"

원래 간판뿐만 아니라 차단기도 있었다. 길 양쪽에 받침목을 세우고 철봉대를 올려놓은 것에 불과했지만 차단기로서 손색은 없었다. 김사또가 오토바이를 타고 들어오느라 철봉을 내린 후 다시 올려놓지 않은 짬에 여성들이 들어와버렸던 것이다.

"봤다니께요. 하지만 길이 있는 줄 알고."

"봤으면 들어오지 말아야지, 남의 집 마당에 막 들어와? 그러다 우리 소 구제역 걸리면 누가 책임질 겨?"

"우리 집도 소 키워서 그 심정 잘 알아요. 저기 옥계에서 우리 집도 소 키운다고요."

"소 키운다면서 소 키우는 집에 막 들어와유? 빨랑 안 나가유."

선거운동 여성이 탄 차는 후진을 해서 멀어져갔다. 김사또는 그 차가 완전히 안 보일 때까지, 레이저광선을 쏘아 차를 불태우겠다는 생각을 하는 슈퍼맨 자세로 노려보았다.

관광버스 넉 대가 선거 차량 못지않은 풍악을 울리며 지나가고 있었다. 버스에 탄 수련원 고객들이 김사또를 향해 손을 흔들고 있

을지도 모른다. 또 다른 선거 차량이 관광버스를 뒤따르며 힘껏 소
리 질러댔다.

온 동네 소들이 밥 달라고 일제히 울었다.

3. 노인회장님 인터뷰

Q(호구시신문 수습기자 임정빈. 1990년생): 어찌 막중한 직책
을 맡게 되셨는지요?

A(백호리 노인회장 김사또. 1941년생): 노인회장이라는 자리
가 이득 없이 신경만 쓰는 자리라 다들 안 할라고 해. 이장은
월에 20인가 30인가 활동비라도 나오는데, 노인회장은 무보수
노력봉사거든. 골 아프게 누가 하려고 하겠어? 조금이라도 덜
아픈 늙은이가 울며 겨자 먹기로 맡는 자리지.

Q: 회장님이 되시기 전부터 가장 열성적으로 활동하셨다고
요?

A: 내가 환갑이 되기 전에는 늙어서도 경로당에서 죽치는 늙
은이는 안 될 거라고 자신했어. 허나 나이 드니 소용없더라고.
경로당에 가보니 그런대로 시간 때울 만해. 만날 비슷한 짓거
리를 하지. 장기 두고, 화투 치고, 술 마시고. 늙은이들 노는 거
어린애들 노는 것하고 똑같아. 별 시답지 않은 거로 티격태격,

별것 아닌 시비로 토라지고 낯 붉히고, 꼭 애들 같아. 어린애들하고 다른 게 하나 있다면 걔들은 연예인 얘기를 하는데, 우리 늙은것들은 정치인 얘기를 한다는 것뿐이겠지. ……그래서 나도 시간만 나면 경로당에 나가게 됐어. 마누라 표현대로 하자면 시계 불알처럼 왔다 갔다 했지. 오전에 농사일 다 마쳐놓고, 오후 1시부터 오후 3시까지 딱 두 시간 동안 가서 놀았거든. 겨울에는 오전 10시부터 11시까지 한 시간 더 놀고. ……술은 늘 많아. 선거가 좀 많은가. 선거 때 생겨서 남아 있는 술 박스, 돈 좀 벌었다고 유세하는 것들이 던져주고 간 술 박스, 자기 잘된 게 다 동네 어르신들 덕분이라고 인사차 들른 훌륭한 젊은이가 넣어준 술 박스. 뿐인가, 결혼식이니 고희연이니 마을 잔치니 동네 잔치니 장례니 엄청 많은데 그때마다 남는 술 박스가 다 경로당 창고에 쌓이거든, 하여간 술은 소주 맥주 엔간히 넘쳐나는데, 늘 안주가 없어. 그래서 내가 안주를 좀 날랐지. 마누라한테 감사하지. 아무거나 좀 해달라고 하면 군말 없이 해줬으니까. 아, 설거지도 내가 했어. 노인네들이 설거지할 줄 아는 인간이 하나도 없어. 나도 집에서는 거의 해본 적이 없어. 근데 경로당 싱크대에 수북이 쌓여 있는 그릇 보면 나라도 손 적셔야지 두고 볼 수가 없더라고.

Q: 청소도 잘하시나 봐요? 부녀회장님께서, 회장님 덕분에 마

을회관이 늘 신혼집 같답니다.

A: 뭐, 청소기 갖고 돌리는 건데. 내가 지저분한 것을 못 보는 성격이야. 누가 늙은이들 아니랄까 봐 묻혀갖고 다니는 것도 많고 어지럽히기는 좀 어지럽하나. 틈나는 대로 쓸고 닦아야지. 하는 김에 경로당으로 쓰는 방만 하기가 뭐해서, 다른 방도 손을 대. 우리 부녀회장님이 일은 잘하시는데 좀 털털한 성격이셔. 내가 할망구들 등짝 지지는 부녀회방 대신 청소해준게 되게 감사했던 모양이지. 칭찬을 다 해주고. 청소 말이 나와서 말인데, 청소의 기본은 딴 거 없어. 담배를 못 피우게 해야 돼. 그 전 회장은 그 사람부터가 골초였거든. 흡연자들 있으면 아무리 청소를 해도 소용없이 금방 더러워져. 내가 회장 된 뒤부터는 방에서 절대로 담배 못 펴. 내가 막 쫓아내. 방에서 담배 안 피우니까 별로 청소할 것도 없어. 무엇보다도 방에서 담배 냄새가 안 나서 좋아. 그렇지 않아도 노인네 냄새 난다고 괄시받는 사람들이 너구리 잡고 있어봐. 끔찍해. 좀 거시기하기도 해. 내가 회장 된 뒤로 안 오는 사람들이 몇 있거든. 거동도 못 하게 편찮아서 그렇다고는 하는데 담배 못 피게 해서 안 오는 건가 해서.

Q: 감투를 쓰시고 나서 달라진 점이 계신가요?

A: 촌구석 동네 노인회장이 무슨 감투여? 진짜배기 회장님들

이 들으면 배꼽 쥐고 뒹굴겠네. 뭐, 몰랐던 재미가 있기는 해. 내가 사실 감투를 써본 적이 거의 없어. 30년 전인가 40년 전인가 마을 반장을 2년간 해본 게 전부지. 그 반장 할 때는 이장 심부름 하느라고 발에 불나게 뛰어다닌 기억밖에 없지. 감투 말이 나와서 말이지만, 내 자식이 셋이고 셋 다 대학 공부까지 시켰는데, 이것들 중에 단 한 학기라도 반장이라도 돼본 놈이 없어. 누구네 아들인가 딸인가는 학생회장인가를 해가지고 신문에도 나왔는데, 내 자식 놈들은 누굴 닮아서 그런지. 허흐, 나도 중학교까지 다녔지만 줄반장도 못해봤거든. ……하여간 회장 되니까 생각도 못 한 재미가 있어. 찾아와서 인사하는 사람도 많고, 꼭 오시라고 초대해서는 밥 사주는 사람도 많아. 찾아오는 이나 불러가는 이나 회장님, 회장님 해가면서 높이 대접해주니 참말로 내가 뭐라도 된 듯하더군. 그 많은 회장들이 무슨 맛에 회장을 하는 건지 알겠더라니까. 내가 맡은 게 노인회장 자리니 망정이지, 다른 회장 자리면 큰일 날 뻔하지 않았어? 노인회장 자리도 이 좋은 맛에 취하다 보면 계속하고 싶어질 것 같더라고. 그게 독재의 시작 아니겠어? 노인회장 자리야 독재해도 되지만, 다른 회장 자리는 독재를 하면 꼭 이승만 꼴 난다니까. 뭐, 하겠다는 늙은이가 있다면 안 달래도 주겠지만, 하겠다는 늙은이가 없으면 내가 또 맡아야지 어쩌겠어? 이것

봐. 나도 이승만 같지?

Q: 가장 기억나는 일이 있으시다면요?

A: 여기저기 많이 놀러 다녔어. 남자 노인네끼리만 가기도 하고, 부부 동반도 가고. 면에서 각 마을 이장, 노인회장, 청년회장, 부녀회장만 데리고 간 관광도 갔었고. 세종시도 보고 안면도 꽃 보러도 갔었고, 여수박람회까지 갔었다니까. 볼 것도 없는 데를 관광하는 재미 다른 거 없어. 소풍이야, 소풍. 떼로 몰려가서 떼로 보고 떼로 마시고 먹고 그 재미지. 거, 〈1박 2일〉이나 똑같아. 그래, 노인복지재단인가 뭔가 만든다고 설문지 받아 오래서 그때 좀 고생했네. 설문지 그게 뭐 하는 짓인가 했는데, 남한테 아쉬운 소리 하는 거더군. 하지만 가장 기억나는 것은 그런 게 아니고, 총무를 맡은 친구야. 그 친구가 나를 회장으로 적극 밀었거든. 자기가 총무 맡아서 실무를 다 책임질 테니까 너는 회장입네 거드름만 피워라, 그래놓고는 덜커덕 아프지 뭐야. 설암이라나. 큰 병원을 풀코스로 도느라고 얼굴도 볼 수가 없어. 그 친구 덕분에 팔자에 없는 회장 노릇을 해보고 있는 건데…….

Q: 노인회 차원에서 문젯거리나 해결해야 할 일이 있으신가요?

A: 그런 사람 있잖아, 어딜 가나 꼭 한 명씩은 있는 대책 안 서

는 사람. 우리 노인회에도 그런 골칫덩어리 노인네가 있다면 있어. 우리 중에 자식이 제일 잘된 늙은이지. 자랑할 만하기는 해. 경로당 에어컨도 그 노인네 잘된 자식놈이 놔준 거니까. 하지만 다른 늙은이들도 생각해야지. 자식이 자랑할 만큼 되기가 겁나게 힘든 거거든. 그저 먹고만 살아줘도 자식님 고맙습니다 요인 경우가 태반이거든. 자식 얘기 나올 때마다 다들 인생 헛산 것처럼 우중충해진다고. 그래서 그 늙은이가 참 우리 경로당의 골치란 말이야. 오지 말라고 할 수도 없고, 자식 자랑을 못 하게 입을 봉해버릴 수도 없고…….

Q: 노인회 차원으로 특별한 계획이라도 있으신가요?

A: 그런 계획이 왜 있겠어? 마을은 청년회가 꾸려나가는 거지. 말이 청년회지, 그 사람들도 다 늙었어. 곧 경로당으로 놀러들 올 거야. 그래도 조금이라도 젊은 그 사람들이 마을을 말아먹든 발전시키든 해야겠지. 내 생각은 그래. 그저 늙은이들은 마을 청년들이 일하는 데 방해가 안 가도록, 마을 원로 대접받아가면서 조용히 애들처럼 놀고 있으면 된다.

봇도랑 치기

트랙터 논갈이가 한창이고, 곧 못자리철이다. 사나흘 뒤에 제방 수문을 열 것이란다. 저수지를 빠져나온 물이 좔좔 흐르도록, 산자락에 접한 논바닥 에두르는 구불텅구불텅 봇도랑을 말끔히 퍼내는 것이 우리가 할 일이다.

지난여름에 마지막으로 물 대고 대체로 말라 있던 봇도랑에는, 둑에서 스러져 내린 흙더미와 잔돌과 바람결에 날아오고 굴러온 나뭇가지와 잡다한 쓰레기가 그들먹하게 쌓여 있었다.

그 잡스러운 도랑길에 뿌리를 내리고 막 솟아 나온 놈, 낮게 엎드려 이파리 푸르뎅뎅한 놈, 잘났다고 짙푸르게 발딱 선 놈, 잡초라 싸잡기에 어울리도록 무성한 놈, 냄새나는 꽃 매단 놈, 성질 급하게 벌써 꽃가루 날리고 시들어가는 놈, 다종다양하게 뻗어 있었다. 더불어 살던 벌레나 파충류는 이사 가면 되지, 태평할는지 몰라도, 식물들은 지진과 다름없는 사태에 직면한 것이어서 4대강사는 물고기들과 동병상련일 테다.

어머니한테 사전 설명을 들을 때, 아직도 기계로 못 하는 농사일도 있단 말인가 의아했다. 직접 보니 포클레인 삽날로 퍼내기에는, 귓밥 팔 때 귀이개 대신 숟가락을 사용하는 것만큼이나 모양새가 나지 않을 듯했다.

게다가 봇도랑은 과일나무 촘촘히 심긴 둑 밑으로도 흐르고, 텃밭 바로 아래로도 흐르고, 집 담벼락 밑으로도 흐른다니, 포클레인이 왔다 간 태풍 피해 정도는 각오해야 할 듯했다. 3D 영화나 트위터나 피겨 금메달 딴 한국인, 이런 상상도 못 했던 일보다도, 아직 기계로 안 되는 일이 태연자약 존재한다는 사실이 더 판타지 같았다.

스무 살짜리 둘, 하나는 휘웃골 녀석이고, 하나는 갬발 녀석이란다.

휘웃골 녀석은 딱 불량아처럼 보였다. 내가 유명한 불량아 출신이라 척 보면 국정원이다. 녀석이 겁도 없이 구걸을 해왔다. 아자씨, 담배 좀 나눠 펴유.

나는 올챙이 적 생각 못 하고 눈꼬리에 힘을 주었다. 담배 피울 나이는 됐냐?

녀석은 초면에 나를 허수로이 보았던 낌새인데, 내가 휘두른 눈빛 칼질 일합에 깨갱하는 낯빛으로 바뀌었다. 나한테 까불었다가는 응급실 간다는 걸 퍼뜩 깨우친 게다. 소위 놀아봤다는 불량아는 눈치가 번개다. 꼭 자기 같은 것들끼리 대소격전을 수없이 치르다 보면 상대 눈빛만 보고도 '파워'를 간파하는 경지에 이른다.

녀석이 다소곳하게 대답했다. 설날 떡국 먹고 약관은 됐슈.

담배 주고 불까지 붙여주며 어느 고등학교 나왔냐고 했더니, 호구고 나왔으므로 저도 머리는 되는 놈이란다.

그럼 왜 대학 안 갔어? 요샌 농고 수고도 다 대학 가는데?

뭐, 지까지 간대유. 안 가는 사람두 있어야 대학이쥬.

가만히 있던 갬발 녀석이 붙었다. 개나 소나 다 가니 아무 '대'나 갈 수가 없지요. 재수해서라도 인서울 해야죠.

넌 공부를 좀 하는 스타일로 뵌다?

불량아가 대신 자랑했다. 이 새끼는 공부 되게 잘했슈. 호구고 전교 10등까지 했슈. 증말 아깝게 스카이 떨어졌슈. 내년엔 꼭 붙을 뀨.

공부씨, 공부나 하지 뭐하러 나왔어?

공부는 담뱃갑이라도 벌라고요! 간단히 답했는데, 불량아가 더 시끄러웠다. 시골서는 공부가 안 된대유. 노량진인가에 왜 있잖유? 감옥처럼 가둬놓고 군대처럼 패가면서 가르친다는 학원. 거기 들어가 대갈 터지게 공부해서 꼭 스카이 들어갈 거래유.

요새 군대, 사람 안 팹니다. 내가 거기 있다 나온 지 얼마 안 돼서 잘 압니다. 그런데 불량 스타일, 네가 쟤 대변인이냐?

불량아는 계면쩍어하면서도 덧붙였다. 공부 잘하는 친구가 얼마나 자랑스러운듀. 딸딸이까지 대신 쳐주고 싶은 심정이라니께유. 그런디 아자씨는 몇 년 선배님이시래유?

형이라고 불러, 몇 살 차이나 난다고. 네 살 차이인데, 열네 살은 더 먹은 기분이다. 군복무 동안 나는 엄청 늙어버렸다. 한두 살 차이를 도깨비 벼슬자리인 양 따지구, 누구나 갈 곳을 조금 먼저 댕겨온 걸 가지구 완장이라도 찬 듯 으스대니께, 아직 애들이라는 겨. 옛날처럼 3년 군대도 아니고 지우 2년짜리를 쬐금 먼저 댕겨오구, 그리 빼기냐? 어머니의 조롱이 들리는 듯하지만, 나보다 몇 살이라도 적은 애들을 만나면 한참 어리게 생각되었다. 대학 때 4학년짜리들이 1학년 깔아보던 것처럼, 저 핏덩이들이 언제 사람 구실하게 될지 참 걱정스러웠다.

일꾼들이 다 모이자, 이장이 한바탕 주워섬겼다. 세기말까지만 해도 말이여, 협동이 잘되었거든. 예, 오늘 봇도랑 칩니다. 한 집에서 한 분씩 빠짐없이 모여주슈, 면장님 협찬 막걸리 두어 박스 준비되어 있으니께 술 걱정은 붙들어 매시고, 이르케 방송 한번 때리면 오케이였거든. 감히 누가 빠져. 빠졌다가는 동네 사람들 말질에 된똥 싸지…… 새 천 년 들어서 울력이 끝장나버렸어. 하나둘씩 상판대기에 철판 깔고 안 나오는 분위기더니 나오는 놈만 장애인 되는 분위기까지 되어버렸으니께. 어쩌겄어? 관개수로는 기계 불러 뒤적댄다손 치더라도, 봇도랑은 사람이라도 사서 칠 수밖에. 근디 사람 구하는 것도 보통 일이 아녀. 늙은이들밖에 없으니께. 요새 누가 배춧잎 넉 장에 쥣일 삽질하고 자빠졌나. 약값이 더 나오지. 나부터가 10만 원을 준대도……

오른손 엄지손가락이 없는 사손이 불쑥 쏘았다. 하필 4만 원이래유? 3만 원도 아니고 5만 원도 아니고, 애~매한 게 꼭 초상집 부조할 때 내고 싶은 액수네. 3만 원은 모자라는 것 같고 5만 원은 넘치는 것 같고 4만 원이 딱인디 말이여, 내가 이 나이 먹도록 4만 원 부조는 보들 못했어.

깔끔시리 5만 원까지는 채워주고 싶은디 고놈의 희망 근로인지 희망 글러인지보다 일당을 더 주면 안 된다는 겨. 희망 글러가 일당 3만 4천 원에 교통 간식비 3천 원이 더 붙는댜. 그 3만 7천에 보조를 맞추고, 우리 백호리 돈에서 면사무소 모르게 슬쩍 3천 원씩 더 얹어 4만 원이라는 겨.

그니께 3만 7천 원은 면사무소에서 타 온 돈이라는 건디, 그럴 거믄 아예 희망 글러를 불러다가 파면 될 거 아뉴? 일을 왜 이리 번거롭게 한대유?

사손이 자네는 알 거 다 알면서 꼭 엇먹네. 노인네 '마알~달리게' 하는 게 그르케 재미있나? 희망 글러한테 이런 험한 일을 시키면 난리가 나지. 도랑 한나절 파고 허리 나갔다고 다들 4대 보험 시비를 걸어봐. 그걸 누가 감당할 겨. 그분들은 관광객 보시기 좋게 차도 옆 화단 길에다 꽃씨나 희망 심듯 하시면 되는 겨.

신선놀음이겠네유.

그럼 자네두 혀! 왜 신청 안 혔어? 우리 백호리는 신청한 사람은 커녕 신청할 사람두 없어서 신청만 하면 무조건 어서 합쇼인디. 자네 성격에 딱 맞는 일이구만.

아이구, 시내 육칠십 노인네들이나 하는 세월없고 심판 없는 그 짓을 워칙히 하고 자빠졌대유.

하여간 그르니께 젊은 사람들이, 품값이 좀 헐하게 생각되더라도 말이지, 거, 뭣이야, 그려, 애향심을 발휘해서 좀 수고를 해달라는 게여. 혹시 알어, 애향심에 감복해서 부처님이 금송아지라도 점지해줄는지. 금송아지, 금송아지 말이여…….

이장은 갑작스레 웃음보를 터뜨렸다. 사손도 껄껄 웃어댔다. 나는 소리를 내지는 않았지만 미소를 지었다. 나머지 일꾼들도 겉으로든 속으로든 웃는 듯했다. 애고 어른이고 간에 금송아지 모르면 백호리 사람이 아니다.

이장은 마무리를 했다. 하여간 휘순이, 자네가 또 애를 특별히 써 줘야겠네! 논 갈러 다니는 귀한 사람 쓸데없는 데 불러 쓴다고 나보다 더 늙은이들이 난리 치겠지만 워쩌겠어. 내 코가 석 자인디.

여자가 늘어지는 목소리로 받았다. 방송 다 하셨으면 들어가보셔요. 점심이나 거하게 쏘셔요.

맞어, 점심 얘기를 안 했구만. 마누라가 점심 못 하겄댜. 요새 어떤 집 여편네가 집에서 일꾼 밥상을 차리냐는 게지. 그려서 백호가든 가서 먹을 겨.

윗줄은 '백호리', 아랫줄은 '白虎里'라고 대통령 휘호처럼 새겨진 돌비석 앞에, 우리가 타고 나온 두 바퀴 탈것이 종류별로 서 있었다. 자전거 두 대, 스쿠터 석 대, 오토바이 두 대. 이장은 스쿠터 중에 가장 낡은 것을 타고, 폭발할 듯한 소리를 내며 멀어져갔다. 5년 전, 저수지 제방 확장 공사 때도 타고 다니던 스쿠터다. 이장은 그때 10년이나 탔는디도 말짱하지? 했었다.

'애향심을 발휘'할 '젊은 사람들'이 화려했다. 장애인, 이태백, 고삐리 태를 다 못 벗은 스무 살짜리 둘, 그리고 여자. 이런 사람들이 무슨 삽질을 한단 말인가?

나야, 강원도 금강산 일만이천 봉 가까운 천 미터 넘는 산꼭대기에서 나라를 지켰다기보다는 2년 내내 뒈져라 삽질하다 왔으니, 두어 달 쉬었다고 삽질 실력이 줄었을 리 없다.

이장은 하루에 끝낼 일이라는 투였는데, 뭘 믿고 그러셨는지 어이가 없다. 나는 단정한다. 이런 '딴나라 분대'로는 닷새를 줘도 어림없다. 차라리 '희망 글러' 노인네들을 모시는 게 낫겠다.

내가 미친 척 '최선을 다한다면' 사흘 안에 끝장 볼 수도 있겠다. 하지만 돌았나? 난 그렇게 선량한 놈이 아니다. 최선을 왜 다하나? 이런 막장 판타지 같은 일에 내 정력을 쏟을 이유가 없다. 딱 평균만 갈 생각이다. 여기 모인 '젊은 사람들'만큼만 팔 거다.

제방 수문에서 내려온 넓은 수로는 백호벌을 휘젓는다. 산자락 논들을 위해 따로 한 줄기 수로를 내놓았는데, 그 수로는 곧 두 갈래로 나뉘었다. 한 줄기는 스무고갯골, 범골, 안골을 거친 뒤 돌비석 아랫녘 구멍을 통과하여 백호벌 관개수로에 닿는다. 또 한 줄기는 당골, 휘웅골, 원자울, 댓골을 거쳐 개미벌 관개수로에 닿는다. 우리는 관개수로에 닿기 전의 두 갈래 봇도랑을 퍼내야만 했다.

돌비석이 세워진 둑 아래 수문에서 출발했다. 여섯 명이 대충 간격을 두고 도랑에 들어갔다. 각자 도랑 바닥이 말끔해질 때까지, 삽과 목장갑 낀 손을 이용, 쌓인 것들을 파든 푸든 뽑든 긁든 해서, 개흙과 잡초 무더기와 쓰레기와 그게 짬뽕된 것들을 양쪽 둑에다 아무렇게 퍼 올려놓았다. 앞사람이 퍼내기 시작한 자리에 이르면, 도랑 밖으로 나가, 맨 앞에서 퍼내는 사람보다 한 열 걸음쯤 올라가서는, 다시 도랑으로 뛰어들었다.

나는 농촌에서 나고 자랐으나 농부의 아들이 아니었다. 어린 시절에 나는 참 이상했다. 우리 집은 왜 논이 없을까? 왜 두어 두락 밭농사만 겨우 짓고, 벼농사를 짓지 않는 것일까?

다른 집은 다 논이 있고, 논농사를 지었다. 어느 집이고 간에 오뉴월이면 이앙기로 모를 심었고 한여름에는 농약을 쳤다. 가을이면 콤바인을 불러 벼를 베었고, 벼를 말린다고 온 집안 식구들이 동동댔다. 우리 집만 안 그랬다. 논농사 짓는 집 애들은 농사철만 되면 짜증 나 미치겠다고 엄부럭을 떨었지만, 나는 못내 부러웠다.

자작이든 소작이든 논농사를 짓지 않는 이는 농부라고 불릴 자격이 없잖은가.

나는 다른 아이들처럼 아버지의 직업란에 '농사'라고 적기는 했다. 밭농사도 농사는 농사고, 아버지가 추수 때만큼은 콤바인 조수로 논일하러 다니기도 했으니 순 거짓부렁은 아니었다.

하지만 아버지의 평생을 대변하는 직업은 '노가다'였다. 이 고장 대개의 늙은이처럼 젊은 시절에 한 10년 광부이기도 했고 막노동판 이력에 작별을 고하고 경비업계에 든 것이 벌써 7년이나 되었다지만 말이다.

아버지가 논이 없었기에, 소작으로라도 단 한 마지기도 짓지 않았기에, 대학 다닐 때 나는 농촌 출신이면서도 농촌 출신이 아닌 듯한 괴리감에 시달리곤 했다. 자랑스럽게 농부의 자식이라고 부르대는 녀석들이 부러웠다. 차라리 재벌 첩 새끼가 낫지, 하필이면 농부 새끼로 태어났냐고 신세타령하는 후레자식놈조차 부러웠다.

난 중학교 때 아버지에게 따진 적이 있다. 왜 우리 집은 논농사를 안 짓는대유? 아버지는 그야 당연하다는 투였다. 그 병신 지랄을 왜 하냐? 농촌 살면서 논이 없다는 게 말이 되유? 없는 게 백번 낫지. 논농사두 안 질 거면서 왜 농촌서 살어유? 깔끔하게 도시로 이사를 가자구유! 싫다, 난 고향이 좋다. 떠날 거면 벌써 떠났다. 요새 내놓은 논 쌌잖유? 심심풀이 땅콩 삼아 한 마지기만 지면 안 된대유? 똥쌀 새끼, 네가 질래? 농사가 무슨 지 잘하는 개차반 짓인 줄 아는가 비네. 농사짓는 집구석이 맨땅에 박치기하는 거 노상 보면서두, 개소리여?

아버지 말이 틀리지는 않았다. 내가 보기에도 '진짜 농부'들은 애오라지 논농사만으로 생계와 자식 학비를 도모하지는 못했다. 논농사는 그저 농부로서의 처량한 자존감을 지키는 일에 불과하거나, 도시 사는 아들, 딸, 손자 식량 대주기 위한 의무 수행처럼 보였다. 소나 돼지나 염소나 닭을 키웠고, 내 아버지처럼 노가다를 다녔고, 공장을 다녔다. 논농사만 지어서 먹고사는 집은 단 한 집도 없었다.

예상대로 두 스무 살 녀석은 성의가 없었다. 그들이 지나간 자리는 퍼낸 시늉만 있었다. 노가다 판에서 만났던 어른들은 나를 칭찬했다. 생긴 것 같지 않게 꼼꼼하다. 꼼꼼한 나는 물줄기는커녕 지렁이도 기어가기 힘들게 파인 꼴을 더는 볼 수가 없었다.

두 녀석에게 담배 하나씩 물려주고 군대식으로 훈계했다. 돈 받고 하는 일인데, 최선을 다해야지 않겠습니까? 농사지으시는 부모님들이 아우님들 장난친 꼬라지를 보면 뭐라 생각하시겠습니까? 성의는 있어야 하지 않겠습니까?

고까웠나 보다. 두 녀석은 각자의 말투로 불쾌한 티를 드러냈다.

형님도 슬렁슬렁하슈.

내가 보기엔 왜 파내는지 모를 도랑이에요. 전시 행정 아닌가 싶어요. 물줄기가 흐르게 되면 알아서 청소까지 해가면서 흐를 텐데 굳이 이런 수고를 할 필요가 있냐는 거예요. 4대강 같은 헛짓거리 아니냐고요.

나는 화를 내고 말았다. 워칙히 지금 우리가 하는 일이 4대강과 같습니까? 우리는 시멘트도 안 바르고 물이 겁나게 시원하게 흐르라고 좆뱅이를 치는 거 아닙니까? 다 개소리고, 동네 일이잖아, 씹

새끼들아! 똑바로 파란 말이야! 좋은 말로 하려고 했더니, 꼭 성질 나오게 만들어. 그따위로 파면 왔던 금덩어리 도로 가겠다, 씹탱구리들아.

두 녀석은 식겁한 낯꼴이었다. 두 녀석은 아까보다 백배는 열심히 삽질을 했다. 저것들이 저러다 119 부르는 거 아닐까 걱정될 정도였다. 열심히 해도, 삽질에 요령이 없어서 진도가 안 나갔다.

보다 못해, 또 잔소리했다. 구덩이 파십니까? 그렇게 퍼서 어느 세월에 애 낳으시렵니까? 오늘 안에 끝내야지!

공부가 헉헉대며 뇌었다. 죽을힘을 다하고 있어요.

정말 저러다 죽을 것 같았다. 나는 또 성질을 내고 말았다. 에이, 쌍, 하던 대로 해!

불량아도 성질이 나오기 직전이었다. 당최, 워칙히 하라는 규?

설렁설렁 진도나 빨리 나가라고!

내가 어린애들 붙잡고 뭐하는 짓인지 모르겠다.

진도 못 나가고 죽을상이기는 이태백도 마찬가지였다. 이태백은 처음부터 대단히 열심이었는데, 1195미터를 100미터 선수처럼 전력 질주하고 40킬로미터를 남겨둔 마라톤 선수 꼴로 허우적대고 있었다.

샤워 중인 듯한 이태백의 얼굴이 애처로워 훈수 두지 않을 수 없었다. 형님, 대충 하세요. 그런다고 금송아지 안 나옵니다. 이런 일은 책 파듯 하는 게 아닙니다. 책 네 권 값 벌다가 인생 종 치는 수가 있습니다.

이태백은 우리 범골 동네 형이었고, 중학교 5년 선배였다. 촌 노인네들도 명문대와 똥통대를 구분할 줄 알았다. '스카이'는 못 되도 '인서울'은 돼야 '대학물 마신다며?' 했다. 똥통대 다닌 나는 대학생 취급을 받아본 적이 없었다. 스카이 다닌 선배는 일제 시대적 동경 유학생 대우를 받았다. 선배는, 국민의 정부 문 닫을 때 임명돼서 참여 정부 문 열자마자 사퇴한 아무개 전 검찰총장처럼, 백호리를 크게 빛낼 것이라 촉망받았다.

초등 천재, 중학 영재, 고등 수재, 스카이 평재, 여기까지만 해도 승천을 의심받지 않았으나, 졸업해서 수년째 백수였다. 사법 고시에 합격했다든가, 7급 공무원 시험에 붙었다든가, 재벌 기업에 취직했다든가 했으면 '개천 용' 소리를 들었을 테다. 공시 9급이라도 되거나 아무 데에 취직만 되었어도 하다못해 '개천 이무기' 소리는 들었을 테다. 도시에서 '이태백'으로 불렸던 그는 동네서는 점잖게는 '개천 물뱀' 심하게는 '개천 지렁이'로 불렸다. 이제 아무도 그에게 백호리를 빛내줄 것을 기대하지 않았다.

어머니 수다에 따르건대, 노인네들이 입심은 좋아서, 마을회관 겸 경로당이든, 마늘 까는 자리든 한과 공장이든 마을버스 정류장이든, 청소년 수련원 이용자 밥해주는 주방이든 서너 입 이상 모이기만 하면 그 자리에 있는 사람을 제외한 온 동네 사람을 하나씩 골라내 짚단처럼 엮은 뒤 성능 좋은 '뒷담화' 콤바인에 처넣고 돌려대는 모양이다.

요새 가장 만만한 타작거리가 바로 이태백이란다. 스카이를 나온 젊은 놈이 왜 시골에서 어영부영하고 있는가. 모자라고 부실하고 능력 없고 그러니 도시에 못 살고 기어 내려와 농촌 백수로 빌빌대는 거지…….

형한테는 미안하지만 나도 그렇게 생각한다. 암튼 그러니 이태백들이 다 수도권에 있는 거다. 촌구석에는 백수 짓도 못 한다. 좀 있어 보려고 해도, 말질에 된똥 쌀 판이니 배겨날 수가 있겠느냔 말이다.

며칠 전에 꿩 잡으러 다니다가, 수리바위에 올라앉아 홀로 깡소주 마시는 이태백을 만났다. 담배를 안주 삼아 몇 모금 얻어 마셨다. 형님, 차라리 서울이 낫지 않습니까? 물었더니, 힘없이 대답했다. 고시원 보증금이 없어서…….

어쩌면 쉰 살이 넘었을지도 모르는 사손은 삼동네서 버금가라면 슬퍼할 만큼 '삼성 냄비'로 호가 난 인물이었다. 술주정뱅이에 게으름뱅이에 싸움꾼에 선거꾼에 노름꾼에 거짓말쟁이에…….

욕먹는 짓은 다 하고 다녔다. 공장에서 만난 여자와 살림 살며 깨가 쏟아졌던 꿈 같은 반년을 제외하면, 법적으로나 실제적으로나 대책이 안 보이는 노총각이기도 했다. 뭐, 4, 50대 노총각이 어머니가 헤아린 바에 따르면 통틀어 스물한 명인 백호리라니, 노총각인 것만큼은 그다지 남세스러운 바가 아니겠다.

5년 전 제방 공사 때 사손도 함께했는데, 그토록 농땡이가 심한 어른은 다시 볼 수 없으리라 싶었다. 용케도 현장 총감독 눈에 안 뜨이는 재주마저 없었다면 백 번은 쫓겨났을 테다. 지금 이장이 그때도 이장이었는데, 돌 운반 패거리의 십장을 겸했다. 이장은 나를 거의 비서처럼 부려먹은 대신, 사손은 없는 사람으로 쳤다.

공장에서 엄지 날리고 낙향, 한 30년을 얼치기 농사꾼으로 굴러먹었으니 마음만 먹으면 삽질 따위는 요령 좋게 해낼 사람이지만, 나는 사손이 절대로 '마음'을 먹지 않고 슬슬 땡땡이나 부릴 것이라 예상했다.

그랬는데 의외였다. 세 시간을 꼬박 묵묵히 성실하게 삽질을 했다. 나보다 더 열심이었다. 나는 백 삽에 한 대꼴로 흡연했는데 사손은 천리마운동 나온 사람처럼 천 삽 뜨고 한 대 피우는 듯했다. 내가 군바리로 썩는 사이에 사람이 변했나? 사람이 갑자기 변하면 거시기한다는데.

아저씨, 쉬엄쉬엄하십시오. 금덩어리라도 찾는 사람처럼 왜 그리 열심이십니까?

한 삽 떠서 둑 위로 멋지게 날리는 동작에 들어갔던 사손, 갑자기 허리가 삐끗했는지 삽 든 채 엉덩방아를 찧었다.

사손은 내 얼굴을 노려보다가 시비 거는 투로 뱉었다. 내가 쉬는 것도 내 마음대로 못할 나이냐? 어린 게 훈장질여.

저는 그냥, 무리하시는 것 같아서…….

개차반 새끼.

아무리 동네 어른이라도 느닷없는 욕지거리는 참을 수가 없다. 제가 뭘 어쨌다고 욕질이십니까? 저도 먹을 만큼 먹었습니다.

그려, 참 많이 처먹었다. 공장 다닐 때 동거했던 계집이 낳자마자 버렸던 애기가 컸으면 너만 하겠다. 뭔 소리인 줄 알어? 네 놈은 내 자식뻘이란 겨.

누가 뭐라고 했습니까?

제방 노가다 때도 줓나게 개차반으로 굴더니, 군대 다녀와서도 변함없는 개차반이구먼.

더 듣고 있다가는 돌아버릴 듯했다. 나는 한참을 거슬러 올라가 뒤집어진 속을 가라앉히느라고 골이 띵하도록 흡연했다.

나는 사손의 대를 이을 개차반 청소년으로 삼동네에 자자했다. 고삐리가 말술질에 줄담배질에 연애질이었다. 인문고 다니는 것들만 보면 눈이 뒤집혀서 생짜 시비를 걸어 돈을 뜯거나 패댔다. 그 개망나니 시절 좌우명이 '짧고 굵게 살자'였다.

하지만 난 영악해서 한 번도 '감옥학교(소년원)'에 끌려가지 않았다. 내 불량한 동무들은 "썹탱구리, 넌 영악한 게 아니라 졸라 비겁한 거야!" 했다. 그 말이 맞았다. 나는 그깟 우정과 의리를 개떡으로 보았고, 비겁하게도 나라도 살겠다는 각오로 고3 때 불량아 생활을 청산했다.

나는 농업고등학교에 다녔다. 고3 가을부터 학교는 가는 둥 마는 둥 하고 그 아버지의 그 아들답게 노가다 판에 뛰어들었다. 마침 저수지 제방 공사가 마무리 단계였다. 그려, 요새 농고 나와서 뭘 하겠냐? 논 한 뙈기 없는 집구석서. 일찌거니 돈이나 벌어라! 아버지 허락을 받고, 삼동네 아저씨 아줌마 틈에 끼여 돌 나르는 일을 했다.

난 아버지처럼 비루먹은 개같이 살고 싶지 않았다. 돈을 왕창 벌어 부자로 살 작정이었다. 불학무식해도, 돈만 있으면 스카이 다닌 놈들을 부려먹을 수 있다는 걸 깨달았다. 돈을 아무리 벌어도 대학 졸업장마저 없으면 삼류 부자로는 살아도 일등 부자로는 살기 어렵다는 걸 또 깨닫고, 수능 시험 점수 따위는 쳐다보지도 않고 뽑는 똥통대에 진학하게 되었지만 말이다. 물론 '주학야돈' 하면서, 남의 돈 먹기 겁나게 힘들다, 부자 되는 방법은 '기적'과 '로또'밖에 없다, 같은 진리를 깨달았다. 돈 벌어 대학 다니기에도 허우적 대던 나는 영장이 나오자 구원을 받은 듯했다. 기쁘게 입대했다.

작업 개시 전에, 삽자루 쥔 여자를 보고 이렇게 생각했다. 아무리 남녀평등 세상이라지만 삽질까지 남녀평등이 웬 말이냐!

이장은 사손보다 여자를 더 믿는 것처럼 말했지만, 그 말은 사손의 실없음을 강조할 뿐 여자의 능력을 담보해주는 말은 아니었다. 제방 공사 때도 사손은 아줌마들 중에서 가장 일을 못 했던 만주댁보다 못한 사람으로 취급되었다.

서른? 서른다섯? 마흔? 모르겠다. 얼짱? 평범? 박색? 역시 모르겠다. 난 여자이기만 하면 '소녀시대' 중 아무나 한 명으로 뵈는 군바리 시절을 끝낸 지 36일밖에 되지 않았다. 그간 바보 상자에 나오는 무수한 '미모의 걸스타'를 소비했으나 군대에서 눈이 버렸는지 다 똑같은 얼굴 같아 누가 누구인지 도무지 구분할 수 없었고, 결국 화장발이든 '생얼'이든 교복 안 입은 여자 얼굴 보고 나이와 미를 근사치로 가늠하는 능력을 상실해버렸다.

바보 상자로 자나 깨나 감상한 개미허리들의 두 배 반은 됨직한 허리로 80킬로그램은 나갈 듯했고, 장화 신은 키가 165쯤은 될 듯했다. 듬직해 뵈는 게 여자 씨름 중계에서 보았던 우승자들과 견줄 만한 '포스'가 풍기기는 했다. 하지만 우리는 씨름이 아니라 삽질을 하려고 모였다! 가서 어린이나 돌보세요!

그렇게 무시했었는데 지켜본즉슨, 여자는 의외를 넘어 경이였다. 금방 나자빠질 줄 알았는데, 사손만큼 능숙했고 이태백같이 쉽사리 지치지도 않았다. 여자가 지나간 도랑은, 인정하기 싫지만 내가 지나간 도랑보다 훌륭했다. 뭐, 저따위 여자가 다 있어?

남들 하는 만큼만 하려고 했던 나는 열심히 하고 말았다. 그놈의 호승지심 때문이었다. 내가 무시해 마지않았던 사손과 여자보다 더 많이, 더 깊게 퍼내야 한다는 멍텅구리 같은 욕심이 나를 애면글면하게 했다.

그랬더니 뼈와 근육이 신호를 보내왔다. 뒈질래? 너, 삽질 쉰 지 굉장히 오래됐어. 병장 때부터 늘어졌잖아? 갑자기 이병 때처럼 삽질하면 구급차 구경한다. 작작해라.

오래된 마을에는 전설이 흐른다. 백호리에도 무수한 전설이 흐른다. 동네 이름부터가 다 전설이다. 옛날에 호랑이가 되우 살았대요, 그래서 범골이지요. 귀하디귀하다는 백호랑이도 살았대요, 그래서 백호리지요. 친절하게 설명해주지 않아도 웬만한 이는 알아서 감 잡을 평범한 전설만 있는 게 아니다.

300년 전에 변산반도에서 웅거하던 도적 천하장사가 한양 임금 때려잡겠다고 집채만 한 바위를 들고 상경하던 중이었대요. 휘유!

크게 한숨 쉬고는 바위를 떨어뜨리고 죽어버렸지 뭐예요. 그 바위가 휘유바위고요, 바위 아래 산기슭 마을이 휘윳골이지요. 이런 판타지형도 있고 다음과 같은 역사형도 있다.

고려 말기, 왜구가 극성을 부렸어요. 여기 충청남도 서해안도 왜구들 노략질이 기승을 부렸는데요, 그때는 바닷물이 지금 호구 시내까지 들어왔답니다. 왜구가 물줄기 타고 내처 푸른벌까지 쳐들어왔는데, 김성우(金成雨) 장군이 환상적인 매복 작전으로 섬멸했지요. 개미들이 왜구놈들 시체 뜯어먹으려고 새까맣게 모여들었대요. 그때부터 그 들판은 개미벌, 들판 바라보는 동네는 '갬밭'로 불렸대요.

전설은 '옛날 옛적'의 전유물이 아니다. 전설은 오늘날 자본주의 시대에도 끝없이 생겨난다. 최근에 생긴 백호리 전설 중 가장 자랑할 만한 것은 역시 아무개 전 검찰총장이 백호리 산속에서 공부하던 얘기인데, 형설지공 뺨치게 교훈적이어서 별 재미는 없었다. 하지만 백호리 사람들에게 김연아보다 더 희망을 주는 전설이 30여 년 전에 탄생했다.

일제 때 백호리 최고 부자였던 범골의 천씨 가문 종부가, 처녀 적부터 회갑연 고희잔치 때까지 모은 금붙이를 모조리 녹여 150돈 짜리 금송아지를 만들었다. 금송아지는 대물림되어 만주사변, 중일전쟁, 태평양전쟁은 물론 한국전쟁까지 무사히 넘기고 보릿고개

새마을운동시대까지 거뜬히 겪어내고, 유신 독재자가 죽었다는 소식까지 들었다.

찢어지게 가난해진 천씨 가문의 후손들은 가보 금송아지를 서로 차지하겠다고 살상전 수준으로 다투었고 자식들의 패악질을 견디다 못해 노망난 노인네는 금송아지를 품에 안고 백호 저수지로 뛰어들었다.

물을 모조리 뺀 형체를 알아볼 수 없게 된 노인네의 주검은 찾아냈으나 금송아지는 끝내 찾아낼 수 없었다. 해마다 모내기 철이면 저수지 바닥이 드러났다. 그러면 고기도 잡고 금송아지도 찾아보겠다고 백호리 전 주민은 물론이고 푸른벌 면민이 죄 몰려와 개흙을 파헤쳤지만 금송아지는 결코 나타나지 않았다. 제방 확장 공사 때 물기 하나 없는 맨바닥으로 말라붙었을 때도 금덩이는 발굴되지 않았다.

금 한 돈에 3.52그램이니 150돈이라도 돼지고기 한 근(600그램 기준)보다 가볍다. 거센 물줄기 타고 얼마든지 저수지 수문 밖으로 나갈 수 있는 가벼움이다. 가벼움은 물길을 따라 흘러가다가 수로 어느 바닥에 처박혀 있을 수도 있고, 어느 논바닥으로 기어들어 가 깊숙이 파묻혀 있을 수도 있다.

그렇게 생각한 사람들이 많았다. 어머니는 당시 삽 한 자루씩 들고 물길과 논바닥에 달라붙어 바글대던 사람들을 이렇게 회상했다.

딱 개미 떼더구나. 인간들, 황금에 미쳐서. 무슨 서부영화를 찍는 것도 아니고 말이지.

엄마는 가만히 있었어?

헤, 워칙히 나만 가만히 있냐. 네 아부지랑 부부 일심동체로 노력했지. 노력해도 안 되더라!

로또 같은 상황이었구만.

로또보다 훨씬 확률이 낮았지. 둘 다 하늘에 별 따기 같은디. 별이 씨가 마르겠구나. 토요일 밤마다 별 따는 사람이 속출하니.

누군가 이미 금송아지를 손에 넣고 하늘과 저만 알게 숨죽여 산다는 소문도 났다. 하지만 사람들은 그 소문보다는, 금송아지가 여전히 어딘가에 꼭꼭 숨어 있다고 믿었다. 금덩이 찾겠다고 대놓고 헤매는 사람은 그해 겨울이 되기 전에 더 이상 찾아볼 수 없게 되었지만, 전설은 꿈같은 희망을 남겼다.

쥐불 놓다가, 객토하다가, 둑 고치다가, 봇도랑 치다가, 논 갈다가, 모내기하다가, 풀 베다가, 벼 베다가, 미꾸라지 잡다가, 짚 묶다가, 거름 주다가, 하여간 무슨 농사일을 하다가 금송아지랑 만날지도 몰라! 로또처럼 올림픽 금메달처럼 짠하고 나타날 수 있어! 말도 안 되는 꿈이지만 이왕 하는 농사일이고 기왕 굼벵이처럼 기어야 하는 흙바닥이니 그런 희망을 품었다고 손해 볼 일은 없었다.

옛날 백호리 사람들은 하루 세끼니 쌀밥 먹는 기적 같은 날을 수

백 년 동안 꿈꾸었다. 지금 백호리 사람들은 로또보다 확률 낮은 금송아지 줍는 꿈을 꾸고는 했다. 전설과 희망은 꿈처럼 30여 년을 흘러왔다.

나도 어젯밤 금송아지 줍는 꿈을 꾸었다. 꿈이 아니라 상상이었는지도 모른다.

나는 최선을 다해 도랑을 퍼냈다. 애향심 때문이 아니다. 꿈 혹은 상상에서처럼 금송아지를 주울 거라는 헛된 기대 때문도 아니다. 나는 그저 일당 4만 원 값어치를 하려고 했을 뿐이다. 우리 모두 그러할 테다.

이장이 일 시켜놓은 사람 염치로 술상무를 해주러 왔다면서 줄기차게 씨부렁거렸다.

내가 벌써 몇 년 독재가! 두환이 경력은 넘었고 승만이 경력에 도전 중이구먼. 누가 이놈의 이장질을 하려고 해야 말이지라고 말하고 싶지만, 흐으, 실은 선거서 당선이 되어버렸네. 어떤 색안경 낀 인사 보기엔 이장 자리가 도깨비감투쯤 돼 보였나 보지. 막걸리 판 펼쳐놓고 후보가 셋이나 나선 겨. 내가 이장 그만두러 나갔다가 후보 어쩌고 그러니께 승벽이 발동해서는 한판 붙었지. 지난 세월 내 공로를 리민이 다 아니 넉넉한 표차로 이기기는 했지만서도 씁쓸햐. 이 구닥다리 촌구석서까지 그놈의 직선제라는 걸 해야 직성이 풀리냔 말이지. 민주주의로 뽑아놓은 시장 군수 것들 다 감옥가 있는 거 보면, 민주주의란 것도 빛깔 좋은 호박댕이여. 그래도 민주주의밖에 방법이 없다니게 따르기는 허는디, 그려도 동네에서만큼은 애향심 투철한 사람 하나만 세워서 박수 쳐주고 끝내도 족하지 않느냐는 겨. 이게 다 돈 욕심 때문여. 이장 기본 수당이 10만 원일 때는 다들 식은 국처럼 조용했는디, 20만 원으로 오르니게 벌떼처럼 윙윙……. 내가 뭔 말을 하고 있다냐? 세상 물정 하나도 모르는 어린 사람들한티…….

이장은 소주는 겨우 한두 잔 따라주고 빈 병을 모르쇠 했다. 해질 때까지 말 보따리를 풀 것만 같더니 '어린 사람' 예측이 무색하게도, 공사다망한 이장은 면장에게 식사 대접 받는 날이라고 황급히 떠나갔다.

사손이 이젠 자기가 좌장이라는 품새로 둘러보더니, 이쑤시개를 빼고는 은근히 초들었다. 점심들은 잘들 자셨지? 근디 말이여, 이런 일을 하고 4만 원밖에 못 번다는 건 말이 안 되여. 최소 8만 원은 벌어야 말이 되지. 개차반, 안 그러냐?

어쩌겠습니까? 정해진 대로 받아야지 말입니다.

제대한 지 한 달이 넘었다메 여직 군대 말투냐? 내 말은 몰아주기를 하자는 겨. 3대 3으로다.

공부 녀석이 셈속 빠른 티를 냈다. 이기면 8만 원이고 지면 0원하자고요?

사손이 탁자를 쿵 찔렀다. 바로 그거제!

별 거지 같은 생각을 다 한다. 나는 개가 짖는다 치고 대꾸할 염도 내지 않았다.

불량아는 삽질도 못 하는 게 반색을 했다. 좋슈. 내기해버려유.

이태백은 아무 생각이 없는 듯했다.

여자는 나무라듯 했다. 오라버니, 실없는 장난 마서요. 일도 선찮은 사람들 데리고…….

나는 문득 분이 치솟아 버럭 소리를 질렀다. 일도 선찮다고요?

여자는 좀 놀랐나 보다. 오해는 마소. 난 그냥, 노름 같은 건 안 좋으니까…….

사손이 냉큼 받아서 떠벌렸다. 휘순인 아무거나 다 노름이란다. 노름하자는 게 아니고, 스포츠를 하자는 겨. 스포츠 공화국서 살면서 휘순인 스포츠 정신이 참 부족한 편이더라. 우리가 절반이나 팠냐? 오늘 안에 다 퍼내려면 그냥은 못 퍼낸다. 팀플레이로다가 경쟁적으로 혀야 될까 말까 혀. 돈 내기가 겁나서 못 하겠으면, 먼저 끝내는 팀은 먼저 귀가하는 정도로 허지. 남보다 많이 일하고 돈 똑같이 받는 건 참겄어! 그런디 남보다 많이 일하고 똑같이 퇴근하는 건 못 참겠다 이거여. 불공평하단 말여! 개차반, 안 그러냐? 너 겁나제? 질까 봐.

지금 나랑 해보자는 거 맞지? 나이만 많다고 어른이냐? 같은 백호리 산다고 무조건 나이대접을 해줘야 되냐? 너야말로 개차반 놈이다. 너 잘 걸렸다. 네 돈 내 거다. 속으로는 막말로 대거리했으나, 입으로는 간단히 한마디만 했다.

합시다!

사손은 어쭈구리 용기가 생겼냐? 미소를 지었고, 여자는 그러지 말라니까! 싫은 티를 냈고, 이태백은 짐작 못 할 표정이다. 불량아 녀석은 좋슈, 해유! 손뼉까지 쳤고, 공부 녀석은 팀을 어떻게 먹는대요? 했다.

사손은 미리 다 생각해놓은 모양이었다. 뭐, 어렵게 짤 필요 있냐? 팔팔한 것들 대 늙은것들 하지.

나랑 불량아랑 공부랑 먹고, 사손이랑 여자랑 이태백이랑 먹자는 건데, 승산을 따져보자.

공부와 이태백이 동급이고, 나와 사손이도 동급이다. 나는 오후에도 오전에 했던 것만큼 할 수 있다. 사손은 분명 오전만큼 못 할 테다. 저 인간 오전에 금송아지 찾겠다고 무리했다. 곧 퍼지거나 농땡이를 깔 테다. 하면 동급이 아니다. 내가 압도한다.

관건은 불량아랑 여자다. 오전만 보면 불량아는 형편없었고, 여자는 거의 나만큼 했다. 여자가 압도적으로 우세했다. 하지만 불량아는 요령이 시나브로 붙었다. 기본 체력은 되는 놈이니까 오후에는 훨씬 잘 퍼낼 테다. 여자는 설마 오후에도 그렇게 잘 퍼낼까? 그러면 여자가 아니지. 여자라면 마땅히 퍼질 테다. 퍼지지는 않더라도 속도가 현저히 줄어들 테다.

내가 '그럽시다.' 할 참인데, 공부가 선수를 쳤다. 안 되겠는데요. 우리가 너무 불리해요.

내가 묻고 싶은 말을 사손이 물었다. 뭐가 불리하다고 그러냐?

휘순이 아줌만 일당백이잖아요.

휘순이가 면민 씨름대회서 염소 타 온 경력 때문에 그러냐?

40킬로그램짜리 쌀가마를 세 개씩 메고 다니는 분이시잖아요.

힘만 세지, 삽질은 별로 못혀. 아까 하는 거 봤잖아. 개차반보다 못 펐잖여.

슬슬 하셨으니까 그렇죠. 제대로 하시면…….

으허, 팔팔한 애들이 겁도 많다. 그럼 말여, 핸디캡을 줄게. 그쪽은 아까 끝난 디서 저수지까지만 퍼. 우리는 개미벌부터 저수지까지 퍼낼 테니께.

길이가 거의 두 배 차이다. 뭐야? 완전히 져주겠다는 소리? 용돈 보태주겠다는 거야? 사손이 저 인간이 그럴 리가 없다. 미치지 않고서야. 그런데 뭐 120킬로그램을 메고 다녀? 장미란 누나 동생이라도 된다는 거야? 나도 죽을 둥 살 둥 해야 간신히 100킬로그램을 드는데.

그러고 보니 언젠가 백호리에 천하 여장사가 있다는 말을 들어 본 것도 같다.

기어코 고지가 보인다. 산자락 논을 위한 수로가, 폭이 점점 좁 아지다가 두 줄기 봇도랑으로 갈라지는 지점이 50여 미터 남았다. 서산 노을은 불가해하지만 어쩐지 매혹적인 괴력난신 화폭을 바꿔 대고 있었다.

분기점에서 저쪽으로 흘러간 도랑이 산모퉁이를 돌아 보이지 않 게 되는 지점까지는 100여 미터다. 적들은, 이건 좀 심한 말인가, 상대편은 아직 보이지 않는다. 산모퉁이를 돌기 직전이라 하더라 도 우리 편이 최소한 50미터는 앞서고 있는 거다.

승부욕이 참 무섭다. 나는 오전에 비해서 세 배는 더 열심히 폈 다. 돈도 돈이지만, 나는 사손이 같은 파렴치한에게 질 수가 없다! 다른 것도 아닌 삽질에서 진다니 있을 수가 없는 일이다.

진실은 4만 원을 따겠다는 욕심보다 4만 원을 잃을 수 없다는 절 박함 때문에 죽을힘을 쏟은 것일 수도 있지만, 돈 때문이 아니라 승부욕 때문이라고 자꾸만 되뇌었다.

경쟁심 때문에 이 지랄을 하고 있다면 그다지 부끄러운 일이 아 니다. 경쟁은 이 시대 최고 미덕이니까. 하지만 겨우 4만 원 때문 이라면! 주민등록증 발급 나이 때부터 부자가 되자는 모토를 걸고 돈돈돈! 하고 살아온 짧은 인생임에도 40만 원도 아니고 겨우 4만 원에 목숨을 건다면 참말이지 쪽팔린다.

두 스무 살 녀석도 돈 때문인지 승부욕 때문인지 아니면 숭고한 애향심 때문인지, 하여간 나처럼 죽을힘을 다 쏟고 있었다. 삽질 군대에서 단련된 나도 내일 아침 기상하면 부러진 뼈에다 본드 대강 발라놓은 양 초주검일 텐데, 학교만 다닌 저 녀석들은 목숨이 경각에 달릴지도 모른다. 살살해도 충분히 이긴다고, 쉬엄쉬엄하라고, 저 미친 육박전을 중지시키고 싶었지만 혹시나 질지도 모른다는 일말의 두려움이 내 입을 막고 있었다.

내가 노가다 판 다니면서 배운 진리가 있다. 돈에 맞춰 일하라. 일당 3만 7천 원짜리 희망 근로면 3만 7천 원 값어치만, 5만 5천 원짜리 막노동 판 잡부면 5만 5천 원 값어치만, 10만 원짜리 미장이 조수면 10만 원 값어치만⋯⋯.

그런데 우리는 지금 일당 4만 원짜리가 12만 원 값어치로 일하고 있다. 지면 억울해 피 토하고 응급실 실려 갈 일이지만 이겨 4만 원을 딴 대도 겨우 본전이거나 손해다. 이거, 아니다! 우리가 왜 이렇게 열심히 퍼야 한단 말인가?

하지만 내 몸은 마음과 상관없이 담배 피울 짬도 아까워하며 전력을 다하고 있었다. 이렇게 공부했으면 스카이는 몰라도 인서울엔 붙었을 테다.

믿기 힘든 광경이었다. 여자의 삽질은 신기에 가까웠다. 우리 편이 도랑 분기점을 40미터 남겨놓았을 때 상대편은 산모퉁이를 돌았다. 휘순의 머리통과 그녀가 퍼 날리는 개흙덩이가 보였다. 휘순의 머리통과 개흙덩이는 손 붙잡고 100미터를 전력 질주하는 듯했다.

우리 편은 죽기 아니면 까무러치기로 마지막 힘을 다했지만 5미터를 남겨놓았을 때 사손이 '끝!'이라고 외쳤다.

우리 편은 한순간 절망의 구렁텅이에 빠졌고 동시에 삽을 떨어뜨리고 나자빠졌다.

아직도 힘이 남아도는가? 휘순 혼자 우리가 남긴 5미터를 3분 만에 해치웠다.

이내가 깔렸다. 나는 아무래도 믿을 수가 없어 상대편이 퍼낸 봇도랑을 살펴보았다. 내가 퍼낸 도랑보다 훨씬 깊고 넓고 매끄러웠다. 식물의 흔적과 벌레와 파충류의 그림자도 찾아볼 수 없을 만큼 깨끗했다. 둑 위에 올려진 개흙덩이도 가지런해서 논 주인이 다지느라 수고를 더할 필요도 없어 보였다. 완벽했다.

다시 백호가든에서 밥을 먹었다. 해물탕이었다. 이태백은 승리팀의 일원임에도 넋 빠진 낯꼴이었다. 승리팀의 일등공신 휘순도 별로 기쁜 낯빛은 아니었다. 사손은 여자 때문에 승리해놓고도 모두 제 활약이었다는 양, 저 혼자 웃고 떠들고 신이 났다. 특히 나를 자꾸만 종애 긇렸다.

패배자 두 녀석의 낯꼴은 차마 보기 민망했다. 공부 녀석은 날벼락과 불벼락을 동시에 맞은 것처럼 침통해서 밥을 먹는 게 아니라 개 사료를 먹는 듯했다. 불량아 녀석은 분이 나서 견딜 수 없다는 표정으로도 밥은 잘 먹었는데, 다만 사손이가 웃을 때마다 나만 들리게 씨발, 씨발! 해댔다.

사손에게가 아니라 나한테 하는 욕이었다. 녀석은 내가 똥만 안 쌌어도 우리 팀이 이겼다고 생각하는 거다.

나는 밥도 먹고 소주도 마셨고, 아무렇지도 않은 얼굴을 했지만 속은 한여름 시궁창처럼 부글부글했다. 맞다, 똥만 안 쌌어도 우리가 이길 수 있었다.

똥은 진즉부터 마려웠다. 이기겠다는 일념으로 참고 참으며 삽질을 했는데 30미터를 남겨놓고, 똥자루가 삐죽 솟아 나와서 팬티에 닿는 느낌이었다. 씨발, 이 판국에 똥구멍이 염병한다! 비명을 토하고는 산자락으로 뒤뚱뒤뚱 올라갈 수밖에 없었다.

봇도랑을 둘러보고 온 이장이 쩌르렁거렸다.

자네들 정말 기똥차구만. 삼성 냄비한테 보여주고 싶어. 걔들은 막고 싸 바르는 거라니께, 봐도 뭘 알겠나 싶지만서도, 하여간 대단들 허이. 사손이 자네가 요새 조금씩 사람 같아진다는 소문이더

만 그 소문을 봇도랑이서도 증명해버렸구먼. 학량이는 군바리 냄
새도 안 가셨으니께 잘하는 게 당연하구, 나머지 자네들이 참 놀랍
구만. 난 요새 젊은 사람들은 일도 못 하고, 싸가지도 없고, 게을러
터졌다기에 맡겨놓고도 못 믿었지. 내일 내가 휘순이 데리고 다님
서 마무리할 작정이었는디, 저리 눈부시게 해놓다니, 참말로 감동
적이네. 난 연아 금메달보다 자네들 애향심이 더 감동적이네. 요번
지방선거서 우리 백호리의 명예를 걸고 입후보한 조진광 선생이
시의원이 못 돼도, 월드컵이서 대한민국 축구 부대가 16강에 못 들
어도 나는 하나도 슬프지 않을 겨. 그따위 게 나하고 무슨 상관여?
나한테 상관있는 건 우리 백호리 봇도랑이여. 자네들이 오늘 퍼낸
도랑으로 물이 시원시원하게 흐를 텐디 뭐가 슬플 겨⋯⋯.

내기한 바대로, 승리자들이 애향심 값 4만 원을 빼앗아갔으면,
복장 터져 죽을 뻔했다. 자존심이 상할 대로 상했지만, 4만 원을
벌었다.

사손은 마지막까지 내 자존심을 짓뭉갰다. 애들 코 묻은 돈을 위
칙히 뺏어 먹겠냐? 그냥 갖고들 가라. 니, 그려 고마운 건 고맙다
고 해야 되는 겨. 야, 개차반, 동생들 하는 거 안 보여? 개차반 고
개는 꺾어지지 않는 삼성 냄비냐? 죽어도 고맙다는 말을 못 하겠
어? 니는 정말 개가 먹는 똥 같은 새끼여. 개차반, 똥 싸러 갔던 거
맞어? 금송아지 주어서 혼자 처먹을라고 숨기러 갔던 거 아녀? 으

허허허…….

가만히 있어도 좋았을 휘순이 시 읊듯 하는 바람에, 나는 더욱 비참했다.

힘깨나 쓴다는 사내들보다도 근력이 월등히 좋고, 트랙터 승용 이앙기 콤바인 베일러 등등 없는 기계가 없고, 그 기계들로 당골 늙은이들의 모내기며, 농약이며, 타작이며, 짚 묶기며, 이제 기계 없으면 불가능한 일을 모두 도맡고 있다는, 서른 즈음에 결혼한 반신불수 남편을 10년을 하루 같이 지극 봉양하고 있다는, 공중파 무슨 프로에 출연해 시청자들의 눈물을 왕창 뽑아내기도 했다는 여자가, 오라버니 그만 놀려먹소, 어린 사람들 체하겠소, 저 얼굴들 좀 보소, 완전 죽을상이오…… 했을 때 나는 해물탕 찌꺼기 눌어붙은 냄비 바닥에 얼굴을 파묻을 뻔했다.

일당 4만 원의 소중함을 모르기만 했어도, 그놈의 돈을 갈가리 찢어 내 알량한 자존감을 높이 세웠을 테다.

그날 밤 또 금송아지를 주었다. 어지간히 줍고 싶었나 보다. 삽날 위에 금빛 뭉텅이를 발견한 것이다. 개흙을 긁어내니 송아지 형상이 또렷했다. 숨이 막혔다. 로또 맞은 사람의 심정이 이러할까. 국보라도 훔친 놈처럼 가슴이 무지하게 떨렸다. 150돈, 요새 돈으로 환산하면 얼마인가? 1돈에 17만 원 가까이 된다니까 2천 5백만 원이 넘는다. 2천 5백만 원! 2년 학비는 된다. 월급 88만 원짜리 2년치 연봉을 웃돈다. 요새 2천 5백만 원이 돈인가? 큰돈도 아닌데, 나는 왜 이렇게 떨고 있나! 나는 목청이 터지도록 소리 질렀다. 심봤다!

백호리 사람들이 떼거리로 달려왔다. 우리 자랑스러운 개차반이 전설 속의 금송아지를 찾아냈구나!

그때 삽질로 나를 패배하게 만들었던 여자가 천하 여장사 가운을 입고 짠! 등장해서는 뭘 내밀었다. 그것은 무슨 받침대 같은 것이었고, 100자 가까이 적혀 있었다.

장려상. 제2796호. 농가 부문. 백호목장 장대우. 위 사람은 제7회 한우 농가평가대회에서 상기와 같은 성적을 거두었기에 이 상패를 드립니다. 2004년 10월 22일. 사단 한국종축개량협회 회장 박순용.

손아귀에 꽉 움켜쥐고 있던 금송아지를, 받침대 위에 올려놓으니, 한 몸이었던 듯 딱 맞았다.

한우 키우는 장대우 씨의 금송아지는, 어째서 봇도랑을 굴러다니게 되었을까. 허탈했다. 그러나 홀가분했다. 로또 2등 같은 행운을 받아 안기에는, 내가 아직 어렸나 보다.

상은 기분 좋은 것이다. 나는 입대 전까지 개근상은커녕 정근상도 한 번 못 받아본 한심한 놈이었는데, 군대에서는 '포상'이란 걸 세 번이나 받았다. 구제불능의 고문관만 아니라면 이래저래 차례가 닿는, 개나 소나 다 받을 수 있는 포상이었다. 하지만 자못 자랑스러웠다.

비록 장려상이라지만 금송아지 트로피 받은 축산인 장대우 씨도 자지리 자랑스러웠을 텐데, 동네방네 우쭐댔을 텐데, 가보로 대물림해야겠다고 작심했을지도 모르는데, 왜 버려진 것일까? 손자 놈이 장난감인 줄 알고 놀다 잊었을까? 축산에 정나미가 떨어져서 화풀이로 내던진 걸까? 근처에서 소 울음소리가 들려오는데 저 축사가 혹시 장대우 씨네 목장이 아닐까?

나는 밭둑으로 올라가 그럭저럭 눈에 잘 띌 만한 자리에, 금송아지를 놓아두었다. 장대우 씨를 잘 아는 사람이 본다면 주인을 찾아줄 테다.

장대우 씨가 본다면 내다 버린 자식을 다시 만난 듯 기뻐할지도 모른다. 물론 밭 주인이든 트로피 주인이든, 누군가의 발길에 차여 다시 도랑 속으로 풍덩 빠질 수도 있을 테지만.

꿈속에서조차 잔졸하게 끙끙 앓는 밤이었다.

산후조리

1

온난화니 뭣이니 땜에 눈 보기 어려운 세상 될 것이라더니, 뭔 눈이 허구한 날 퍼붓는댜. 하늘님이 구제역 병균이라도 뿌리는가. 남편(71세)이 쓸어놓은 길은 두어 시간 좋이 쏟아진 눈에 뒤덮여 있었다. 방바닥을 딛고 설거지하기도 힘들어하는 다리다. 안 미끄러지려고 용쓰면서 눈 바닥을 헤쳐 올라가려니 곧 쓰러질 듯 휘청댄다. 바깥마당에서 축사까지 서른 발짝도 안 되지만, 몸 불편하고 궂은 날엔 반 시간 거리쯤 되는 것 같다.

서울 상류층 부인네처럼 몸 편안히 살게 해줄 테니, 지발 우리 마누라 좀 살려주시오, 간절히 빌었다며. 그게 불과 3년 전 일여. 농번기는 농사일로 바빠서 그런다 쳐. 한겨울엔 자기가 물도 주고 짚도 주고 사료도 줘야지. 소똥만 치면 다여. 아휴, 물 주기 싫어라! 여느 날처럼 마을회관에서 흠뻑 취해 돌아와 쓰러져 잠든 남편을 향해 고시랑대는 새에 축사 수돗가에 이르렀다.

눈만 되우 쏟아지는 게 아니라, 젠장 춥기도 해서, 올겨울엔 수도 모터가 깡깡 어는 날이 숱했다. 뜨거운 물 붓고 촛불로 지지고 생고생을 해야 녹일 수 있었다. 지발 할마씨 하나 살리는 셈 치고 아무 일 없어라. 오늘은 지발 좀 편하게 가보자. 수도꼭지 위에 잔뜩 쟁여놓은 이불들을 하나씩 걷으며 비손한다. 이윽고 드러난 수도꼭지를 돌렸다. 모터 소리가 들리고, 지발, 지발, 옳거니 그래야지, 물이 나오는구나. 모처럼 날이 푹해서 안 얼어 있을 줄 알았어. 고맙구나, 참 고마워. 참 별게 다 고마운 인생이다.

축사 안으로 들어갔다. 관보다 조금 더 큰 넓이를 차지하고 한 마리씩 묶여 있는 큰 소 여덟 마리, 암수 구별해서 서너 마리씩 몰려놓은 아직 묶이지 않은 중소 일곱 마리, 축사 안에서만이지만 마음대로 천방지축 돌아다닐 수 있는 송아지 다섯 마리, 일제히 몸을 일으켰다. 성급한 놈들은 '빨리 밥 줘요' 소리를 질렀다. 지푸락은 아직 멀었어, 이놈들아. 물부터 줘야지. 만날 똑같은 순서인디 그걸 못 외우냐.

바깥 수도꼭지와 연결된 호스는 동남아에 산다는 기다란 뱀 같다. 벌써 물이 나오는 호스 끝머리를 질질 끌어 구유에 대었다. 구유 하나에 물 가득 받는 데 한 3~4분은 걸렸다. 구유가 여덟 개니 반 시간은 호스 들고 벌서듯 해야 했다. 아침저녁 두 번의 이 짓거리가 참 싫지만 달리 방법이 없다. 조카네처럼 소가 주둥이 대면 샤워기 같은 데서 물이 쏟아지는 시설은 언감생심이고, 양동이 들고 다닐 근력이 사라진 지는 여러 해 전이고, 남편이 다리 시원찮다고 날마다 징징대는 예순넷 마누라한테 물 주기를 도맡긴 이상, 이놈의 소들을 안 키울 때까지는 별수 없이 계속해야 할 짓거리다.

축사 안 구유는 다 채웠고, 하나 남았다. 축사 밖에 따로 있는 '분만실'로 호스 끝을 질질 끌고 갔다. 말이 좋아 분만실이지, 헛간 한 칸 이어 붙인 폭이었다. 출산 예정일을 열흘 앞둔 얼간년은 죽을 날 받아둔 것처럼 힘이 없었다. 그럴 수밖에 없는 것이 곧은창자 대가리의 지랄용천이 꼬박 사흘째였다. 들어가 있어도 아프고 나와 있어도 아플 고놈은 힘주면 흐물흐물 기어들어 갔다가 힘 풀면 도로 슬금슬금 나왔다. 얼간년은 먹지도 못하고 싸지도 못하고 오로지 처절한 비명이나 질러대게끔, 지 똥구멍한테 달달 볶이고 있는 거였다.

음메나, 저게 뭐다! 기겁해서 엉덩방아를 찧었다. 소를 40년째 키어왔지만 처음 보는 광경이다. 간신히 무슨 상황인지 가늠했다.

곧은창자가 결국 밖으로 왕창 쏟아져 내려 똥 묻은 뒷다리 새에 늙은 오이처럼 대롱대롱 늘어져 매달렸다. 항문께서부터 바깥세상 구경 나온 창자 덩어리까지 똥범벅 피범벅이다. 불쌍하고 한심한 년, 애를 싸야지 똥구멍을 싸지르냐. 그러니 내가 널 얼간년이라고 부르는 겨. 그렇다고 고통이 멈췄겠는가. 여러 날 앓다 보니 아픔에도 이골이 나서 내색을 덜하고, '음우어어어……' 울어댈 기력조차 없는 것일 뿐, 저 꼬락서니를 하고 어찌 아니 고통스럽겠는가. 얼간년 큰 얼굴에 '할마씨, 나는 뒈진 소나 마찬가지여유'라고 쓰여 있는 듯하다.

2

"항문이 지대로 터져버렸슈. 괄약근이 작살나서 속 창자가 훌러덩 빠져나온 것이쥬. 그리도 다행이네유."

"염장 질러? 뭐가 다행이여?"

수의사(45세)가 의뭉 떨자, 남편이 버럭 소리를 질렀다.

"구제역은 아니니께유."

브루셀라병이니 광우병이니 구제역이니 병명은 판이하더라도 증상은 거기서 거기 아니겠는가. 열나고 기침하고 침 흘리고 못 먹고 아프다고 비명 지르고. 그 몹쓸 병에 걸린 건 아닌지 겁먹고 마음 졸인 건 사실이다. 전염병은 한 놈 걸리면 죄 없는 다른 놈들도 죽어야 한다. 같은 축사 안에 있는 소만 죽는 게 아니다. 온 동네 소가 다 죽어야 한다. 그처럼 두려운 일이 없었다.

"참말루 다행이구먼. 다행이여. 이거 홍삼인디 좀 마셔보쇼."

"우리 어머님이 최고라니께. 어허, 참 맛있어유."

홍삼 주스를 쪽쪽 빨아 마시고 나서, 수의사는 큰 주사기를 얼간년 엉덩짝에 때려 박았다. 얼간년, 이제 비명 지를 힘도 없는가 보다.

"진통제만 놔주고 끝이라는 겨? 좀 어떻게 해봐."

"창자 덩어리 도로 집어넣고 똥구멍을 꼬매야쥬. 근디 지금은 못 꼬매유. 새끼 낳아야잖아유. 새끼 낳을 때 힘이 보통 드는 게 아니잖아유? 아무리 잘 꼬매도 터질 수밖에 없슈. 새끼 나오면 바로 연락하세유. 즉시 달려와서 꼬맬게유."

"저 모양을 맥 놓고 쳐다보고 있으란 말여? 요새 날짜 딱 맞춰 나오는 소 새끼도 없지만, 예정일도 닷새나 남았구먼."

"쳐다보지 마슈. 마음만 아프니께."

"죽지는 않것쥬?"

"그걸 어떻게 장담한대유. 살려면 살구 죽으려면 죽겠쥬."

"젊은 사람 말이 왜 이리 흐리멍텅햐. 죽는다는 겨, 살 수 있다는 겨?"

수의사는 얼간년의 등을 쓰다듬으며 하나 마나 한 소리를 했다.

"이놈 의지에 달렸쥬. 지가 살고 싶으면 살겠쥬."

씩씩대던 남편은 마을회관으로 또 술 마시러 갔다.

리모컨을 눌러댔다. 작년 봄인가 유선방송국이 쫄딱 망해버렸다. 그런 식으로 장사하다가는 망할 줄 알았다. 돈만 받아 처먹을 줄 알지, 볼만한 걸 틀어주지도 않았고 툭하면 화면이 끊기고 직직댔다. 대신, 촌 구석구석 집집마다 뜀박질 대장 이봉주가 광고하던 위성 접시가 매달렸다. 노인네들도 바보 상자 없으면 못 산다. 안테나 달고 지상파만 보던 80년대로 돌아갈 수도 없고, 어쩔 수 없이 채널이 100개도 넘는 스카이라이프 가입자들이 되었다.

채널이 많아도 마찬가지로 볼 것은 없다. 저 채널들이 시골 늙은이 취향이겠는가 말이다. 일일 연속극 〈웃어라, 동해야〉를 재방하는 데가 있는지 찾아보았지만 없다. 역시 볼만한 건 종일 뉴스 틀어주는 채널뿐이다.

어제도 수백 마리의 소가 죽었다. 일주일 동안 수천 마리의 소가 죽었다. 돼지는 단위가 더 컸다. 하루에 수만 마리씩 죽었다. 구제역은 경기도를 작살냈고 충청도 북쪽을 아작 내고 있었다. 구제역이 자가용으로 두 시간 거리까지 와 있는 거다. 눈물이 뚝뚝 떨어졌다. 사람이든 짐승이든 죽었다는 얘기를 들으면 마구 눈물이 솟았다. 불치병이다.

3

윗동네 사손이가 죽었단다. 30여 년 전에 공장 프레스에 오른손 엄지손가락을 잘라 먹힌 이후 이름보다 별명으로 불리던 사람. 그이가 올해 몇 살이던가. 쉰 살 가깝지 않던가. 논농사 쉰 마지기에 소 여남은 마리를 키우는 노총각이었다. 젊었을 땐 개잡놈 소릴 들었지만 마흔 넘어서는 그럭저럭 착실해졌다는 평판이었다.

다만 술 마시면 미친 멧돼지처럼 변해 주정하고 갤갤대는 버릇은 여전해서, 꼬부랑 파파 할머니가 돼서도 홀아비 아들놈 밥 챙겨주는 신세를 면하지 못한 어미 속깨나 썩였던 모양이다. 그 어미가 작고한 게 작년 이맘때였다. 상심이 컸을까 주정질이 더 잦아졌다는 소문이었는데…….

차 가진 조카며느리(48세)가 "가실 생각이 있으시면 같이 가셔유." 했다.

"막 돌아댕겨도 될란가?"

"하루 이틀 조심해서 될 일도 아니잖아유."

소를 천 마리 키우는 조카며느리가 간다는데, 스무 마리 키우는 내가 못 간다고 할 수 있나. 소가 아무리 중하더라도 삼동네 사람이 작고했는데 안 가보는 건 사람의 도리가 아니다.

저수지 옆 종합병원 장례식장은 쓸쓸했다. 어떨 때는 죽은 사람이 밀려서 1, 2층 열 개 빈소가 꽉 차 사람사태가 나기도 하는데,

사손이는 죽어서도 외로웠다. 달랑 혼자 고인인 것이다. 사손이 또래들은 저녁때나 올는지, 삼동네 아낙네들과 노인네들만 옹기종기 모여 말 방아를 찧어댔다.

시골에서 쉰 살이면 대단히 젊은 나이였다. 시내나 시내 주변의 아파트 단지에는 젊은 사람들이 꽤 있지만 시골 마을에서 4, 50대 젊은이는 열 집에 한 명 있을까 말까 하게 귀했다. 그토록 귀한 목숨이 당최 왜 그냥 허무히 가버렸을까.

전화로 징징대더라는 것이다.

"누님, 나 죽어버릴려. 이번엔 진짜여. 지금 소주에 농약 탔어. 좆나게 많이 탔어. 이번엔 진짜 진짜 죽을 거라니께. 희망도 좆두 없이 사느니 죽어버리는 게 나. 살 이유가 없어. 대통령 해먹은 노무현이도 죽고 진실이두 죽는디, 나 같은 게 왜 살아……."

아우가 혼자 술 처먹다 전화로 온갖 시비를 하는 건 사흘거리로 있는 일이지만, 이번에 어째 등골이 써늘했다. 누나가 스쿠터 타고 10분 만에 동생 집에 도착했을 때, 사손이는 이미 저세상 사람이 돼 있었다는 것이다.

사손의 누나 마늘댁은 수십 번을 말해도 속이 안 풀린다는 투로 늘어놓았다. 백호리 아낙들이 마늘 까기를 주요 부업으로 삼은 지도 10여 년쯤 되니 다들 마늘 까기의 달인이 되었지만, 그중에서도 으뜸 잘 까서 별호가 아예 마늘댁이다.

아무튼지 고인 덕분에 간만에 동네 사람들을 만났다. 소를 키우는 집 사람들은 두문불출하고, 소를 안 키우는 이들은 소 키우는 집에 얼씬거리지도 않으니, 우리 동네고 윗동네 옆 동네고 간에 삼 동네 사람 볼 일이 없었다. 소 안 키우는 아낙네들은 반가워하면서도 걱정스러운가 보다.

"사람 많은 디 와도 되는겨? 우리끼리 얼마나 조심하고 다니는 디. 소 키우는 집 있으면 바른길 놔두고 빙 돌아가고 그런단 말여. 우리 자식들이 온다는 것도 못 오게 했어. 자동차 차바퀴다 구제역 묻혀갖고 와서 퍼트리면 어쩔라고 그러냐. 그러면 네 부모, 동네서 쫓겨난다⋯⋯."

고마운 말씀들이지만 왠지 언짢았다. 내가 원래 사교성이 부족하다. 마늘 까기 부업에도 참여하지 않고, 윷 놀고 차 마시면서 수다 떠는 것도 즐기지 않으니 동네 아낙들로부터 '혼자 노는 사람'으로 호가 나 있다. 마을 다니지 않으니 마을 오는 사람도 없는 신세였다. 허나 소외를 당한다고 느낀 적은 없다. 그런데 지금 이 묘한 분위기, 나를 딴 세상에서 온 사람처럼 취급하는 것 같은, 걱정해주는 소리들 같지만 소 키우는 사람들 때문에 소 안 키우는 사람들까지 덩달아 고통을 받는다는 식의 푸념⋯⋯. 어째 왕따돌림 당하고 있었던 것 같다.

"그려요, 내는 소 키우는 죄인이라요. 죽을죄를 지었습니다."

웃길 생각은 전혀 없었는데, 아낙네들이 '한바탕 웃음'으로 흐드러졌다. 고인의 누나 마늘댁까지 박장대소했다. 거참, 웃을 일이 없는 사람들이군. 구제역 타령이라면 신물이 나니 그만들 입 닥치시라는 뜻으로 해본 말인데, 왜들 웃는 거람. 장례식장에서도 울음소리보다 웃음소리가 더 익숙한 시절이다. 상주도 건성으로 울고 실실 웃고 다니는 세상에, 문상객들이 웃음을 아낄 까닭이 없다. 남들이 웃으니 나도 웃고 싶어진다.

웃었다. 그러고 보니 웃어본 지 참 오래되었다.

두어 달 전에 열 살짜리 손자 녀석이 산낙지 한 마리를 독차지해서 허발하는 걸 보고 실컷 웃고는, 처음 웃어본 것 같다. 웃노라니 눈물이 찔끔 났다. 울어도 나고 웃어도 나고 눈물 한번 잘 난다.

그나저나 사손이는 정말이지 왜 죽었을까. 구제역으로 생때같은 소들을 잃은 것도 아닌데. 텔레비전에서 본 사람들이 생각났다. 돼지, 소를 잃고 철철 우는 이들. 뭘 모르는 이들은 한목에 보상금 받고 그 힘들다고 징징대던 일을 작파하게 되었으니 울을 일이 뭐 있냐고, 오히려 잘된 거 아니냐고 심판 없는 소리를 할 테다.

그러나 보상금이야 밀린 사룟값과 농협 빚 갚고 나면 남는 게 하나도 없을 것이고, 갑자기 앞으로 먹고살 일이 없어진 것이니 얼마나 막막할 텐가. 도시 사는 사람이 하루아침에 직장에서 쫓겨난 것과 같다. 보상금이나 생계는 차후의 문제일지도 모른다.

팔려고 키우는 짐승이지만 팔 때까지는 자식같이 키운다. 애지 중지 자식처럼 키우던 짐승들을 갑자기 하루아침에 다 잃어버렸다. 울음이 어찌 안 나올 것이며 나 같아도 확 죽어버려야겠다, 울화 결에 일 저지를 수도 있을 것 같다. 그런 끔찍한 일이 없기를 바랄 뿐이다.

무슨 일이 빌미가 됐는지는 모르겠지만, 사손이도 유일한 친구 같은 술을 왕창 마셨겠다, 욱하는 마음에 일을 저질렀을 테다. 왜 욱했을까. 농협에 빚 안 지고 사는 축산 농가가 몇이나 되겠는가만, 이자도 못 갚아서 빚 독촉에 시달렸나? 노름에 빠져 논마지기를 날려 먹었나? 알게 모르게 사귀던 여자가 있었지만 '너 같은 소똥 내 나는 남자랑은 못 살아.' 도망가버렸나. 어미가 남기고 간 농토를 두고 또 형제들끼리 대판 붙었나?

아낙들은 형사라도 된 것처럼 온갖 추리를 해보지만 지천명 젊은 사내의 느닷없는 죽음을 이해하기 힘겹다.

4

동네 사람만 못 보고 사는 게 아니라 자식도 못 보고 살았다. 그리운 며느리(41세) 전화다. 10여 년 미운 정, 고운 정 쌓이니, 어떨 때는 데면데면한 큰아들(41세) 녀석보다 며느리가 더 보고 싶다.

전화를 해도 큰아들 녀석하고는 댓 마디만 하면 할 말이 없고 듣고 픈 말도 없었다. 하지만 며느리하고는 이 얘기, 저 얘기 전화비 아까운 줄 모르고 수다를 떨기도 했다.

"어머니, 뵙고 싶어요. 뵌 지 너무 오래됐죠? 가고 싶어도 구제역 때문에 갈 수가 없네요. 가면 안 되는 거 맞죠?"

"그러게 말이다. 난리가 이런 난리가 없어야. 그 많이 오던 장사치들도 하나도 안 들어온다. 이동 슈퍼 트럭도 안 들어오고, 시내 나가서 사람 만나는 것도 무서워서 장 보러도 못 가니 뭐 먹을 게 있냐? 맨밥만 먹고사는 것도 하루 이틀이지, 아주 괴롭다야. 하여간 소 안 키우는 사람들이 먼저 그렇게 조심해주고 염려해주고 그러는디, 소 키우는 집서 외지 자식들 불러들일 수도 없고 갑갑하다야. 네 아버님은 구제역이 뭐 별거냐, 바쁜 일 없고 오고 싶으면 오는 거지, 허시기는 헌다. 손자 보고 싶다고 자꾸 그러셔. 아버님이 많이 늙었어. 손자 본 지 한 달만 지나면 또 언제 오냐고, 자지리 보고 싶다고 염불을 하신다."

"그럼 가도 될까요?"

"나도 모르겄어야. 네 아버님 말만 듣고 덥석 오라고 하기도 그렇고. 다른 소 키우는 집에서는 자식들 절대로 오지 말라고 혔다는 디. 한 달이나 남은 설에도 오지 말라고 벌써부터 신신당부를 헌다는디…… 나는 모르겄다. 늬들이 알아서 혀라."

5

구제역이 드디어 홍성까지 왔단다. 직행버스로 30분 떨어진 고장이다. 코앞까지 온 셈이다. 홍성 사람들은 뭐 죄인처럼 안 살았겠나. 외지 사람들 안 들이고 외출 삼가고 한동네에서도 왕래하지 않고 자식들도 오지 못하게 하고. 그래도 못 막은 것이다.

막는다고 막아질 게 아닌 모양여. 어떤 이들 말마따나 누가 작정하고 소를 죽이려고 하는 모양여. 모르겠다, 사람이 우선 살고 봐야지. 장례식장에도 갔는디 한의원을 못 간대서야 말이 되나.

늘 아픈 다리기는 했지만 참고 살 만했는데, 가을부터 다리 통증이 극심했다. 한의원에 가서 물리치료 받고 그러면 사나흘은 괜찮았다. 출근부 찍듯 시내 한의원을 들렀는데, 구제역 사태로 보름 넘게 못 가보고 끙끙 앓아왔던 것이다. 하루에 다섯 번이지만 이 시골구석까지 버스가 다닌다는 것이 참 고맙다. 모처럼 시장도 봐야겠다. 혹시 애들이 올지 모르니 꽃게도 사고, 남편 잘 먹는 개고기도 사고, 통장에 돈이 있나…… . 있을 게다. 자식 놈이 셋인데 한두 놈이라도 10만 원쯤 넣어놨겠지.

6

얼간년이 새끼를 낳았다. 조금만 늦었으면 큰일 날 뻔했다. 하필이면 분만실에서 가장 외진 자리, 똥오줌 받는 쪼그만 구덩이에 새끼를 떨어뜨려 놓은 것이다. 목덜미까지 똥물 속에 처박혀 있고 대가리만 내민 채 숨을 갸릉갸릉 하고 있었다.

천 마리 키우는 조카네는 묶어두는 법 없이 축사를 운동장처럼 크게 짓고 방목하듯 키운다. 두 부부가 논농사로도 바쁘고 여러 모임 사무를 도맡느라 바빠서 일일이 신경 쓸 형편도 못되지만, 그렇게나 소가 많으니 출산 사정을 낱낱이 꿰고 챙길 수가 없다. 날 잡아서 임신 소들만 따로 모아놓은 축사를 주의 깊게 헤아리면 못 보던 송아지가 여남은 마리란다. 암소들이 제 알아서 낳고 제 알아서 산후 처리를 했던 거다. 새끼의 흠뻑 뒤집어쓴 핏물기를 핥아먹고 이리저리 굴려 일어서도록 하고 일어서면 젖을 물리고…….

하지만 조카네 축사에 비하면 축사라고 할 수도 없는 우리 외양간의 어미 소들은 새끼 나올 기미가 안 보이면 예정일이 돼서도 묶어놓을 수밖에 없고, 다른 소가 새끼 낳는 걸 봐본 일도 없는 얼치기들이라, 사람이 산후 처리를 돕지 않으면 사고가 날 수도 있다.

조카네도 무사히 태어나 쌩쌩히 돌아다니는 송아지들만 있는 게 아니라, 사람이 챙겼으면 살 수도 있었는데 아무 도움도 못 받아서 죽은 채 발견되는 송아지도 심심치 않단다. 거기는 숫자가 워낙 많아서 갓 난 송아지 한두 마리쯤 죽어도 씩씩하게 참아낼 수도 있겠지만, 한 마리 한 마리를 도시 사람 자동차 위하듯 소중히 알 수밖에 없는 우리 같은 자잘한 축산 농가에 송아지 한 마리는 결코 태어나자마자 죽어서는 안 되는 끔찍한 재산이다.

남편은 회관에서 또 술 마시고 있을 테다. 분만실로 들어가 송아지 목덜미를 부여잡았다. 똥물이 차디찼다. 낑낑, 힘을 썼다. 아이구, 꿈쩍을 하지 않는다. 젖 먹던 힘까지 썼다. 갓 난 송아지 녀석이 조금 들썩했다. 저쪽에 불편하게 웅크리고 앉았던 얼간년이 다 죽어가는 소리로 '움머어……' 한다. 나와라, 와서 나와라, 송아지야, 송아지야, 지발 하고 죽지 말고 살자꾸나. 이 할마씨가 널 꼭 구해줄 테다. 너도 좀 살라고 해보란 말이다. 엄마 배 속에서 나오자마자 죽는다면 억울해서 쓰겠느냐. 이야아앗앗……, 나는 똥구멍이 빠지도록 용을 썼다.

세상이 아득해진다. 머릿속이 눈밭처럼 하얗다. 불꽃이 번쩍였다. 엄청 아프다. 정신이 번쩍 든다. 한순간에 힘이 빠져나갔지만, 거의 정신을 잃었지만, 그래도 송아지 대가리를 놓쳐서는 안 된다는 일념으로 두 손이 버티는 바람에 나는 송아지 쪽으로 엎어졌고, 내 머리랑 송아지 머리가 박치기를 한 것이다.

똥오줌 구덩이에 들어 있는 것은, 어라, 송아지가 아니라 내 엉덩이다. 송아지 녀석은 제 어미 곧은창자 뭉치 밑에 엎어져 전신을 떨어대며 '꾸르릉 꾸릉' 하고 있었다. 박치기가 녀석을 살린 모양이다. 느닷없는 충격에 녀석은 저도 모르게 솟구쳤으리라. 잘했다, 참 잘했다. 그려, 너는 살려고 태어난 것이여.

똥구덩이에 들어앉아 있다는 걸 깜박하고, 나는 손뼉을 쳤다.

다 죽어가는 얼간년이 제 새끼 핥아줄 것을 기대할 수는 없다. 바깥마당 광으로 뛰어갔다. 내가 이렇게나 빠른 사람이었나? 수건처럼 만들어놓은 헌 옷가지 한 보따리를 끌어안고 또 뛰었다. 나, 정말 빠르네. 새끼 녀석을 정신없이 닦았다. 한구석에 쇠 갓을 씌어놓은 백열전구 밑으로 녀석을 밀었다. 이놈아, 좀 움직이란 말여. 저기가 따뜻하단 말여. 얼어 죽고 싶냐? 꿈쩍을 하지 않는다. 나는 너무 힘이 없다. 포기하고, 짚단을 풀어 이불처럼 덮어주었다.

어미와 새끼를 이은 채 뻘겋게 너덜대는 탯줄도 신경 쓰이고, 어미 소도 어떻게 보살펴야겠고, 태어나자마자 새끼에게 먹이는 무슨 약도 생각나고, 마음은 분주하지만 더는 내가 감당할 힘도 정신머리도 없다.

전화통을 붙잡고 "새끼 낳았슈. 빨랑 와유!" 남편에게 고하고 나자, 무감했던 추위가 사납게 다가왔다. 남편이 와서 난리 치듯 할텐데 보조 노릇 않고 샤워나 하고 있다가는 무슨 구박을 받을지 모른다. 똥물을 뒤집어쓴 몸뚱이로 방에 들어가 있을 수도 없고, 벌벌 떨린다. 수돗가 가스레인지에 불을 붙였다. 오들오들 불을 쬐었다.

7

얼간녀 똥구멍을 꿰맸다.

〈생활의 달인〉이라고 해서 사람들이 참 별 재주를 다 가지고 산다는 걸, 매번 새삼스레 깨닫게 해주는 프로가 있다. 내내 감탄하면서도 애처롭기도 했다.

저 재주들이 남들에게 보여주려고 익힌 건가. 먹고살려고 악착을 부리다 보니 절로 손에 익은 거지. 우리는 어쩌다 잠깐 보니 놀랍고 신기하지만, 저 사람들은 저 짓거리를 온종일 반복해야잖나. 나도 〈생활의 달인〉 나갈 거 수두룩하다. 김매기, 고추 따기, 콩 타작, 깨 바심, 마늘 캐기, 배추 솎기, 짚 묶기……. 이런 게 무슨 재주냐 말이다. 재주가 아니라 먹고사는 처량한 짓이다, 뭐 이런 영양가 없는 생각도 드는 거였다.

수의사에게 짐승 수술도 그런 처량한 짓일지 모르겠다만, 수의사의 솜씨, 참 기똥차다. 근 열흘이나 바깥바람을 쐰 창자 덩어리를 똥구멍 안에 쑥 밀어 넣고, 수술 바늘을 움직이는 손길이 빠르고도 묘했다. 한 10분이나 걸렸을까, 얼간녀 똥구멍은 언제 무슨 일 있었냐는 듯 말짱해졌다.

"겉은 말짱해 보이겠지만 속은 전쟁이쥬, 전쟁. 나갔던 게 다시 들어왔으니 난리가 안 나겠어유. 창자가 제대로 자리를 잡고 똥 싸는 능력을 정상적으로다 회복하려면 한 달도 넘게 걸릴 텐디. 잘 처먹지도 못할 뀨. 똥 싸는 게 너무 아프니께 먹지를 않는 거쥬. 짐 승이 아플까 봐 안 먹을 정도면 얼마나 아픈 건지 짐작이 가시쥬?"

남편이 물었다.

"살기는 허겠남?"

"그야 운명이쥬……."

수의사는 얼간년 엉덩짝에 주사기를 쑤셔 박고는 말을 이었다.

"녀석이 살 팔자면 사는 거고 뒈질 팔자면 뒈지는 거고."

"접때도 그렇게 말했잖여유. 뭔가 다른 말을 해주면 좋잖어. 우 리 노인네들 마음 좀 편하게 해달라구유."

"어머니, 달라진 게 별로 윲슈. 헛된 희망도 안 갖는 게 좋구유, 지레 절망할 필요도 없구유, 그냥 운명에 맡겨두세유."

"젊은 사람 말이 만날 그 모양이여. 이것도 아니고 저것도 아니 고 도 닦는 인간들처럼 흐리마리하잖여. 모다 도다 똑 부러지게 말 못 허남?"

"딴 수의사한테 알아보셔유."

이 수의사와 상종한 지 10여 년째다. 도시 사는 아들놈들보다 더 자주 봤고 더 많은 말을 나눈 사이다. 수의사가 왔다 가도 물 한 잔 안 대접하는 이도 있다지만, 나는 올 때마다 아무거라도 꼭 챙겨주 었다. 음료수는 기본이었고 떡이나 고기 같은 별미가 있으면 꼭 먹 여 보냈다.

자식들도 먹고살아 보겠다고 이리 바삐 살 것이다. 내가 일하러 온 사람한테 잘해줘야, 내 자식들도 일 나가서 음료수라도 얻어 마실 테다.

남편도 수의사와 노닥거리는 것이 재미난 모양이다. 아들들이랑은 오랜만에 봐도 몇 마디 안 하는 사람이, 이 수의사랑은 소뿐만 아니라 정치 경제까지 안주 삼아 흥이 나서 떠들어대곤 했다. 대개 욕지거리였지만 말이다.

따뜻한 방에 들어가서 어제 막 짜낸 담근 술 한잔 들고 가랬더니, 큰일 날 소리 한단다.

"어머니네 소나 되게 지가 무조건 나온 규. 눈 떠서 눈 감을 때까지 소독만 하고 댕겨유. 저는 지금 구제역하고 전쟁 중이라니께유."

"우리도 전쟁 중이지유. 이 양반은 술이나 마시러 댕기지만, 나도 아침저녁으로 소독약 뿌리느라고 죽겠다니께. 근디 어미는 그렇다 치고 새끼는 어쩔라나유?"

"새끼도 마찬가지쥬. 운명이쥬."

"그놈의 운명 소리, 참, 어지간히 하고 자빠졌네."

남편이 혀를 찼다. 수의사가 뜨거운 벌꿀차를 홀홀 불어 들이키고서는 주절댔다.

"어머니, 생명이 참 신비로운 거여유. 어디선가는 소 돼지 목숨이 무더기로 끊어지고 있는데, 또 어디선가는 기어이 태어나서 기어이 살아보겠다고 용을 쓰니 말여유……. 안 그러냐, 새끼야?"

기어이 살아보겠다고 용을 쓰기는, 어미고 새끼고 살아볼 생각이 전혀 없는 꼬락서니들이구먼. 에이, 차라리 낳지를 말고 태어나지 말지, 왜 낳고 태어나서 노인네 가슴을 아리게 허냐.

8

남편은 "뒈지게 내버려두라니께!" 냅다 소리나 질러대곤 했다.

구제역 때문에 튼튼하고 때깔 나는 소도 판매가 안 되는 시국이라 그렇지, 팔 수만 있다면 어미고 갓 난 송아지고 고깃값만 받고 팔아넘겼을 테다.

우리 집도 팔 때 된 암소가 세 마리나 된다. 그것 팔아서 농협 빚 갚고, 사룟값 정산하고, 아들놈 전셋집 옮긴다는데 다만 3백만 원이라도 보태주고, 자기 먼저 죽으면 혼자 남을 아내를 위해 무슨 보험인가를 들고, 계획이 많던 남편은 시도 때도 없이 정부를 성토하는 것으로 울화를 달랬다. 어쨌거나 억울한 농민이 욕할 데는 정부밖에 없는 게다.

"수백 마리 소를 하루아침에 잃은 사람들을 생각혀봐유. 우린 복받은 거지. 구제역 가면 솟값도 오를 거 아뉴."

위로 삼아 한마디 했다가 경을 치게 지청구를 먹었다.

"바보 멍텅구리야, 솟값이 왜 올라. 많이 죽었으니께 소가 줄었을 거라고? 죽은 소만큼 안 사 먹은 거니께 죽은 소는 아무 상관이 없고, 구제역 끝나면 한꺼번에 소가 다 나온단 말여. 똥값 되는겨."

그렇게 많이 죽었는데도 솟값이 안 오른다니? 언뜻 이해가 가지 않았다. 텔레비전에서 떠들던 어떤 박사 말대로, 그 정도 죽어서도 솟값이 안 오를 만큼 이 땅에 소가 많은 것일까. 그렇게 한국 소가 많다면 미국 소는 왜 또 수입하는 걸까?

암튼 남편은 중환자 소 모녀를 생으로 살해할 수는 없고 보기는 괴롭고 알아서 빨리 죽어주기를 바라는 듯했다. 도저히 살 가망이 없어 뵈는 게, 어미고 새끼고 도통 처먹지를 않는 것이었다.

얼간년은 사흘째 단식이다. 그 전에는 몇 입이라도 먹는 시늉을 하더니만, 굶어 죽으려고 작정한 소 같다. 아무것도 안 먹는 소의 젖에서 그래도 젖이 나온다는 게 기적처럼 희한했다. 하지만 새끼가 그 젖을 안 먹는 것이다.

남편이 살려보려는 노력을 전혀 안 한 것은 아니어서, 불퉁대면서도 새끼 주둥이를 얼간년 젖꼭지에 물려놓고 강제로 먹여보기는 했다. 새끼는 젖꼭지에서 주둥이를 떼자마자 그나마 먹은 것을 아낌없이 토해내고는 엄마 젖에서 멀찍이 떨어지려고 발버둥을 쳤

다. 주사 영양제와 진통제로 버티고 있는 어미 소의 젖이 독극물처
럼 역한가 보다.

　아직 두 눈 뜨고 시퍼렇게 살아 있는데, 죽으라고 내버려 둘 수
는 없다. 고작 20개월 산 소한테 너는 살 만큼 살았다고 하는 게 우
습기는 하지만, 소 팔자에 그 정도 살았으면 죽고 싶기도 하겠다고
어미 소는 네 뜻대로 하여라 보아 넘기더라도, 새끼는 하루라도 더
살다 가도록 하고 싶었다. 세상에 나와 겨우 사나흘 살다 가면 너
무 불쌍하지 않나.

　우유를 사다 먹였더니 잘도 먹는 게 아닌가. 외손녀가 빨던 젖병
에 따끈하게 덥힌 우유를 담아 주둥이에 밀어 넣었더니, 처음엔 도
리질을 치고 늙은이 가슴을 들이받고 작대기로 얻어맞을 짓을 하
더니만, 먹을 만한지 쪽쪽 빨아 먹는 것이었다. 바닥까지 비우더
니 더 안 나오자 젖병째 씹어 먹으려고 나댔다. 대한독립만세라도
부르고 싶었다. 집에 가서 또 한 병을 타 왔다. 새끼는 그것도 짭짭
잘도 삼켰다. 어찌나 맛나게 먹는지 내 배가 다 불렀다.

　그런데 내 모습이 참 알궂다. 쪼그려 앉아서 한 손으론 송아지
목덜미를 부여안고 한 손으로 우유병을 대주고 있다. 누가 보면 손
자 젖 주는 줄 알겠다.

　아직도 안 죽은 게 신기할 정도로 병색이 완연한 얼간녀이 우리
를 바라보고 있었다. 문득 혹시 저게 지 새끼와 지 새끼를 먹이는

나를 바라보는 게 아니라 우유를 바라보는 게 아닐까. 저것도 우유를 주면 먹을까. 새로 한 병을 타다가 얼간년 입에 물렸다. 얼간년이 몇 모금 빨아보더니 고개를 내둘렀다. 화가 나서 얼간년의 머리통을 세 대나 때려주었다.

"그려, 뒈져라, 뒈져!"

9

소를 스무 마리씩이나 키우게 된 것은 30년 전부터다. 광산 다니던 남편이 퇴직금 받아서 소 키우는 것에 생계를 걸었던 것이다. 그 전에 한두 마리 키울 때는 소를 참 어렵게 키웠다. 솥단지에 물을 채우고 잘게 썬 짚과 풀, 때로는 호박과 무까지 넣고 사료와 함께 푹 끓인 여물죽을 먹였던 거다. 나무로 아궁이에 불 때서 방구들 덥히던 시절이라 어차피 뭘 끓이기는 해야 했다.

연탄보일러가 안 나왔으면, 계속 여물죽을 끓였을까. 에이, 말도 안 되지. 오로지 여물죽 때문에 불 땐다면 얼마나 피곤했을 것이여. 한두 마리 여물죽이라면 끓일 수 있지만 열 마리 넘는 소 여물죽을 어느 세월에 끓여? 오로지 소만 키운다면 모를까, 농사도 짓는 집에서. 끓여주면 영양소가 파괴돼서 더 안 좋다고 공무원들이 찾아와서 뭐라 뭐라 했던 것도 같고……

여물죽을 끓이고 앉았노라니 옛날 생각이 스멀스멀 난다.

어쨌거나 세상 좋아졌지. 짚을 몇 도막만 내서 뭉텅이째 생으로 주고, 그거 다 먹으면 사료 한 바가지 퍼주면 끝이네게. 그러고 보면 소 키우는 일이 참 쉬운 일이여. 물 주는 것만 해결되면 진짜로 아무 힘들 게 없을 것 같은데. 아이구, 내가 지금 완전 도시 사람처럼 생각하고 자빠졌네. 아침에 소똥 치우러 나갈 때마다 "증말로, 이 짓거리 때려쳐야지. 70 넘기고두 이 무슨 개지랄이냐구!" 찡찡대는 남편이 제일 싫어하는 사람이 '소 키우는 일이 참 쉽지요', 하는 이다.

"똥구멍 빠질 놈들, 와서 소똥 한번 쳐보라고 해. 그 말이 쏙 들어갈걸."

하기는 남의 일은 다 쉬워 보이고 내 일, 우리 일은 참 어렵게 생각되는 게 인지상정일 테다.

남편이 힘들어하는 걸 듣다못해, 엊그제는 화끈하게 덕담을 해주었다.

"잘 생각했슈. 이참에 정리하자구유. 구제역 같은 거 한번 났다하면 죄 없이 격리돼서 죄인처럼 사는 것도 지겹고, 소 키운답시고 제대로 여행 한번 못 다니는 것도 불쌍하고, 싹 정리해버리고 남은 인생 한가롭게 살아봅시다. 애들한테 50만 원씩만 책임지라고 하쥬, 뭐. 남들은 키워주기만 했다지만 우리는 가르쳐주기도 했으니께 그 정도는 요구할 수 있잖유. 인제 그만 소똥하고 작별을 하시라구유."

"말이 그렇다는 거지, 소도 안 키우면 무슨 돈으로 살아⋯⋯."

다 때려치울 것처럼 방방 대던 남편은 기가 죽어서는 추운 바깥으로 나갔다. 남편은 이 세상 떠나는 날까지도 소똥을 칠 팔자인지도 모른다. 좋게 생각하자구유, 일없이 사는 것보단 훨씬 낫잖유.

최고급 사료를 줘도 쳐다보지도 않던 얼간년, 혹시나 하고 여물죽을 끓여 줘봤는데 관심 없는 것 같더니만, 다음 날 아침에 보니 구유를 말끔히 비워놓은 것이었다. 나도 모르게 또 만세를 불렀다.

문제는 계속 여물죽만 먹으려고 한다는 거였다. 짚이고 시래기고 사료고 끓여서 죽을 쏜 게 아니면 건드리지도 않았다.

새끼 녀석도 마찬가지였다. 꼭 젖병에 담은 우유만 처먹으려고 했다. 제 어미 질질 흐르는 젖물에 도무지 관심이 없었다.

"이 썩을 년들이 할마씨를 잡네, 잡어!"

지발 한 번만이라도 좋으니 이 짐승들이 먹게만 해주소서, 하늘님과 부처님, 그리고 천지신명께 빌던 마음은 온데간데없었다. 이 추운 날 텃밭 소각장에서 눈 처맞으며 솥단지에 불 때게 만든 얼간년이 미웠고, 똥냄새 물씬한 송아지 껴안고 젖병 물리고 앉아 있는 어처구니없는 신세에 한탄을 멈출 수가 없었다.

큰며느리가 친손자 낳았을 때 도시로 올라가서 한 달, 딸애가 외손녀 낳아 데리고 왔을 때 두 달, 그걸로 산후조리 끝. 미안하다 아직 결혼 못 한 작은아들아, 너는 네가 알아서 해라, 내 인생에 산후조리 다시는 없다, 선언했었는데, 세상에 이 무슨 팔자람. 소 산후조리라니.

벌써 스무날째, 이러고 있다.

10

설이 나흘 앞으로 다가왔다.

"애들이 내려오느냐 마느냐 걱정이 태산이던데, 뭐라고 해야 옳대유?"

"왜 걱정을 햐? 설날에도 안 오면 그게 자식이여?"

"음마야, 대한민국서 안 사는 사람처럼 말하시네. 만날 뉴스 보면서 뭘 본 거유? 다들 이번 설이는 내려오지 말라고 신신당부한대잖아유. 동네 전체가 자식들 못 내려오게 합의를 본 데도 있다구 그러고. 우리 백호리 청년회서도 이번 설이는 청년회 안 한다고 결정을 보았다고 그러대유. 이 판국에 우리 자식들이 내려와야 하나 마나 고민이 안 될 수가 있겠시유……."

"걱정 붙들어 매고 내려오라구 그랴. 똥 쌀, 병 무서워서 자식 얼굴도 못 보고 사나. 앞으로 천년만년 살 겨? 명절 때나 보는 자식들인디 그거까지 못하게 혀?"

고시랑대고 있는데, 축사 안에서 인공수정을 마치고 나온 수의사가 분만실의 얼간년과 새끼를 둘러보고는 깜짝 놀랐다.

"어라, 애들 멀쩡하네유? 젖도 먹네유? 완전히 살았어유."

비로소 송아지 꼴이 나는 새끼가, 제법 소처럼 뵈는 얼간년의 젖꼭지를 맛나게 빨고 있다. 새끼가 우유를 거부한 건 사흘 전이다. 그 좋다고 빨던 젖병을 대가리를 쳐대더니 지 어미 배로 슬금슬금 다가가는 거였다. 길게 누운 제 어미 배에다 주둥이를 쑤셔 박고 애를 썼다. 여물죽 먹을 때만 일어서던 얼간년이 마지못해 일어나자, 새끼는 젖꼭지를 힘껏 물고 매달렸다. 얼간년이 '음허어허, 음허어허' 두어 달 만에 소처럼 울었다.

새끼가 어미 소 젖 빠는 모습에 괜스레 눈물이 났다. 아이고, 늙으니께 별걸 다 보고 눈물을 짜는구먼, 스스로 타박하면서도 눈물을 멈출 수가 없었다.

그날로 여물죽 끓이기도 관두었다. 다른 소들한테처럼 마른 짚 주고 가루 사료 주고 말았다. 네가 안 먹고 버티나 보자. 〈웃어라, 동해야〉 하기 전에 가보니 말끔히는 아니더라도 거의 다 먹었다. 새끼는 백열전구 밑에서 지푸라기를 되새김질하고 있었고, 얼간년은 아주 편안한 자태로 큰 눈을 끔벅거리고 있었다.

"우와! 솔직히 저는 애들이 못 살 거라고 봤슈. 워칙히 살았지?

살라는 의지들이 강했구만. 그려, 참 보기 좋다. 조금만 거시기하면 못 살겠다고 살기 싫다고 확 가버리는 인간들보다 너희들이 훨씬 낫다. 안 그러냐? 누구는 뭐 희망이 넘쳐서 사냐? 열심히 사는 게 사람의 운명이니께 그냥저냥 사는 거지. 사는 게 희망 아니냐구."

"그놈의 희망 타령 듣기 싫어. 요새는 희망 안 들어가면 말이 안 되나? 테레비고 사람이고 입 달린 것들은 다 희망, 희망이랴. 마을회관 늙은 영감탱이들도 희망의 새해 어쩌구 하는데, 내 참 기가 막혀서. 없는 것들 못사는 것들 날벼락 맞은 것들 그런 불쌍하고 한심한 것들 약 올리려고, 잘사는 것들 정치하는 것들 테레비에서 나불대는 것들이 아무 때나 갖다 붙여 쓰는 말이 그 좆같은 희망 아니냐구?"

"아버님은 정말 희망 없이 말씀하신당께유. 야들이 살아난 게 하도 신기해서 그랬슈. 희망 없는 세상에 희망 한 줄기 보는 것 같아서유."

"이 사람이 살린 겨. 제 자식처럼 돌보더라구."

벌벌 떨며 기를 쓰고 돌아다니는 걸 빤히 보면서도 돕기는커녕, "거, 죽게 내버려두라니께 증말 돼지게 말 안 듣네." 타박을 일삼던 남편이 뜻밖에도 별소리를 다 한다.

"그려유? 어머니가 살렸슈? 어머니가 대단한디. 이 소들은 어머니 거로 해야겠네. 아버님은 살릴 생각도 안 했쥬? 그럼 어머니 거지."

"누가 아니랴. 이놈들은 당신 거여."

이 남자들이 왜 이러나. 무안해서인지 말도 안 되는 말이 나온다.

"내 거 아뉴. 지들 스스로 거지."

수의사가 저리 말할 정도라면 어미고 새끼고 확실히 산 모양이다. 죽을 걱정은 놓아도 되겠다. 멀게는 큰아들이 첫걸음마를 떼던 순간처럼, 가깝게는 손자 녀석이 처음으로 "할머니!" 불렀을 때처럼 흐뭇했다. 고생스럽기는 했지만, 이해 못 할 일 허다하고, 사람이고 짐승이고 간에 참 쉽게 죽어버리는 세상에, 이런 보람이라도 없으면 무슨 재미로 살까 싶다.

또 눈이 내린다. 참말이지 올겨울엔 작정하고 눈이 내린다. 하늘도 살려고 저러는 거겠지. 잔뜩 낀 때를 싹 씻어버리려고 저리 악착스레 퍼붓는 거겠지.

만병통치 욕조기

혼인에 칠순 팔순 잔치에 초상에, 왜 이리 그냥 오라는 데가 많고 가야 할 데도 많은지 정신이 없다야. 부조 봉투 들고 다니다 겨울 다 갔다. 이번 주에도 초상집이 둘이나 있었다야. 신기하지, 둘 다 목숨을 매달았어야. 요새 세상에 누가 자살한다고 뉴스거리나 되겠냐. 제일 높은 사람, 제일 유명한 사람도 막 자살해버리는데, 션찮게 늙은 촌 목숨 세상 등졌다고 무슨 말거리나 되겠냐. 근디 시골 아니냐. 죽을 나이가 돼서 죽은 것도 아녀, 무슨 사고나 병으로 죽은 것도 아녀, 자살로 죽었다면 동네 사람들 뒤숭숭하지.

어머니는 심란한 낯꼴로 자분자분 주워섬겼다. 나는 한 해에 여남은 차례 얼굴을 비추는 것으로 자식의 도리를 다했다. 큰 병원에 입원할 정도로 편찮을 때나 자주 뵙지, 건강하고 안녕할 때는 도통 뵙지를 못하는 어버이였다. 무뚝뚝한 아버지는 저녁을 뜨는 둥 마는 둥 하고 안채로 건너갔다. 아내가 요란한 설거지를 마치고 과일상을 보았다. 나 역시 붙임성이 없고 덤덤한 편이다. 간만에 뵌 어머니께 살가운 말 한 자락을 붙이지 못했다. 어버이를 뵈면 항상 궁금한 게 샘솟는 척해주는 아내가 고마웠다. 아내마저 '침묵은 현금이다'라는 자태로 일관했다면 얼치기 효도 방문은 얼마나 갑갑했을까. 시골 물정 모르는 아내의 질문은 어머니의 수다를 이끌어냈다. 어머니는 삼동네에서 가장 말수가 적은 여인으로 유명했다. 말을 못하는 편도 아닌 듯한데, 어머니는 평소 말을 어떻게 참고 사는 걸까.

여든 살도 훨씬 넘은 할아버지가 넥타이로 목을 매달았어. 건강이야 했지만 언제 워칙히 쓰러져 죽을지 모르는 나이 아니냐. 스스로 생목숨 끊어가면서 서둘러 갈 까닭이 대관절 뭐였을까나. 할머니 살아 있을 적에 죽을라고 그랬을 겨. 그렇지 않겠냐? 할머니는 혼자 살 수 있지만 할아버지는 혼자 못 산다. 너도 알지? 그 냄새쟁이 노인네. 그 노인네가 냄새쟁이 된 게 언제부터냐? 할망구 먼저 보낸 다음부터지. 빨래를 못 해 입으니께. 남자들이 다른 건 몰라도 세탁기 돌리는 법은 꼭 배워놔야 한다. 혼자 사는 노인네는 밥 먹는 게 문제가 아니라 옷이 문제여. 다른 건 몰라도 느이 아버지 세탁기 돌리는 건 꼭 가르쳐놔야 되는디.

어머니도 참 별말씀을 다 하셔요.

그래도 그 할아버지는 자기 집에서 돌아가셨기나 하지, 느이 아버지 동창분은 인제 나이도 일흔하나밖에 안 됐는데, 참 말하기도 겁난다만, 연고도 없는 산에 올라가서 소나무인가 참나무인가에 혁대로 목을 맸지 뭐냐. 그분이 노가다꾼이여. 나는 여직도 느이 아버지한테 용돈을 타 쓴다만, 그분은 돈을 버는 족족 마누라한테 바치고 지우 차비나 타 썼다더라. 늬들도 그러지이?

그럼요, 저는 돈을 관리할 줄 모르잖아요.

당연히 그래야지. 에미가 착실히 관리했으니께 그나마 네가 아파트 전세라도 사는 겨. 에미야, 장하다……. 그분이 요번에도 겨우내 골프장인가 짓는 데서 몇백만 원인가를 벌어갖고 왔단 말여. 그런디 그분이 생전 안 하던 짓을 왜 했을까나. 백만 원도 아니고 딱 80만 원만 달랬다더라. 아줌마가 물었을 거 아니냐? 뭐에 쓰려는 거냐고. 아저씨가 그랬디야. 이날 이때까지 내가 번 돈 내 마음대로 써본 적이 없다. 한 번만이라도 내 요량껏 써보고 싶다. 당신 속상하게 쓸 일은 없으니 걱정 붙들어 매도 된다. 계집이라도 생겼냐고? 같잖은 말 좀 하지 마라. 이 나이에 계집질이 가당키나 하냐. 그냥 내 마음대로 써보고 싶다는 거 말고 다른 거 없다. 나 같

으면 80만 원이 아니라 다 주었을 겨. 칠순 노인네가 그런 말하는
디 짠해서라도 그냥 다 줬을 겨. 그런디 그 아줌마는 지금 돈 들어
갈 데가 한두 군데냐. 벌어도, 벌어도 끝이 없는데 워칙히 된 양반
이 쓸 생각만 하느냐. 밥 잘 먹고 테레비 스카이 달아서 화면 100
개짜리 나오니 볼 것도 쌨다. 술? 내가 언제 술 안 사다 준 적이 있
냐. 당신이 소주 생각난다고 하면 슈퍼까지 한달음에 달려갔다 왔
다. 도대체 어디에 따로 쓸 돈이 필요하다는 건지 참말로 모르겠
다. 겁나게 잔소리를 했다더라.

차 소리가 나고, 곧 큰 목소리가 들이닥쳤다. 저유. 저 왔슈.

어머니가 화들짝 놀라며 맞으러 나갔다. 어이구, 진짜로 왔네.
올 필요 없다는디 왜 왔어. 어이구, 왔으니께 어서 들어와. 애들한
테 아무 말도 안 해놨는디, 참 당황스럽구만.

두 여자가 부산스럽게 들어왔다. 한 분은 집안 행사 때마다 늘
뵙는 먼 친척 아주머니였다. 농촌에서 흔히 볼 수 있는 일찍 늙은
얼굴에 어머니처럼 호졸근한 입성이었다. 동반한 여자는 40대 중
후반으로 희디흰 셔츠에 검은색 투피스 정장 차림이었다. 농촌에
서 보기 힘든 화장발에 세련되고 날렵한 입성이었다. 두 여자는 시
골 고양이와 도시 고양이처럼 안 어울려 보였다.

아내와 나는 엉거주춤 인사를 드렸다. 텔레비전 예능 프로그램
〈런닝맨〉에 푹 빠져 있던 아들 녀석은 손님들을 쳐다보지도 않았

다. 녀석의 머리통을 툭 건드리며, 인사드려야지, 했다. 녀석은 아이씨, 할 뿐 화면에서 눈을 떼지 않았다. 좋게 말하자면 숫기가 없고 나쁘게 말하자면 버르장머리가 없다.

판돈아, 밖에 있는 게 네 차지? 차 좋더라야. 저게 준중형이란 거냐? 자못 비싼 차지? 하는 일도 다 잘되고 돈도 많이 벌고 완전 승승장구라면서. 축하헌다, 축하해. 너는 소문난 효자니께 계속 잘 나갈 겨.

아주머니의 난데없는 축하에 얼굴이 화끈 달아올랐다. 비싸지요, 36개월 할부예요.

어머니, 며느리 참 잘 얻었어유. 인물 참하지, 키 크지, 내조 잘하지, 시부모님 잘 챙기지, 어디서 이런 우렁각시가 굴러들어 왔어. 진짜로 다른 거 없어유. 그저 며느리를 잘 얻어야 돼. 내가 다 고맙네. 우리 판돈이랑 잘 살아줘서. 아주머니는 아내의 손을 덥석 잡아 쥐고 흔들며 덕담을 퍼부었다.

아내는 태어나서 칭찬을 처음 듣는 사람처럼 어쩔 줄 몰라 했다.

아주머니는 아들에게도 덕담을 베풀었다. 어이구, 참 예쁘게도 생겼다, 하며 쓰다듬은 손길을 녀석이 싸가지 없이 탁 쳐냈는데도, 하하 웃는 얼굴을 유지했다. 뭐 보냐? 니, 유재석이 나오는 거구나. 나도 저 프로 되게 재미나게 본다. 재미있냐? 대단허네. 몇 살인디 저런 걸 다 즐기냐. 이게 네 공부하는 책이냐. 우와, 영어네.

벌써 영어를 좔좔 하는 겨. 장기판이네. 너 장기 둘 줄 아는 갑다. 판돈이 닮아서 머리가 겁나게 좋은 모양이네. 커서 판검사가 될라나 교수가 될라나. 뭐가 돼도 훌륭히 되겠다.

녀석은 자기를 추어올려 주는 말에 전혀 반응하지 않았다. 〈런닝맨〉 볼 때는 텔레비전에서 나는 소리 외에는 세탁기 돌아가는 거로 여기는 놈이다.

이젠 어머니를 치켜세울 차례인가? 아니었다. 아주머니가 내게 불쑥 물었다. 판돈아, 어머니가 어떤 분이신 줄 아냐?

멍청해졌다. 너무나도 갑작스러운 질문이었다. 어머니가 어떤 사람인지 모르는 아들도 있단 말인가. 하지만 나는, 정말로 어머니를 안다고 말할 수 있는가. 어머니의 유서와도 같은 글을 읽은 적이 있다. 군 복무 시절 휴가 나왔을 때, 우연히 어머니의 일기장을 발견했다. 2주일에 네댓 번꼴로, 장갑 공장에서 겪은 얘기, 아버지 때문에 속상한 얘기, 자식들 때문에 속 터지는 얘기, 농사일과 가축에 관한 얘기, 그런 자잘한 사연이 간결하게 대여섯 줄씩 적혀 있었다. 일기라기보다는 가계부에 가까웠다. 그리고 갑자기 그 글이 나왔다. 왜 죽어버리기로 결심했는지를 줄줄이 써놓은. 자주 아프기 때문에, 남편과 자식들에게 도움이 안 되기 때문에, 인생이 덧없어서, 살 이유가 하나도 없어서, 모든 고통과 번민으로부터 벗어나기 위해서, 사람 취급을 못 받고 사는 게 억울하고 분해서……. 자살하려는 사람들이 대개 그렇듯이 어머니는 죽어버려야 할 만한 이유가 숱했다. 어머니가 야속했다. 군대 간 아들은 개처럼 터지고 모욕받으면서도 죽을 생각을 한 번도 하지 않았는데, 왜 엄마가! 하지만 어머니의 죽어버리고 싶은 마음을 충분히 알 것 같았다. 다행스럽게도 어머니가 그 유서 같은 일기를 쓴 지 다섯 달이나 지나 있었다. 이제 자살 충동을 극복한 것이라고 믿었다. 그래도 군대 생활하는 동안 문득문득 떨곤 했다. 어머니가 귀천하는 꿈을 꾸기도 했다. 현실에서는 어머니를 위해 단 한 번도 울어본 적 없는 내가 꿈속에서는 참 서럽게도 울었다. 그런 불경한 꿈을 꾼 나를 죽이고 싶었다. 환갑 넘어 일주일에 한 번씩 쓰는 요즘 일기에도 어머니는 곧잘 '죽고 싶다'고 적어놓았다. 일기에다 '죽고 싶다'고 쓰는 사람은 저 하늘에 별처럼 허다하다. 그렇지만 '죽고 싶다'는 일기는 자식에게만은, 부모에게만은 보이지 않도록 해야 하는 것 아닐까. 어머니가 일기장을 자식들이 머물다 가는 바깥채 텔레비전 밑의 서랍, 눈에 아주 잘 띄는 곳에 놓아두는 것이 싫었다. 아니다, 어머니 일기장을 보면 안심이 된다. 어머니가 일기를 쓰지 않았다면 그 마음을 누구에게 혹은 어디에다가 풀었을 것인가. 어머니는 죽고 싶을 정도로 거시기한 마음을 종이에 풀었을 뿐이다. 요즘 일기에 쓰는 어머니의 '죽고 싶다'는 그 말을 입에 달고 사는 보통 사람들과 마찬가지로 별생각 없이 그냥 쓴 거라고 믿었다. 그렇게 믿지 않는다면 도시의 자식은 섬쩍지근해서 어떻게 살 것인가. 허나 어머니가 마흔일곱 살에 쓴 일기는 지금 생각해봐도 자지리 섬뜩했다. 나는 어머니를 알지 못한다. 나는 오늘 밤에도 어머니의 일기를 훔쳐볼 작정이다. 보란 듯이 가까운 곳에 숨겨진 어머니의 신변잡기를 읽어볼 테다.

감사하게도 아주머니는 대답을 바라고 한 질문이 아니었던가 보다. 아주머니 스스로 어머니가 어떤 분인지 읊었다. 부잣집 딸로 태어나서 곱게 자란 분이셔. 외할아버지가 방앗간을 하셨어. 옛날에 방앗간을 했다면 큰 부자여. 그 옛날에 어릴 때 밭 한 번 안 매고 밥 한 번 안 굶고 자란 사람은 네 어머니밖에 없을 거다. 그런디 농사짓는 집으로 시집와가지구 40년을 흙 짐승처럼 사셨어. 몸이나 튼튼하게 태어난 분인가. 그 힘든 농사일에, 축산에 이르케 못 쓰게 되신 겨…….

아무리 불효자라지만 설마 죄책감도 없이 도시에서 나만 편안히 잘 살까 봐 친히 가르쳐주러 오신 건가?

어머니, 그동안 얼마나 고생이 많으셨어요! 하며 어머니의 손을 담빡 잡은 것은 정장녀였다. 어머니, 어디 어디가 아프세요? 저한테 아프신 데 다 말씀해주세요. 제가 다 들어드릴게요.

나는 저 여인만큼 살갑게 내 어머니의 손을 잡아본 적이 없다. 나는 저 여인만큼 애틋한 눈으로 내 어머니를 바라본 적이 없다.

안 아픈 데가 없지유. 신경통하고 관절염은 기본으로 깔구 살아유. 쇠꼬챙이 같은 게 머리 안 쑤시는 날이 없다니께유. 팔 허리 다리 어디 하나 곧 부러질 것처럼 안 뻑뻑한 데가 없어유. 손가락도 굽고 발가락도 다 굽어서 서 있기 힘들 때가 많지유. 속은 또 어떻구유. 물만 마셔도 체하는 날이 거지반이라니께유. 얼굴 두 볼따구니도 사시사철 빨갛게 부어올라서는 보는 사람마다 왜 그러냐고 물어봐대니 귀찮아서 살 수가 없슈…….

어머니가 말하는 동안 나와 아내는 죄인처럼 고개를 푹 수그리고 있었다. 장남인 나는 죄인일 수밖에 없지만, 아내는 나랑 결혼한 잘못밖에 없다.

한데 정장녀는 착 달라붙어 어머니가 아프다고 말하는 곳을 족족 어루만지는 것이었다. 아이구 어머니! 어머나 어머니! 저런 저런 어머니! 불쌍한 어머니! 안타까운 어머니! ……연방 절규하며, 선거철에 양로원 찾은 정치인이 동영상 찍을 때처럼 곰살궂게 구는 것이었다. 우리만 보기 아까운 참으로 감동적인 드라마의 한 장면이었다.

정장녀는 더는 가슴이 아파서 못 듣겠다는 듯이 어머니를 와락 껴안았다. 그러고는 난데없이 선언했다. 어머니, 이제 걱정 마세요! 제가 왔잖아요! 제가 다 고쳐드릴게요!

저분은 누구시기에 이토록 호언장담하시는가. 하늘에서 내 어머니를 위해 내려 보내준 선녀님이신가?

……만병을 고쳐주는 욕조기가 있어요. 이 사진 좀 보세요. 이게 '스파크 반신 욕조기'라는 건데, 온천의 나라 일본에서도 알아주는 물건이에요. 욕조라기보다는 의료기에 가깝다고 해야 할까. 삼성 이건희 회장도 이 제품을 쓴다니까요. 대기업 회장이 쓸 정도면 얼마나 좋은 제품인지 말씀을 따로 안 드려도 아실 거예요.

비로소 긴장이 풀렸다. 정장녀의 정체 혹은 저의를 파악했기 때문이다. 적을 이길 수 있고 없고는 나중 문제다. 적을 모른다는 사실 자체 때문에 갑갑하고 무섭다. 적을 얼추 아는 것만으로도 두려움이 반감한다.

정장녀가 침묵하자 아주머니가 바로 뒤를 이었다. 나도 써봤는디 죽여야. 하루에 겨우 한 시간씩 몸을 담가줬는디 허리통이 싹 나아버렸다야. 온몸의 나쁜 기운을 싹 뽑아내준 겨. 야, 놀래지 마라. 휘어진 다리도 싹 펴주더라니게.

맥이 풀린 탓인지, 나는 아무 생각 없이 묻고 말았다. 진짜로요?

진짜지 그럼, 내가 왜 거짓말을 하냐. 내 다리가 쪼끔 삐뚤어졌었는디 스파크 욕조기 한 달 사용하고 나서 쫙 펴졌다. 볼래? 자, 봐라.

아주머니가 치마를 걷고 내복 안 입은 다리를 쭉 뻗어 보였다. 지천명 나이의 아주머니 다리는 희고 똑바랐다. 팬티 색깔까지 뵈는 바람에 민망했다.

그런디 네 어머니 다리 좀 봐라. 아주머니가 기습적으로 어머니의 치마를 걷어 올렸다.

예순네 살 어머니의 깡마른 안짱다리는 대나무로 만든 어섯 활처럼 휘어져 있었다. 내복을 입었기에 망정이지, 여름이었다면 맨다리에 가득 핀 검버섯도 봐야 했을 테다.

안짱다리는 어머니의 아킬레스건이었다. 아니, 요새 세상에 그걸 왜 안 고치고 살아요? 수술 한 번이면 그만인데. 자식놈들이 수술비를 안 대주나? 몸에 절대로 칼 대지 마셔. 긁어 부스럼 되는 수가 있어유. 내 몸이 바로 그 증거여. 한번 수술하면 계속 수리, 보충 수술을 해줘야 된다 말이죠. 아예 시작을 않는 게 좋아유. 수술 지지론과 반대론 사이에서 갈팡질팡하던 어머니는 그냥 이냥저냥 살다 가야겠다, 다 늙어서 무슨 영화를 보겠다고 생돈을 들이냐며 초탈해졌다. 수술을 한다면 최소 여섯 달은 재활 치료를 해야 한단다. 소 키우고 농사짓는 집구석에서 도무지 가능한 일이 아니다. 아버지는 고칠 수만 있다면 해야지, 하고 싶으면 하라고 했다지만, 어머니는 칠순 노인네가 홀로 동분서주하는 것을 초연히 감내할 자신이 없는 것이다. 무엇보다도 빨래를 걱정했다. 내일 당장 수술시켜달라고 늬들한테 전화해야겠다 싶다가도, 빨래 생각하면 수술 생각이 싹 사라져야. 네 아버지가 나름 시골 멋쟁이다. 빨래

못해 입어서 느이 아버지도 냄새쟁이 노인네 되면 워칙하냐. 상상만 해도 끔찍하다는 것이었다.

이 스파크 반신 욕조기가 왜 이리 좋으냐. 욕조기 자체도 최고급 재료로 만든 최고급 제품이지만 비밀은 스파크 장치에 있어야. 늬들은 배운 사람이니께 스파크가 뭔지 알겄지?

불꽃! 하고 크게 대답한 것은 우리 부부가 아니라 아들 녀석이었다.

그려, 똑똑도 허네. 불꽃이여, 전기 불꽃. 보통 장치가 아녀. 욕조에 물을 받으면서 버튼 하나만 누르면, 노인네들 편하라고 참 간편하게도 만들었지. 스파크가 튀겨서 온천수를 만드는 겨. 보통 온천물보다 훨씬 좋아야. 평범한 물이 금세 특급 온천수로 바뀌는 겨. 집에서 날마다 간편하게 온천욕을 할 수 있다는 겨. 온천물이 얼마나 좋으냐. 돈 많은 사람들은 한국 온천 놔두고 일본 온천 가서 담그고 오기도 하잖냐. 어머니도 온천장 다녀봤으니, 아실 거 아녀유. 온천이 참 좋잖아유?

온천이 좋기는 좋지. 몇 시간 담근 것뿐인디도 몸이 가뿐해지는 기분이 들기는 혀.

동네 아주머니들은 단체 여행 갈 때 온천을 필수 코스에 넣었다. 온천욕을 하고 와야 여행을 다녀온 거로 쳤다. 온천장이라면 어머니도 제법 경험해본 것이다.

온천을 날마다 집에서 헌다고 해봐유. 몸이 안 좋아지겠어유? 허리가 안 낫겠어유, 다리가 안 펴지겠어유? 만병이 고쳐질 수밖에 없다구유. 판돈아, 실은 내가 한 달 전부터 어머니를 틈틈이 찾아뵙고 홍보를 해드렸어. 아버님한테도 말씀드렸지. 근디 아버님은 만날 술 취해 계셔갖고 못 알아들으시더라. 어머니도 온천 좋은 거 아니께 꾀꾀로 탐이 나시는가 보더라. 근디 어머니가 돈이 없잖여.

어머니가 깜짝 놀라 소리를 질렀다. 내가 언제 탐을 냈디야? 나는 그냥 돈이 없다는 애기만 했잖어. 돈 없는 할마씨한테 백날 떠들어봐야 소용없다. 아무리 좋은 물건이 눈앞에 있다 한들 돈 없으면 티브이 속의 다이아 반지 아니냐.

그려유, 어머니가 무슨 돈 있슈. 하지만 판돈이 너는 있을 거 아니냐. 야, 너는 네가 잘해서 잘된 거로 생각하겠지만, 어머니 정성 아니었으면 힘들었을 거다. 어머니가 절을 두세 군데씩이나 댕기시며 너 잘되라고 불공드렸다는 건 삼동네가 다 아는 일 아니냐.

저 하나도 잘 안 됐다니까요. 왜 자꾸 잘됐다고 하세요. 제가 잘됐으면 어머니 허리 다리 벌써 고쳐드렸지요. 잘 안 됐으니까 만날 아프신 거 보면서도 그냥 눈 딱 감고 쪽팔리게 사는 거 아닙니까.

아이구, 좋은 애기하고 있는디 왜 화를 낼라고 그런디야.

정장녀가 보강 설명을 했다. 우리나라도 곧 물 부족 국가 대열에

들 텐데, 이 욕조가 정말 획기적인 게 뭐냐면, 아침에 받아놓은 물로 저녁까지 온 가족 모두가 쓸 수 있어요. 물을 한번 받아놓으면 정화 장치가 있어서 불순물을 계속 걸러주거든요. 그러니까 하루 한 번 받아놓은 물을 어머니 아버지 아들 딸 며느리가 모두 사용할 수 있지요. 물이 식지도 않아요. 늘 우리 몸에 좋은 최적의 온도를 유지해주거든요. 참 경제적이고 효율적이지요?

안내 책자의 표지 사진상으로 스파크 반신 욕조기는 별로 특별해 뵈지 않았다. 스파크를 발생시킨다는 무슨 장치와 불순물을 걸러준다는 무슨 박스 같은 것을 걷어내면, 평범한 싸구려 욕조와 똑같아 보였다.

도대체 가격이 얼마나 하는지 물어보고 싶었지만, 절대로 물어보면 안 된다고 마음먹었다. 나는 어떤 물건의 값을 물어보면 그 물건을 사고야 마는 버릇이 있다. 판매원이 얼마라고 하는 순간, 물건과 가격에 대한 비판적 통찰력이 마비되고, 달라는 대로 돈이나 카드를 내미는 것이었다.

아주머니의 역할은 더 이상 없나 보다. 이후부터는 정장녀의 일방적인 요설이었다. 정장녀는 안내 책자에 다 써 있으니 읽어보면 알 거라는 말을 추임새처럼 섞으면서도, 한 페이지도 읽어볼 겨를을 주지 않았다. 활짝 웃는 낯꼴로 지당한 말, 다정한 말, 좋은 말만 골라서, 만병을 치유할 '특급 온천수 반신 욕조기'를, 평생 고생해서 키워준 어머니께 그깟 것 하나 못 사주면 완전 불효자 아니겠느냐로 요약할 수 있는 말씀을 줄기차게 떠들어대는 것이었다.

나는 새총으로 쏘아대는 뾰족한 돌을 계속 얻어맞는 듯했다. 저는 원래 불효자예요, 불효자입니다! 발악처럼 부르짖고 싶었다.

아내도 과히 좋은 표정은 아니었다. 정장녀의 말은 아내에게 이렇게 들릴지도 모른다. 시어머니한테 욕조기 선물하겠다고 얼른 말해! 그렇지 않으면 너는 나쁜, 못된, 야박한 며느리야! 아들이 무슨 경제권이 있어. 아들이 사드리고 싶어도 며느리가 반대하면 안 되는 거잖아. 며느리, 어서 결단을 내려. 시어머니 다리가 불쌍하지도 않니?

나는 견딜 수가 없어 물었다. 그게 얼만데요?

정장녀는 바로 그 말을 기다렸다는 듯이 반색을 했다. 아주아주, 저렴해요. 이것저것 다 하고 설치비까지 해서 4백만 원밖에 안 합니다. 카드 할부도 되지요. 효과를 생각해보세요. 만병을 고쳐주는 값에 비하면 얼마나 저렴합니까? 어차피 어머니한테 한 달에 용돈 50만 원은 부쳐드릴 것 아니에요? 딱 여덟 달치 한꺼번에 드렸다 치면 되는 거 아니겠어요? 정장녀는 가방에서 뭘 잽싸게 꺼냈다. 카드 결제기였다. 자, 바로 결제해드릴 수 있습니다.

카드 결제기를 보자 더럭 무서웠다. 50만 원이라니요. 지나친 상상력이십니다. 잘 벌 때는 30만 원, 못 벌 때는 15만 원밖에 못 보내드려요.

애매한 15만 원은 뭐래요? 하여간 평균 20만 원 잡고 딱 스무 달치네요. 스무 달치 먼저 드린 셈 치면 되겠어요.

구경만 하고 있다가는 남편이 일 저지를지 모른다고 생각했는지, 없는 듯하던 아내가 칼을 빼 들었다. 저희도 물건이 훌륭하다면 기꺼이 장만해드리고 싶지요. 문제는요, 스파크 욕조기라고 하셨죠? 이게 과연 신뢰할 수 있는 제품인지가 문제지요. 종일 물 데우고 순환 장치 돌리면 전기세가 엄청 나오겠네요. 그리고 어떻게 아침에 받아서 사용한 그 물에, 아버지 어머니 아들 딸 며느리 성별 구분도 없이 같은 물에 몸을 담가요. 아무리 물을 자체 정화할 수 있다 해도 그렇게 쓰게 될까요?

품질은 내 목숨을 걸고 보장할 수 있어요. 전기세도 약간 더 나오는 정도예요. 만병을 고치는 데 전기세를 아끼자는 건가요?

스파크라는 것도 좀 이상하네요. 제 생각엔 그저 물을 덥히는 기능에 불과한 것 같아요. 물에다 대고 전기 좀 튀긴다고 해서 물이 갑자기 특효 온천수로 바뀐다니 판타지 같아요. 그러고요, 진짜 제대로 된 물건이라고 쳐도 이해할 수 없이 비싸네요. 욕조기 하나에 전기장치 순환장치 둘이라는 거잖아요? 이게 어떻게 4백만 원이나 할 수 있죠?

따짐쟁이라는 별호가 아깝지 않은 아내였다. 5년 전, 아이가 다니던 고액 유치원에서 무슨 새로운 프로그램으로 교육 시스템을 바꾼다며, 필수 코스 특별활동 비용으로 20만 원을 더 받겠다고 했다. 중대형 아파트 엄마들이 20만 원을 더 지불할 만한지 긴가민가하는 사이에, 임대 아파트 아내는 지금도 비싸 죽겠는데 더 올려 받으려는 파렴치한 수작이라며 소형 아파트 엄마들을 규합해서는 결사반대! 데모 수준으로 나대었다. 유치원으로 따지러 다니는 아내는 '철의 노동자' 같았다. 결국 유치원은 야심 차게 준비했던 특별활동 프로그램을 접고 말았다. 그 활약으로 아내는 따짐쟁이라는 별명을 얻었다. 유치원 원장은 내 아들 녀석이 졸업할 때 악성 바이러스를 퇴치한 것처럼 시원했을 테다.

설치비가 들어간다고 했잖아요! 나를 다단계 같은 거로 의심하는 모양인데, 나는 그런 사람이 아닙니다. 이 욕조기는 불법 물건이 아니라고요. 아니, 이렇게 안내 책자가 있는데도 의심을 하나요. 이게 홈페이지 주소입니다. 혹시 컴퓨터 안 가져왔나요? 스마트폰만 터지면 회사 홈페이지 바로 보여드릴 수 있는데, 스마트폰이 안 터져서 홍보가 넘 힘드네요.

정장녀가 눈짓을 보내자 아주머니는 건듯 웃었다. 좀 속상허네. 나는 어머니 아픈 거 생각해갖고, 나만 효능 보기가 아까워서 이런 좋은 물건을 소개하는 건데, 우리 본부장님을 사기꾼 대하듯 딱딱거리면 내 얼굴이 뭐가 되나. 내가 늘 웃기만 하는 년이기는 하지만 이 상황에서도 웃음이 나오네.

나는 모처럼, 말할 줄 아는 사람이라는 걸 증명했다. 저희도 쪼들려요. 스마트폰도 없어요.

아내는 친근하게 웃으면서도 하고 싶은 말을 감추지 않았다. 기분 나쁘셨다면 죄송해요. 하지만 사이버도 믿을 수가 없지요. 홈페이지 정도는 우습게 장난질 치는 사람이 수두룩해요. 뉴스에서도 자주 나오잖아요. 사이버 사기당한 사람들이 가슴 쥐어짜며 아파하는 거요. 사이버 범죄 수사대가 괜히 있겠어요?

정장녀가 버럭 소리를 질렀다. 젊은 사람이 정말 진짜로, 왜 그렇게 사람 말을 못 믿어요?

저도 불혹지년이에요. 사람 말 잘 믿을 만큼 젊지는 않죠.

나는 슬그머니 밖으로 나왔다. 전장에 아내만 남겨놓고 혼자 살겠다고 도망치는 기분이었다. 달과 별을 쳐다보며 흡연했다. 3월 하순의 밤바람이 사무치도록 시렸다. 화가 치민다. 사드리면 좀 안 돼? 카드 할부하면 되잖아. 어머니한테 자잘한 거 말고 큰 거 사드린 적 있어? 화끈하게 한번 사드리면 안 돼? 불법 다단계일 수도 있고, 욕조기가 아무 쓸모도 없는 불량품일 수도 있어. 어머니한테 욕조기에 들어가 있을 한가한 시간이 어디 있나? 금방 애물단지가 될걸. 하지만, 까짓것 속는 셈 치고 사드리면 안 되나. 사드렸다는 것 자체에 의미가 있는 거다. 어머니가 '내가 언제 탐을 냈디야.'

말할 때 분명 보았어. 어머니의 눈빛을. 어머니는 실은 탐을 내고 있는 거야. 정장녀의 욕조기 선전은 내 귀에도 솔깃하게 들렸으니 어머니 귀에는 얼마나 달콤하게 들렸을까. 어머니는 수술만 아니라면 휘어진 다리를 고치기 위해 뭐든지 하고 싶을 거야. 몸만 담그고 있어도 된다니 얼마나 쉽나. 밑져야 본전, 욕조기를 그냥 갖고 싶을 수도 있어. 효과가 전혀 없다고 해도, 기분은 괜찮을 거야. 다리가 펴지는 기적은 언감생심이더라도, 대도시 상류층 여인네들이나 하는 거로 알았던 반신욕을 날마다 하는 거니까 귀부인 할머니가 된 것 같은 즐거움은 맛볼 수 있지 않을까. 만병의 근원은 스트레스, 욕조기에 들어앉아 있으면 어머니의 스트레스가 짝 풀리면서 짜장 만병이 싹 치유되는 기적이 일어날지도 모르잖는가. 다 그만두고 어머니는 아들이 덜컥 사드리죠, 냅뜨기를 바랐을지도 몰라. 빈말이라도 어머니를 위해서 고민 없이 돈을 쓰겠다고 설치기를 바랐을지도 몰라. 어머니를 위해서라면 묻지도 않고 따지지도 않고 통 크게 4백만 원을 긁을 수 있는 자식, 그게 바로 효자가 아닐까. 4백만 원짜리 욕조기를 사드리면 한순간 불효자에서 효자로 변신할 수 있을 듯했다.

정장녀와 아내는 여전히 티격태격 설전 중이었다. 어머니와 아주머니는 교환을 앞둔 포로들처럼 애매한 낯꼴로 안절부절못하고 있었다.

나는 오른손에 신용카드를 쥐고 있었다. 아내를 보면 마음이 바뀔까 봐 미리 지갑에서 꺼내 움켜쥐고 온 것이다. 신용카드를 정장녀 앞에 탁 내려놓으며 10개월 할부로 해주세요, 하고 싶었다. 그러나 역시, 아내의 얼굴을 보는 순간 내 의지는 공약처럼 흔들리고 간장은 쪼그라들었다. 돈이 그렇게 무섭니? 어서 사겠다고 말해! 효자가 되어야만 해. 불효자, 낯부끄럽지도 않니? 어서 사란 말이야. 그런 명령을 내리는 것이 이성인지 감성인지 알 수 없었다. 그런 명령에 맞서, 카드 쥔 손가락을 꽉 모으고 절대로 펴지 않는 것은 타고난 자본주의적 본능인가?

정장녀는 이런 말까지 했다. 내가 많이도 다녀봤지만, 참, 자식들이 문제야! 우리 어머님들이나 아버님들은 당장 여기저기 아프니까, 이 욕조기를 많이들 갖고 싶어 하시는데, 자식들이 어떻게 한평생 자기들 키워준 부모한테 욕조기 하나 사주는 걸 아까워할 수가 있어? 어느 집은 말예요. 딸이 그래. 엄마, 고무 다라이에서 목욕하면 되잖아! 아니, 우리 어머님들은 욕조기에서 반신욕 좀 하면 안 돼? 꼭 그 겨울에 김장 담글 때나 쓰던 고무 다라이에다 물 받아가며 뒷물해야 되냐고! 에이, 몹쓸 아들 며느리들!

아내가 대거리를 했다. 말씀이 너무 심하시네요. 아무리 좋은 물건이라도 그렇지, 지금 당장 이 자리에서 쇼부를 보려고 하시면 안 되죠! 정말 좋은 물건이고 꼭 필요하다 싶으면 며칠이 지나도 사긴 꼭 사요! 단돈 몇 만 원짜리 물건도 요모조모 따져보고 생각해보고 신중을 기하는데, 무려 4백만 원짜리 물건을 지금 이 자리에서 안 사면 안 될 것처럼, 천하의 불효자로 몰아가면서까지 이러시는 거 참말 불쾌해요. 친척 아주머니를 대동하고 오셔서, 지금 누굴 겁박 하는 건가요? ……좋아요, 저희가 욕조기를 산다고 쳐요. 그런데 결정적인 문제가 또 있어요. 어머님 아버님 집에 과연 욕조기를 설 치할 수 있겠느냐는 거죠. 집 구조가 매우 독특하단 말이에요.

어머니가 모처럼 사분거렸다. 아버지가 직접 만든 집이라 이 모 양이다. 돈 든다고 목수 한 번 부르고 미장이 한 번 부른 거 빼고는 혼자 다 지셨어. 지었을 때는 괜찮더니만 지은 지 30년은 돼가잖 냐. 이게 고쳐서 될 집이 아녀. 이왕 손대려면 싹 뜯고 새로 지어야 지.

어머니 말씀이 맞아요. 욕조기를 들여놓으려면 현재 옥외 욕실 을 완전히 뜯어고치는 대공사가 불가피해요. 그러니 설령 우리 부 부가 욕조기를 사드리고 싶어도, 아버님이 욕실을 새로 짓겠다는 결정을 하지 않으시면 욕조기를 들여놓을 자리가 없다는 거예요.

그거야, 재어보면 알지요. 아주머니, 욕실이 어디인지 알지요? 정장녀가 가방에서 줄자를 빼들더니 그 무거운 엉덩이를 일으키고 는 후닥닥 뛰어나갔다. 아주머니가 강아지처럼 쫓아나갔다.

〈런닝맨〉이 끝나고, 아들 녀석은, 시끄러워 테레비를 못 본다니께! 사투리를 내지르고 꺼졌는데, 작은 방에서 만화 『삼국지』라도 복습하는 모양이었다. 문제가 해결되지 않은 상황에서 우리 부부와 어머니만 남겨지니 난감했다. 어머니한테 여쭤보기라도 해야 하나? 어머니가 사용하겠다면 사드릴게요. 아내가 아무리 길길이 날뛰어도 목숨을 걸고 사드릴게요. 끝내 질문이 나와 주질 않았다. 어머니에게 몹시 가혹한 질문일 듯했다. 아내도 어머니에게 무슨 말인가를 하고 싶기는 한데 쉬이 하지를 못하는 듯했다.

갑자기 어머니가 피식 웃었다. 느이 여동생도 그랬다.

뭘요?

너, 엄마 욕조기 좀 사줄래? 장난으로 물어봤더니 그러더라. 고무 다라이에다 하면 되잖아.

어머니는 웃으라고 한 얘길까. 욕조기 생각만 하다가는 미치겠다. 어머니에게 듣다 만 얘기가 퍼뜩 생각났다. 어머니, 아까 그 아버지 동창분 그래서 어떻게 돌아가신 거예요?

어? ……니이, 그 아저씨! 그 아저씨가 한사코 용돈 80만 원만 달라고 하니께, 아줌마가 아저씨가 벌어온 돈뭉치를 집어 던졌디야. 하필이면 아저씨 이마에다가. 아이구, 칠순 노인네가 마누라한테 돈으로 맞았으니 속이 오죽했겠냐. 다른 남편 같으면 마누라를 패 잡았을 텐데 그 아저씨가 참 얌전한 사람이거든. 자꾸 달라고 떼쓰던 돈을 한 장도 안 줍고 밖으로 나가더니, 계속 안 들어오

더랴. 이틀이 지나도록 안 들어오니께 산지사방으로 찾아다녔지만 못 찾았지. 보름이 돼서야 집에서 한참 떨어진 엉뚱한 산속에서 발견됐지 뭐냐. 죽은 분도 안됐지만, 산 사람도 안됐어야. 아줌마가 남편 죽으라고 돈을 던졌겠냐. 남편이 철없는 소리 한다고 여겨서 분김에 던졌겠지. 하필이면 그게 이마에 맞았갖고! 나도 제과점 다닐 때 맞아봐서 안다만 이마든 뒤통수든 돈으로 맞으면 정말 아프다. 농약 들이마시고 싶을 정도로! 그런디 얄궂은 건 그 소문을 낸 사람이 마누라여. 장례 치를 때 하도 속상해서 그런가 문상객한테 스스로 그 얘기를 발설했디야. 자기만 가만히 있으면 아무도 모를 얘기 아녀? 그래서 이상하기는 혀. 설마 마누라가 스스로 자기 쥑일 년 만들 소리를 냈을까. 말 만들기 좋아하는 누가 그냥저냥 지껄인 소리가 정말인 것처럼 소문난 걸 수도 있지 않나 싶기도 혀. 혹시 철없는 자식들 때문에 퍼진 소문일 수도 있을 겨. 아버지가 갑자기 왜 돌아가셨나 어머니한테 묻고 캐고 하다가 대강 헤아린 얘기가 소문이 된 것일 수도 있어. 소문이 참 무서운 법이여.

손님들이 돌아왔다. 정장녀는 30센티미터가량 뽑은 줄자를 휘두르며 주절댔다. 욕조기 충분히 들어가고도 남아요. 업체 사람들이 공사까지 해주니까 새로 짓지 않고도 욕실을 손쉽게 새 단장할 수 있겠네요. 일석이조네요! 일단 일을 저지르는 게 최선이에요. 카드를 긁어놓으면 어쩌겠어요. 자식들이 효도 선물 사버렸다는데, 아버님이 무슨 말을 하시겠어요. 정장녀는 내게 강제로 카드 결제기를 안기기라도 할 태세였다.

안 긁으면 그 줄자로 내 목이라도 베겠다는 겁니까? 어디서 줄자로 삿대질이야? 물어보고 싶었지만 꾹 참았다.

아내는 손님들을 쫓아버리고 싶은 마음이 간절한가 보았다. 아버님이 무섭습니다. 아버님과 상의해서 결정할게요. 이만 돌아가셔서 기다리시는 게 좋겠어요. 제발 좀 돌아가주세요. 어머니 피곤하셔서 주무셔야 돼요.

아주머니가 내게 하소연하듯 물었다. 판돈아, 너는 왜 네 안사람만 말 시키고 워째 말 한마디를 못 혀. 네가 가장 아니냐? 네가 어머니 아들 아녀? 네 생각을 말해보란 말이다. 욕조기 봐 드리는 게 자식의 도리 아니겠냐?

저도……, 아버지가 무섭습니다.

어머니도 뒤를 이었다. 나도 애들 아버지가 무서워. 애들 아버지 허락 안 받고 무슨 일을 저질렀다가는 다 쫓겨날 각오를 해야 혀. 애들도 아버지가 무서워서 지들 마음대로 무슨 일을 한 적이 없다니께.

어머니는 혹시 품었을지도 모를 욕조기에 대한 희망을 마지막 한 방울까지 짜내버린 듯했다. 하여 아들과 며느리를 돈 못 쓰는 불효자로 만들지 않기 위해 안간힘을 다하는 듯했다.

무서운 아버지가 별안간 문을 열고 들어와 뭐하는 짓여, 당장 꺼지지 못해! 하고 상황을 정리해주었으면 좋겠다. 마흔한 살이 되어도 아버지를 찾을 수밖에 없는 내가 불쌍하고 한심했다. 아버지는 정말 곤히 잠드셨나 보다.

정장녀는 욕조기를 팔기 전에는, 그러니까 내가 계약서를 쓰거나 카드를 긁기 전에는 절대로 일어서지 않을 결심인 듯했다. 저 정도 인내와 끈기와 뻔뻔함은 있어야 뭘 팔아도 팔 수 있을 테다. 손뼉이라도 쳐주어야 하는가.

욕조기 하나가 팔리면, 아주머니에게는 얼마나 떨어질까? 친척을 몇 명이나 소개해주고 그중에 몇 명이 사야, 아주머니가 구입한 욕조기값이 나올까. 아주머니, 진정 만병이 치료되는 효험이라도 보았기를 간절히 바랍니다. 그런데 이렇게 돌아다니시면 언제 욕조기에 몸을 담그나요?

아내가 없었다면 나는 벌써 카드를 긁고 지금쯤 그걸 왜 샀지 전전긍긍하며, 미쳤지 미쳤어 자책하고 있지 않을까. 정장녀와 당당히 맞서고 있는 아내에게도 손뼉을 쳐주고 싶었다.

어머니의 속은 얼마나 너더분할까. 오늘 밤 어머니가 일기를 쓴다면 뭐라고 쓸지 겁이 났다.

불효의 시간은 더디더디 흘렀다.

―――― 아홉 살배기의 한숨 ――――

한숨, 안 쉬고 사는 사람 없다.

사람은 한숨을 달고 산다. 더욱이 한국인은 한을 자랑으로 아는 족속답게, 한을 촉매로 삼은 들숨 날숨에 일가견이 있다. 한자어 '한(恨)'과 우리말 '한숨'의 접두사 '한'이 원판 다른 말이라는 걸 모르는 바 아니지만, 어쩐지 같은 구멍에서 비롯한 말인 것만 같고, 영어 '스트레스'를 한 자로 줄이면 '한'이지 않느냐는 엉뚱한 생각도 드는데, 하여간 하루에도 수십 번 수백 번 한숨을 토하지 않고는 일상이 불가능한 한국인이 수두룩할 테다.

누가 한숨 좀 쉰다고 대수로울 것 없다.

그러나 그 한숨이 아홉 살배기 가슴에서 나오는 것이라면? 하루에 수십 번, 수백 번이 아니라 종일토록 나오는 것이라면? 그리고 그 아홉 살배기가 다른 사람의 새끼가 아니라 내 새끼라면?

다른 아빠들은 어떨지 모르겠으나 나는 몹시 짜증이 났다.

녀석은 잘 때만큼은 한숨을 쉬지 않았다. 고마워 미칠 지경이면서도 쓸데없이 궁금했다. 기상해서 취침할 때까지 마라톤 하듯 뿜어져 나오는 그 한숨이 죄 어디로 가버렸을까? 아침이면 어김없이 돌아오는 끔찍한 소리에 패륜적 상상에 시달리기도 했다. 녀석의 가슴을 예리한 칼끝으로 헤집어 한숨의 근원 혹은 뿌리를 찾아내는.

녀석의 한숨은 내가 아주 힘겨울 때 머리카락을 쥐어뜯으면서 내뿜던 바로 그것과 흡사했다.

노인들에게는 내 나이 마흔 살도 유치하기 이를 데 없어 뵐 수도 있겠으나, 불혹지년이면 미혹으로부터 자유롭거나 말거나 살 만큼 산 나이라고 자부한다. 한숨을 무수히 쉬어봤고 한숨을 무수히 들어봤다. 이골이 날 정도니 이력이 없겠는가. 딴에는 타인의 한숨소리를 분간하여 들을 만한 셈속이 생겼고, 내 한숨을 경우에 맞게 때와 장소를 가려 다양한 조음으로 토할 수 있는 경지에 이르렀다고 자신한다. 웬만한 사람이 스트레스가 곧 폭발할 지경일 때 내는 한숨을, 내 성기에서 발원한 녀석이 불과 아홉 나이에 옛날 증기기

관차처럼 칙칙폭폭 뿜었던 것이다.

녀석의 한숨이 발발한 것은 종업식 전날이었다. 저녁 먹고 우리는 격투기를 했다. 녀석이 유치원 다닐 때만 해도 솜뭉치 같은 주먹질에 뿅망치 같은 발길질이었다. 초등학생이 되자 당연하게도 힘이 세졌다. 녀석이 인정사정없이 날리는 주먹이나 발길질에 얼굴이나 사타구니 같은 데를 맞으면 무척 아팠다. 아내는 아이 버릇 나빠지게 왜 맞아주느냐고 힐난하곤 했다.

"애도 스트레스를 풀어야 할 거 아냐. 아빠 말고 누가 맞아주겠어."

천연덕스럽게 대꾸하고는 했지만, 한 대라도 덜 맞으려고 도망다니기 바빴다. "인제 그만하자!"가 통하지 않는 녀석이었다. 녀석이 이성을 거의 상실한 것처럼 덤벼대는 것이 폭력의 광기 단계에 접어들었다 싶으면, 팔을 비틀든 엉덩이나 종아리를 세게 후려치든 울려야 싸움이 끝났다.

한바탕 눈물을 쏟고 난 녀석은 한자 카드 맞추기를 했다. 『마법천자문』이라는 책을 사면 그 책에 나오는 한자 카드 스무 장짜리 한 벌을 덤으로 준다. 겨울방학 때 18권이 나왔다. 그 책의 주인공들은 한자로 마법을 한다. '바람 풍(風)'을 외치면 바람이 분다. 또 두 글자 세 글자 낱말을 외치는 것을 단어 마법이라고 부른다. '충격(衝擊)'을 외치면 상대방이 충격을 받고 휘청거린다. 한두 음절의 어휘로 모든 게 가능한 세계였다. 녀석은 350여 장의 한자 카드를 죽 깔아놓고 '단어 마법'을 만드는 데 재미를 붙인 것이다.

녀석은 신기록을 세우기 위해 날마다 애를 썼다. 녀석은 전날에도 신기록을 세웠다. 나는 동영상으로 찍고 인터뷰를 했다. 아들, 단어 마법 50개를 달성하셨습니다. 축하드립니다. 신기록을 세운 소감을 말씀해주세요. 아빠가 뭐하자는 장난인지 헛갈려 하던 녀석은 짧게 대답했다. 기쁩니다!

녀석이 새로운 기록을 향하여 맹렬히 단어들을 조합하고 있을 때, 아내가 이상하다는 듯이 물었던 것이다.

"너, 왜 한숨을 쉬어?"

오리걸음으로 가도 10분이면 닿는 곳에 학교가 있었다. 전날 녀석은 담임과 이별을 했다. 담임은 전근이 예정되었단다. 조용히 가실 것이지, 이별사가 거창했던 모양이시다. 1학년을 함께 보낸 36명의 아이 전부가 울고불고 난리였단다. "선생님, 가지 마세요! 사랑해요!" 같은 비명이 난무했단다. 녀석은 그렇게, 유치원 졸업 이후 또 한 번 사무치는 석별을 겪고 돌아왔다.

"좋은 선생님을 잃어버렸어!"

탄식하더니 내내 시무룩했다. 자식, 네가 선생에 대해서 뭘 안다고 벌써부터 좋은 선생님 타령이냐? 가소로웠으나 겉으로는 위로 했다.

"아들, 선생님들은 다 좋아! 또 좋은 선생님 만날 거야."

내가 한 말이지만 참 우스웠다. 장장 열여덟 해 학창 시절 동안 나는 그 얼마나 많은 선생을 겪었던가. 그중에 '좋은 선생님'으로 기억되는 분은 드물었다. 얼굴이나 성함이 기억나는 분도 여남은이 안 되었다.

녀석이 영어 학원에서 배울 것을 예습하고 있을 때였다.

"한숨이 더 거칠어졌네? 얘가 왜 이래?"

명절을 앞둔 며느리답게 녀석만큼이나 우거지상이던 아내가 소스라쳤다.

어느덧 결혼 10년차다. 스무 번이나 겪어온 '명절'인데도 아내는 좀체 익숙해지지 않는가 보다. 나도 마찬가지였다. 명절 사나흘 전에 본격적으로 만발하여 명절 쇠고 한 열흘까지 세차게 몰아치는 아내의 명절 스트레스에 도무지 익숙해지지 않았다. 아니, 명절이 해가 갈수록 버거웠다. 명절 때마다 성큼성큼 늙어 있는 부모님을 2박 3일 견디는 일은 맨정신으로는 어려웠다. 명절이면 나는 늘 술에 절었다.

나 역시 녀석의 호흡이 무척 거슬리던 차라 덧붙였다.

"혹시 애도 명절 스트레스 아냐?"

귀성열차에 오르기 전 동네 병원에 들렀다. 발열이나 감기 증상

혹은 소화불량 같은 사유로 진찰 순서를 기다리는 아이들은 마당 놀이라도 하는 듯 바글바글 날뛰었다. 겉으로는 하나도 아픈 아이들 같지 않았다. 아이들이 아픈 게 아니라 아이들을 데리고 온 엄마 아빠들이 미리 아픈 것 같았다.

한마음소아과 의사는 꼬치꼬치 캐물었다. 아내는 녀석이 8년 동안 쌓은 잔병치레 역사를 읊었다.

〈사랑의 리퀘스트〉에 등장할 만한 큰 병이나 타인의 동정과 연민을 받을 만한 병은 모르고 자랐다. 21세기 아이들은 기본적으로 앓는다고 말해도 좋을 아토피와 천식과 잡다한 감기 증상들로 도배된 흔한 얘기였다.

녀석이 네 살 때던가, 폐렴으로 성탄절 끼고 3박 4일을 병실에서 보낸 것이 가장 큰 병력이었다. 기독교도 대학생들이 들이닥쳐서는 〈당신은 사랑받기 위해 태어난 사람〉이라는 노래를 합창해주었다. 연필과 막대 사탕과 초코파이도 주었다. 나는 거의 모든 종교를 신뢰하지 않았고 특히 기독교를 불신했다. 기독교도들이 최고로 여기는 성탄절을 청개구리 심보로 가장 싫어했고, 기독교도들의 이러저러한 활동을 위선이라고 비아냥거려야 직성이 풀리는 무신론자였지만, 그날만큼은 젊은이들의 봉사 활동에 감동하여 그래도 성탄절이 없는 것보다는 있는 게 낫지 생각했다. 하지만 청년들이 노래만 불러주고 선물을 안 주고 갔어도 나는 감동했을까?

아내가 입 아프게 떠든 것이 무람하게도, 의사의 진단은 "목이 부었네요!"와 감기약 3일치였다. 열도 안 나고 콧물도 안 흘리고 기침도 안 했지만, 별의별 감기가 난무하는 세상이니 그런가 보다 했다.

나에게는 어머니의 자궁 속처럼 포근한 곳일 수도 있겠으나, 아내에게는 10년 동안 백 번도 넘게 드나든 곳이라 해도 외딴섬에 버려진 것처럼 막막한 곳일 수도 있는 내 고향. 그곳에 3박 4일 머물 동안만 해도 녀석의 한숨은 대단하지 않았다. 생각이 지나친 분이신지라 당신의 아래로 낳은 자식들은 물론이고 일가친척, 나아가 동네 사람들까지 다 걱정하고야 잠이 드는 어머니 귀에나 포착되었다. 고부가 동태전 부치고 있는데, 보탬이 되겠다는 푼수로 밀가루 장난치는 손자의 한숨을 놓치지 않은 것이었다.

"애 숨소리가 왜 이러냐? 꼭 나처럼 한숨을 쉬네잉?"

어머니는 한숨의 여왕……이 아니라, 한숨의 쉰네였다. 한국의 어머니치고 한숨의 달인을 자부하지 않을 이가 몇이나 될까마는, 내 어머니의 한숨이 삼동네 아주머니들이 다 인정할 만큼 유독 심한 편이었던 것은 자주 아팠기 때문이다. 어머니는 통증을 비명 대신 한숨으로 토했다. 결혼 초기에 아내는 나의 데면데면함을 꼬집고는 했다. 어머니가 무릎을 끌어안고 밤새 끙끙 앓는다는데, 기침이 떨어지지 않는다는데, 속이 쓰려 데굴데굴 구른다는데, 물만 마셔도 체한다는데, 볼이 홍시처럼 붉어져 보는 사람마다 술 자셨냐고 묻는다는데……, 그런 어머니를 두고 장남으로서 그토록 태평하게 살 수 있느냐는 거였다.

"내가 어렸을 때부터 늘 그러셨는데 뭐……, 그래도 큰 병은 없으시니까……."

민망히 객소리를 까불면서도, 어머니가 잔병치레를 할 때마다 큰 병 걸린 시어머니를 병 수발하는 비운의 며느리 낯꼴로 온갖 걱정을 해대는 아내가 우습기도 했다. 나는 시난고난 앓아온 어머니의 한숨에 길들어 있었던 거다.

녀석의 한숨 소리가, 어머니가 극심한 통증을 참아낼 때처럼, 아내가 분노를 삭일 때처럼 격렬해진 것은 내 고향을 떠나, 아내의 고향이자 우리가 5년째 살고 있는 수도권 도시 18평 아파트로 돌아온 뒤부터였다. 할아버지 할머니와 석별한 것이 슬퍼 그럴 리는 없겠고 기차 두어 시간 탄 게 피곤해서 그럴 리도 없겠고 감기와는 무관한 것 같아 갑갑했다.

귀경 열 시간 뒤, 우리는 더 이상 〈사랑의 리퀘스트〉 시청하듯 태연히 버틸 수가 없었다. 〈사랑의 리퀘스트〉가 자극하는 망막의 괴이한 눈물은 '한 통화에 1000원'으로 '어려운 이웃의 아픔을 함께 느끼며 작은 정성을 나누어 희망찬 세상을 만들어가고자'(그래,

나도 조금은 따뜻한 사람이야, 불행한 사람을 보면 푼돈이나마 돕지 않고는 못 배기지!) '따뜻한 사랑을 전하'는 것으로 치유할 수 있었다. 미디어 안팎에서는 모든 게 참 쉬웠다. 하지만 실제 상황은, 몇 발짝 거리에서 들리는 내 새끼의 한숨이 유발하는 짜증은 가만히 앉아 전화 한 통화로 해결할 수 없었다.

아내는 여기저기 병원에 전화를 해댔고 어느 병원 상담자로부터 "119 구급차를 불러서라도 병원에 오세요!"라는 말을 듣자 공과금 고지서를 뭉텅이로 받은 사람처럼 변했다.

A대학 병원 소아과 응급실까지는 택시로 30분 거리였다. 택시 운전사는 우리가 왜 병원에 가는지 심문하듯 캐물었다. 운전사에게는 녀석의 한숨 소리가 안 들리는 모양이었다. 내 귀를 찢어대는 저 우렛소리가.

지겨웠는지 아내가 한숨에 시달린 얘기를 털어놓자, 운전사는 남의 귀한 자식을 나무랐다.

"뭐가 힘들어서 그려? 왜 한숨을 쉬어, 아빠 엄마를 힘들게 해? 떡국을 너무 많이 먹어 체한 겨?"

운전사가 아버지만큼 나이 드신 분이 아니었다면 나는 한마디 쏘았을 테다. 아니, 애는 저 힘든 숨을 쉬고 싶어 쉬어요? 불난 집에 부채질하시나.

택시에서 내린 아내가 씩씩댔다.

"저분들은 왜 저리 오지랖이 넓어? 택시 타기 힘들어서라도 차 사야겠다."

열세 달 전, 5년여 잘 타고 다니던 장난감 같은 자동차 마티즈를 처분한 것은 급전이 필요했기 때문만은 아니었다. 횡단보도에서 자전거 끌고 가던 아줌마를 쓰러뜨린 후 아내는 운전을 겁냈다. 천행으로 아줌마는 멀쩡했고 자전거 새로 사주는 차원에서 마무리된 경미한 사고였지만 아내는 무척 놀랐나 보다. 운전을 못 하는 나는 아내가 운전하는 차 안에서 언제나 불안했지만, 그 사고 후로는 운전하는 아내 자신도 녀석이 눈치챌 만큼 허둥댔다.

장거리 운전 때는 운전이 무섭다고 울기까지 했다. 아내의 유일한 장거리 운전은 내 고향에 다녀올 때뿐이었기에 달랠 염치도 없었다. 아내가 차를 판 대신 자전거를 사 온 날, 낯꼴이 결혼반지를 팔고 왔을 때처럼 처량해서 덩달아 죽을상을 짓기는 했지만, 나는 스트레스 반절이 녹아버린 듯 홀가분했다.

1년여 동안 우리 부부는 경차나마 없으니 편하고 유쾌한 상황만큼, 없어서 불편하고 괴로운 상황도 충분히 겪었다. 또 1년여는 운전에 대한 공포 혹은 싫증이 스러지기에 충분한 시간이었던 듯, 새해 들어 아내는 곧잘 차 얘기를 꺼냈다. 할부로 사면 되지, 뭐가 걱정이야 당장 사 와! 내가 호기롭게 큰소리를 쳐주고는 했지만, 가정경제 관리자인 아내는 선뜻 저지르지 못하고 고민만 끓었다.

대기 중인 아이들은 정말이지 응급해 보였다. 진짜 무시무시한 감기에 들린 듯 빽빽대는 아이들, 무슨 급병인지는 감을 잡기는 어려우나 울 힘도 없이 거의 혼절 상태인 아이들, 팔이 부러지거나 이마 깨진 자리에 반창고가 덕지덕지 붙어 있어서 외관상 딱 표가 나는 아이들……

그 아이들 곁에는 그 아이의 아픔을 대신 앓고 싶다는 염원으로 무장한 엄마 아빠가 달라붙어 있었고 어느 아이는 할머니 할아버지에 이모 고모까지 대동하고 있었다. 명절을 쉰 게 아니라 격렬한 데모를 치르고 온 가족들 같았다.

내 새끼만 멀쩡했다. 녀석은 아픈 아이들과 그 아이들보다 더 아파 보이는 가족들 사이에서 혼자 신이 나 웃고 떠들었다. 녀석은 놀이터에 온 줄로 착각하는 듯했다.

나는 녀석의 아빠라는 게 어째 창피했다. 내 아이가 정말로 응급하고 위급한 병마에 침략당했는지도 모른다는 두려움이 왜 없을까마는, 외견상 아무렇지도 않으니 아무것도 아닌 일에 요란 떨고 있는 듯 겸연쩍었다.

험악하게 인상 쓰고 위협해서 녀석을 돌아다니지 못하게 하고는 끝말잇기, 나라 이름 대기, 침묵 묵찌빠 등으로 놀아주었다. 움직이지 않고 놀아도 남들 눈에 우리 부자는 유쾌해 보일 듯했다. 아내가 다른 엄마들처럼 바이러스 먹은 모니터인 양 우중충하지 않왔다면 우리는 정말이지 놀러 온 가족처럼 보였을 테다.

한 시간 넘게 기다린 뒤에야 의사의 진찰을 받을 수 있었다. 서른 살이나 됐을까, 젊은 의사는—소위 말하는 '레지던트'일 테다.—동네 병원 의사가 그러했듯이 이것저것 줄기차게 물었고, 아내는 녹음기처럼 녀석의 잔병치레 역사를 또 읊었다. 레지던트는 아무 이상이 없어 뵈지만 일단 엑스레이를 찍어보자고 했다.

20여 분을 기다려 엑스레이를 찍었고, 찍은 결과를 듣기 위해 30여 분을 더 기다려야 했다. 밤이 깊어가건만 응급한 아이들과 가족들은 끝없이 밀려왔다. 저 응급해 뵈는 아이들도 한참을 기다려야 할 테다. 누가 보더라도 즉시 응급처치를 해줘야 할 것 같은 환자를 제외하고는, 아무리 응급하더라도 겉으로 견딜 만해 보이면 한없이 기다려야 하는, 기다리게 만드는 응급실이었다.

멀쩡한 사람도 응급실에서 반나절만 대기하면 응급해질 듯했다. 아닌 게 아니라, 두어 시간째 기다림 중인 엄마 아빠들은 아이들 못지않게 응급한 낯꼴이었다.

무책임하게도 어디론가 달아나고 싶었다. 잠깐만이라도 아이와 아내로부터 자유롭고 싶었다. 밖으로 나가 흡연했다. 오래오래 찬바람을 맞을 작정이었지만 찬바람은 내 감상을 날려버리고 폐부를 거세게 헤집었다.

담배는 그 얼마나 해로운가. 내 옷에 달라붙었을 니코틴을 생각하니 어린이 환자들께 죄송했다. 니코틴을 줄여볼 작정으로 성인 응급 대기실로 갔다. 텔레비전 사극에 눈을 박았다.

어디론가 달아나고 싶었던 게 아니라 고작 심심했던 것일까? 뭔 가에 탐닉하지 못하여 괴로웠던 것일까?

신하들이 왕좌를 올려다보며 고개를 주억대는 장면이 지나갔다. 환자복과 목발과 붕대로 자신이 환자임을 명백히 밝히고 있는 이 들과 환자가 아님이 분명하지만 환자보다 더 심란한 낯꼴을 한 보 호자들은 신하들 같고, 높은 곳에 매달린 50인치 텔레비전은 모두 의 눈과 귀를 빨아들이는 블랙홀 전하 같았다.

이마를 붕대로 칭칭 동인 엄장한 사내가 공중전화를 붙잡더니 텔레비전 전하보다 더 크게 떠들었다.

"……버스에서 꽈당 쓰러졌다니까요. 아뇨, 버스를 타고 있던 것만 기억나는데요, 깨어보니까 응급실이었다니까요. 119가 이 병 원으로 데려다줬대요. 삼촌, 그런데 제가 돈이 하나도 없어요. 동 전도 의사한테 빌린 거예요. 별거 아니니까 나가도 된다는데 돈이 있어야 나가죠. 링겔도 맞고, 아, 동전이 얼마 안 남았어요, 삼촌, 입원하면 돈이 더 들어가요, 빨리 좀 와주세요……."

텔레비전 전하보다 사내가 더 흥미로웠다. 공중전화를 저토록 길게 하는 사람은 참으로 오래간만이다. 불혹과 지천명의 중간쯤 돼 뵈는 사내는 휴대폰도 없는 걸까? 분실한 걸까? 배터리가 나간 걸까?

레지던트는 엑스레이상으로 아무 이상을 찾을 수 없다고, 연전에 천식을 앓았었다니 이번에도 천식일 것이라고 호흡기 치료나 받고 가라고 했다. 응급실 내부도 대기실 못지않게 붐볐다. 여남은 개의 침대에는 응급한 아이들이 하나씩 누워 있었고 그 주위에 엄마 아빠들이 지치고 병든 낯꼴로 붙어 있었다.

녀석만 말짱했다. 이렇게 말짱한 아이가 응급실에 들어와도 되는 건지 민망했다.

녀석은 코에 호흡기 치료기를 대고 있다가 가래침을 휴지에 뱉어내기를 두 시간 가까이 반복했다. 내가 뱉어내곤 하는 누렇고 까만 가래침과는 달리 투명한 거품이 끓는 하얀색 가래였다. 더러워 뵈기는 매일반이었다. 저 더러운 가래가 제발 한숨의 근원 혹은 뿌리이기를 바랐다. 녀석은 특별한 놀이를 즐기는 양 헤헤댔지만, 아내와 나는 선 채로(남아도는 의자가 없단다) 치료 기구를 녀석의 코에 대주느라 설날과 추석을 한꺼번에 겪는 듯했다.

응급실 레지던트가 잡아준 소아과 외래 진료일은 일주일 후였다. 아내는 하루라도 더 앞당겨 진료 날짜를 잡아달라고 떼를 썼지만, 레지던트는 방법이 없다고 했다. 다들 일주일 이상 기다린 아이들이다. 누구를 앞당기면 다른 누가 또 미루어진다. 아내는 레지던트 말을 믿으려 하지 않았다.

"우리가 빽이 없어서 그래. 빽만 있으면 지금 당장에라도 받을 수 있을걸!"

"천식에 무슨 빽까지 찾아? 천식은 어차피 약밖에 없다면서? 지어준 약 먹으면서 기다리자……."

"자기는 꼭 남의 자식 얘기하듯 하네?"

나도 아내랑은 호혜 평등의 대화가 불가능하다고 생각하는 남편이기 때문에 입을 다물고 아내의 이어지는 공격적 푸념을 묵묵히 경청했다.

일주일 동안 아내는 성능 좋은 라이터와도 같았다. 톡 긁히기만 해도 불꽃을 터뜨렸다. 아내의 불꽃에 그슬리고 싶지 않아 나는 전전긍긍했다. 녀석이 한숨을 토해내고 아내가 불꽃을 던져대는 집 안에서 나는 웃지도 못하고 울지도 못하는 낯꼴로 서성댔다.

녀석의 한숨 소리에 윗집 소녀가 내지르는 괴성이 섞이고는 했다. 이 아파트에 산 지도 3년째 돼가는데 윗집 소녀를 본 것은 딱 세 번이었다. 엘리베이터에서 본 소녀는 휠체어에 누워 비뚤어진 입술로 해독할 수 없는 말을 뿜어댔다.

열두어 살쯤 된다는 소녀가 태어날 때부터 그랬는지 불미한 사고로 그렇게 되었는지 알 수 없었다. 소녀의 소리가 명징하게 들려올 때면 세 사람의 이미지가 한꺼번에 떠올랐다. 그 소녀의 얼굴도 아니고, 텔레비전 〈사랑의 리퀘스트〉 같은 프로그램에서 흔히 보았던 이들도 아니고, 지하철역이나 도로변에서 마주쳤던 이들도 아니고, 하필이면 윤영수 소설 『착한 사람 문성현』에 나오는 문성현, 결혼 전에 사귀었던 여자의 동생, 영화 〈오아시스〉에 열연했던 문소리 씨는 영화로나마 봤지만 나머지 두 사람은 본 적도 없다. 소설 속에 나오는 문성현이야 당연히 볼 수가 없었고, 여자의 동생도 만난 적이 없고 다만 그녀가 술에 취했을 때 들려준 얘기를 듣고 내가 상상한 사람이었다. 여자는 동생과 그 동생을 데리고 종일 대장정을 치르는 제 어머니가 사무치게 그리우면 내 가슴을 쥐어뜯으며 울부짖고는 했다.

너희들은 절대로 그 고통을 알 수 없어! 아는 척하지 마! 제발 아는 척하지 마!

나는 속으로만 반항했다. 아는 척이라도 해야 하지 않나? 그것이 동정이나 연민일지라도! 동정과 연민이 아닌, 정말로 순진무구한 사랑이 가능하다고 믿는가? 스스로 정상이라고 믿는 자들의 최선은 동정과 연민이 아닐까? 겉으로는 죄지은 자의 얼굴로 그저 침묵했다.

윗집 소녀의 기이한 소리를 듣노라면, 내 새끼를 처음으로 만나던 순간이 떠오르기도 했다. 파란색 담요에 싸인 살덩이를 보았을 때 나는 벌벌 떨면서 물었다. 다 있죠? 제대로 있죠? 이상한 데 없죠? 내 새끼의 귀에 처음으로 들려준 말이 고작 그것이었다는 게 두고두고 열없었다. 아직도 열없다.

다 있지 않았다면, 제대로 있지 않았다면, 이상한 데가 있었으면, 어쨌을 건데?

겪지 않고는 말할 수 없는 일이었다.

살덩이의 평범한 모습에, 나는 한없이 감사했다. 절대자가 존재한다면 그 절대자에게. 조상님의 보살핌이라면 조상님께. 어머니가 모시는 그분 덕분이라면 그분께. 누구보다도 평범하게 낳아준 아내에게.

아내보다도 더 고마운 사람이 있었다. 세상에 평범한 모습으로 나와준 바로 내 새끼! 평범이 그토록 고마울 수 없었다.

한편으로 어쩐지 불경죄를 저지르기라도 한 것처럼 섬쩍지근했던 것이다. 굶주린 자들 앞에서 혼자 밥 먹는 것처럼. 불운하기만 한 사람들 사이에서 홀로 행운을 거머쥐기라도 한 것처럼 표정을 관리하느라 식은땀이 났다.

조건 없이 감사해야 했다. 그런데 평범한 모습이었기 때문에 안도의 한숨을 내쉬며—사람은 마음이 놓일 때도 한숨을 쉰다!—지극한 감사를 했던 것이다. 살덩이가 평범하지 않은 모습이었다면 그 존재에게 감사하지 않았을지도 모르는 내가 그 순간 내 자신에게 느꼈던 역겨움의 실체는 무엇이었을까. 역시 위선이었을까?

하여간 고양이 울음만큼이나 해독 불능이고 날카로운 윗집 소녀의 새벽 소리는 10여 년 전의 역겨움을 되새기도록 충동하고는 했다.

마침내 아내와 녀석은 오매불망하던 소아과 의사를 만나고 돌아왔다.

"천식이 아니래. 의사가 청진기도 안 대보는 거야. 입을 크게 벌리고 들숨이면 무조건 절대로 천식은 아니라는 거야. 천식이라면 잠도 제대로 잘 수가 없대. 비염 스트레스래."

아내가 비염이었다. 단순히 비염이라면 별로 좋지도 않은 것을 본받은 아이를 타박하는 것으로 그치겠으나, 스트레스라니.

"얘가 스트레스받을 일이 뭐 있어?"

"내 말이."

어쨌거나 우리는 반성을 했다. 공부하라고 한 것, 하나만 낳아 외롭게 만든 것, 일기 쓰라고 한 것, 영어 학원 보낸 것, 부자가 아닌 것(녀석이 가끔 해대는 말로 보아 벌써부터 부유와 가난을 분간하는 듯했다), 소풍이나 여행 안 다닌 것, 가끔 부부 싸움 한 것(사실 이건 좀 억울하다. 아내가 일방적으로 큰소리치고 나는 죄지은 낯꼴로 침묵하고 있는 게 어찌 부부 싸움이란 말인가. 하지만 녀석은 우리가 큰소리를 내면 "또 부부 싸움 해?"라고 한다), 태권도 학원 다시 다니라고 강요한 것, 피아노 학원 다니라고 종용

한 것, 인터넷 게임 실컷 하도록 놔두지 않은 것, 피자 자주 안 사준 것, 밤중에 뛰고 쿵쿵댄다고 야단친 것, 밥 안 먹는다고 나무란 것, 〈1박 2일〉만 보는 것을 못 참아 케이블 끊어버리겠다고 위협한 것……. 반성할 게 끝이 없었다.

우리가 아무리 반성을 해도 아이의 깊은 한숨은 끈질기게 계속되었다. 녀석은 폭격기 같았다. 녀석의 단어 마법 신기록은 120개를 돌파했는데 그중에 '폭탄(爆彈)'도 있었다. 녀석은 18평 공간에다 한숨 폭탄을 퍼부어댔던 것이다.

의사는 약 말고도 처방을 주었단다.

아이를 하루에 열 번 이상 웃겨라!

부모부터 항상 웃고 있어라!

그래야 아이의 가슴에 깃든 한숨 바이러스가 스러진단다. 우리는 처방대로 웃으려고 노력했다. 우리는 아픈 제 새끼를 보고 미친 연놈들처럼 웃어댔던 것이다.

내가 사회 통념상 평범한 직업을 가지지 못한 게 한스럽기도 했다. 아침 일찍 집을 나가 저녁 늦게 들어오는, 그래서 아내와 아이를 보는 시간이 매우 적은 직업이라면, 한숨 괴물 같은 녀석을, 녀석만큼이나 한숨을 자주 쉬며 울화와 노기에 휩싸인 아내를 조금만 견뎌도 될 테다.

나는 집에서 일할 때가 더 많은 직업이었고, 아이들 봄방학 때는 억지로 만들지 않는 한 집 나갈 일이 더욱 드물었다. 고스란히 봄 방학을 견뎌야만 했다. 녀석보다 아내를 감당하기 어려웠다. 녀석은 영어 학원에도 다녀왔고, 뭔가 열심히 할 때는 비교적 숨소리가 작았다. 하지만 아내는 온 세상의 슬픔을 모두 떠안은 어미였다.

개학이 다가왔고 녀석은 학교 갈 일을 두려워했다.

"나쁜 선생님 만나면 어떡해!"

내 아들은 천재인가! 나쁜 선생도 알다니. 나는 짓궂게 물어보았다.

"나쁜 선생님은 어떠신데?"

녀석은 명쾌하게 답했다.

"안 좋아!"

녀석을 담임할 선생이 좋든 나쁘든 우리 부부도 큰 걱정에 사로잡혔다. 한숨 쉬다가 수업 방해한다고 담임에게 된통 혼나지 않을까? 동무들로부터 왕따를 당하지 않을까? 개학 전전날 녀석의 한숨이 더욱 큰 소리를 냈다. 녀석은 답답하다고 제 가슴을 쿵쿵 쳐댔다.

저거, 내가 복장 터질 것 같을 때 하는 짓거리인데. 어머니도 저렇게 가슴을 쳐대고는 했지. 아내도 자주…….

소아과 의사는 20일 후에 다시 와보라고 했단다. 의사는 한숨이 오래갈 것이다, 길면 두 달도 갈 수 있다고 했다는데, 아내는 그 말만 믿고 태평하지를 못했다.

아이의 개학이 임박하고 증상이 심해지자 아내의 불안은 걷잡을 수 없었다. 아내는 천식이나 비염 따위가 아닌 폐나 심장에 큰 문제가 있을지도 모른다고 걱정했다. 덩달아 나도 겁났다. 아내는 전화상으로 진료일을 당겨보려고 했다. 의사 말을 못 믿으면서도, 그 의사를 당장 만나봐야겠다는 거다. 하지만 병원에서 한번 정한 진료일을 호락호락 당겨줄 리 없었다.

아내가 또 빽 타령을 했다. 빽만 있으면 한국에서 안 되는 게 어딨느냐. 진료 예정일을 그토록 늦게 잡아주는 까닭이 무엇이겠는가. 빽 쓴 인간을 끼워 넣기 위해서다.

나는 더 이상 모르쇠로 버틸 수가 없었다. 나에게도 빽이라는 게 있었던 거다. 사촌 형수의 친동생이 A대학 병원의 간호사였다. 무슨 과에서 일하는지도 모르는 그 간호사의 도움을 받은 적도 있었다. 작년, 고향의 한 병원에서 어머니가 급히 대도시 큰 병원으로 가보라는 진단을 받았다. 시골 병원들은 자기들 선에서 진단이나 치료가 불가능하다고 판단되면 환자를 대도시 병원으로 보내는 것을 최선으로 여겼다. 시골 환자들도 시골 병원보다는 대도시 병원을 신뢰했다.

어머니는 큰아들네가 사는 이 도시의 A대학병원을 택했고, 사촌 조카며느리의 빽 덕분에 이른 날짜에 진료를 받았고 일사천리로 심혈관 내시경을 받을 수 있었다. 4박 5일 중환자실에 입원해 있는 동안에도 사촌 조카며느리의 동생이 물심양면으로 애써준 덕분에 최상의 대접을 받을 수 있었다. 우리 부부 또한 병원에 한 다리든 두 다리든 건너 아는 사람 하나만 있어도 얼마나 편하게 보호자노릇을 할 수 있는지 절실히 깨달았다.

나는 죄스런 마음으로 사촌 형수에게 전화를 걸었다. 어머니 심혈관 내시경 때 신세 진 것에 보답을 못 했기 때문만은 아니었다. 아버지보다 여덟 살 많은 백부는 2년 전부터 무척 편찮으셨다. 지난 추석과 설에도 백부는 중환자실에 누워 계셨다. 곧 돌아가실 것 같다고, 아버지가 육친을 잃는 듯한 상심에 사로잡힌 일도 여러 차례였다. 2년 동안 나는 한 번도 병문안을 가지 않았다. 병원 자체가 신종플루에 휩싸여 있다는 핑계로 가지 않았고, 멀다고 바쁘다고 가지 않았다. 어머니는 백부의 독자인 사촌 형에게 전화라도 자주하라고 당부했다. 나는 그마저도 못 했다.

"큰아버님은 좀 어떠세요?"

"많이 좋아지셨어요. 밥도 잘 드시고……."

"죄송해요, 찾아뵙지도 못하고 전화도 드리지 못하고……."

"괜찮아요. 사는 게 다 바쁘니……. 그것 때문에 전화하신 거예요?"

사촌 형수는 의아했을 테다. 평소 전화를 나누는 사이가 아닌데,

사촌 형이 아닌 자기에게 전화를 했다는 것이.

나는 허겁지겁 아이가 한숨 쉬는 얘기를 늘어놓았다. 나는 땀을 뻘뻘 흘렸다. 내가 무슨 말을 누구에게 하고 있는지 알 수 없었다. 아내에게 전화기를 강제로 넘겨주고는 내 방으로 달아나 머리카락을 쥐어뜯었다.

하지만 좁은 집구석이라 아내의 통화하는 목소리가 잘 들렸다. 아내의 목소리도 어쩐지 허둥대고 있었다. 사촌 형수가 간호사인 동생에게 전화를 해서 알아본 뒤에, 사촌 형수와 아내의 재통화가 이루어졌다. 예상대로였다. 빽이라 할지라도 연휴에는 할 수 있는 게 없었다. 사촌 형수의 동생은 화요일에 자세히 알아보고 진료일을 최대한 당겨볼 것이라고 했단다. 폐와 심장까지 한꺼번에 다 진찰받을 수 있는 패키지 같은 것은 없지만, 하루 이틀에 진료가 다 가능한 일정을 잡아보겠다고 했단다.

빽과 소통하는 것만으로도 어쩐지 뿌듯했다.

하지만 우리는 그날 밤도 견딜 수가 없었다. 빽을 향해 전화질하는 동안, 녀석의 한숨 소리는 더욱 거창해졌다. 가슴을 두드리는 횟수도 늘었다. 우리는 또다시 응급실을 향해 출발했다. 택시에서 담배 냄새가 진동했다. 우리를 태우기 전 운전사가 한 대 급히 태웠던 모양이다. 아내는 "세워주세요!" 고함쳤고, 운전사는 놀라서 급브레이크를 밟았다. 운전사가 뭐랄 틈도 없이 아내와 녀석은 내려버렸다. 50미터밖에 안 탔으니 땡전 한 푼 낼 필요 없어! 굳게 마음먹고 나도 얼른 따라 내렸다. 운전사가 소리를 질러댔다.

"왜들 그러요? 왜들 그러냐고오……."

마침 오는 버스를 탔다. 자리는 없었고, 자리를 노인에게 양보하는 사람은 있어도 어린이에게 양보하는 사람은 없었다. 노인과 임산부 못지않게 어린이도 약자인데! 젊은 승객들에게는 그냥 어린이도 아니고 한숨 쉬는 어린이가 눈에 뵈지 않는가! 응급실 가는데 버스를 타고 있다는 상황이 가장으로서 부끄러웠고, 구걸을 해서라도 아픈 아이를 앉혀야 마땅할 텐데 내내 선 채로 놔두고 있다는 게 비참하기까지 했다.

아내가 신음하듯 중얼댔다.

"이래서 아이 키우는 집에선 차가 꼭 필요한 거야."

내리자! 담배 냄새 안 나는 택시를 잡아타자! 마음먹었을 때 빈자리가 났다.

2주 전과 흡사한 과정을 거쳐 그 레지던트와 재회했고 엑스레이를 또 찍었고 흡사한 말을 들었다. 매사에 비판 정신이 뛰어난 아내가 다소곳한 게 불만이어서 나는 따졌다.

"아니, 그 소아과 늙은 의사, 아니 그게 아니고, 그 경륜 높으신 담당 의사님께서는 절대 천식이 아니라고 했다는데요?"

"천식이나 비염이나 증상이 비슷하거든요."

나는 레지던트의 말과 소아과 담당 의사의 말이 현저히 다르다고 생각했는데, 레지던트는 자기 말이나 담당 의사 말이나 도토리 키 재기로 여기는 듯 데면데면했다. 폐나 심장 쪽에 문제가 있는 것은 아니냐고 묻자, 레지던트는 자기 목숨을 걸고 맹세하건대 폐와 심장 쪽과는 아무 상관이 없다고 했다. 그래도 우리가 불안해하자, 레지던트는 소아과 담당 의사와의 진료일을 며칠 앞당겨주겠다고 약속했다.

보름 전과 마찬가지로 응급실은 북적였다. 아이는 또 가장 멀쩡한 모습으로, 호흡기 치료기에다 코를 박고 있다가 가래 뱉어내는 동작을 되풀이했다. 전과는 다르게 링거액도 맞았다. 녀석은 손등에 박힌 주삿바늘이 아무렇지도 않은지 즐거운 낯빛이었다.

신기한 일이었다. 아이의 한숨 소리는 낮아졌고 가슴의 답답증도 사라졌단다. 아내도 진정되었고 나도 진정되었다.

치료 기구와 링거액 때문에 진정된 것이 아니라, 우리가 병원에 와 있다는 사실 자체가 우리 마음을 진정하도록 다독였는지도 모른다. 유신론자들이 그들의 교회에 가는 것만으로도 평안해지듯이. 어머니가 그분의 말씀만 들어도 한결 나아지듯이.

일요일에도 삼일절에도 녀석의 한숨 소리는 웃으면서 바라볼 만한 수준이었다. 나는 빽과 소통한 것이 걸렸다.

"간호사분이 얼마나 힘이 있는지 모르겠지만 끽해야 진료일

며칠 앞당기는 정도 아닐까? 이왕 앞당겨졌고, 기껏 전화해놓고 응급실 다녀온 것도 그렇고 폐나 심장은 목숨 걸고 아니라는데……."

아내는 사촌 형수에게 전화해서, 괜히 부산 떨어 송구하고 좀 더 지켜보겠다며 부탁한 바를 취소했다. 우리는 빽을 사용하지 않게 된 것이 기뻤지만, 사소한 일에 지푸라기라도 잡겠다는 양 법석을 떤 것 같아 괴란쩍었다.

아이의 깊은 한숨 소식을 어머니에게 전한 것이 불찰이었다. 아버지 어머니가 웬만하면 병이든 슬픔이든 안 좋은 일이든 자식들에게 대개 숨기듯이, 우리도 우리 아이의 일을 숨겼어야 했다.

아버지 혹은 어머니가 며칠씩 심하게 앓았다는 얘기를 우리는 뒤늦게 알고는 했다. 아버지가 소에게 먹일 짚 묶기를 하고 나서 쯔쯔가무시 병에 걸려 일주일 동안이나 입원했을 때 자식 삼 남매가 까맣게 모르고 지냈을 정도로 두 분은 보안이 철통같은 데가 있었다.

아내는 어머니에게 너무나도 상세히 보고를 했다. 나 또한 그게 무슨 자랑이라도 되는 양 녀석이 한숨 쉬어대는 걸 과장해서 떠들었다. 이러니 마흔 먹고도 철이 없는 것이다.

이틀 뒤 어머니에게서 먼저 걸려온 전화 통화를 끝내고, 아내가 말했다.

"어머니가 걱정하지 마래. 어머니가 책임지고 하나밖에 없는 친손자 병 싹 고쳐주겠다셔. 그래서 나도 그랬지. 어머니, 저도 뭐든지 할 거예요."

놀라서 소리쳤다.

"뭐든지 할 거라고 그랬다고?"

"그럼, 뭐든지 해야지. 엄마가 돼서 뭐는 못해."

"그런 말을 왜 했어?"

으슬으슬했다. 전화를 걸자 어머니는 대뜸 자신했다.

"걱정하지 말라니께. 이 어미가 싹 고쳐줄 테니께."

"어머니, 소교 할머니한테 빌라고요?"

"끊어, 걱정 말고! 어미만 믿으라니께!"

소아과 담당 의사는 다시 한번 '비염 스트레스'라고 확언했단다. 비염 스트레스가 아니면 손에 장을 지지겠다고, 젊은 아줌마가 뭐 그렇게 사람 말을 못 믿느냐고 아내는 꾸중까지 들었단다.

"그러고 제발 병원 여기저기 다니지 말아요. 애 병원 끌고 다니다가 진짜 병 얻어요. 엄마가 그렇게 불안해하니까 애가 빨리 안 낫죠. 엄마가 겉으로 웃어도 마음으로 웃지 않으면 애가 다 느껴요. 애 엄마부터 마음을 편히 가지시란 말입니다."

그런데도 아내는 녀석을 끌고 한의원에 갔다. 대학 병원은 기다

리는 시간만 두어 시간이고 진료 시간은 짧았는데, 한의원은 기다
리는 시간은 짧고 진료 시간이 두어 시간이었다. 한의사는 차분하
게 이것저것 물었고, 아내 또한 차분하게 그 어느 때보다 상세히
답하다 보니 한 시간이 훌쩍 지났고, 비염 치료하는 데 또 한 시간
이 걸렸다. 그러고도 진료비는 대학 병원보다 쌌다.

한의원에서는 스트레스 빼고 비염이라고만 진단했다. 하지만 선
천적으로 폐가 약하고 심리적으로 허약하다, 얼굴이 희고 노란 아
이들이 대개 그렇다, 한약을 먹는 게 좋겠다고 검질기게 권유했단
다.

감복할 정도였던 의사의 자상한 치료마저도 한약을 팔기 위한
고단수 영업 전략으로 매도하며 구매 충동을 가까스로 이겨내고
귀가한 아내는, 그러나 39만 원짜리 한약에 미련을 보였다. 돈 때
문에 갈등하는 아내 앞에서, 한약을 먹으면 폐도 강해지고 심리적
으로 튼튼해질지도 모른다는데, 남편으로서 이 말 말고 무슨 말을
할 수 있겠는가?

"당장. 가서 사 와!"

하여 녀석은 양약도 먹고 한약도 먹었다.

확실히 한숨 쉬는 녀석보다 녀석의 한숨 쉬기를 지켜보는 아내
가 더 힘들었던 모양이다. 아내는 두 가지 일로 편안해졌다.

아내는 학부모 면담회에서 녀석의 담임을 만났다. 담임은 한 마

디로 말해서 "현이는 굿!"이라고 말했단다.

"현이는요, 완전 에프엠이에요. 얌전하고 선생님이 시키는 대로 다 하고 발표도 잘하고 완전 베리베리 '굿!'이에요."

나는 그게 칭찬 같지 않아서 내심 불쾌했다. 아홉 살짜리가 얌전하고 선생이 시키는 대로 다 하고 선생한테 완전 베리베리 굿 소리나 듣는다니. 그렇게 자동인형처럼 살면 안 되는데! 내가 그랬다. 나도 선생이 시키는 대로만 했다. 착하다 얌전하다 순수하다 이따위 소리(자꾸만 '멍청하다'로 들리는)를 귀에 달고 다녔다. 품행방정상을 맡아놓고 받았다. 심지어 나는 선생이 수업 시간에 절대로 화장실에 가서는 안 된다고 말했기 때문에 꾹 참다가 결국 수업 시간에 똥을 싼 적도 있었다. 내 소심함을 닮은 녀석이 얄미웠다. 녀석은 엄마에게 비염을 물려받고 아빠에게서는 작은 마음을 물려받은 건가.

"한숨 소리도 하나도 안 들린대. 애가 학교에서는 한숨 안 쉬나 봐."

어쨌든 담임 선생님의 이목을 거슬릴 정도로 한숨을 쉬지 않는다는 사실에 아내는 가슴에 매달려 있던 바윗덩이를 내던진 낯빛이었다.

"그럼 학교에서 참고 있다가 집에서 내뱉는다는 얘기네? 학교가 그렇게 무섭나?"

내가 그랬던 것처럼! 대학 때는 괜찮았지만, 초중고 시절엔 학교가 무섭지 않은 날이 하루도 없었다. 암튼 나도 큰 걱정을 던 듯했다.

아내에게도 '좋은 선생님' 한 분이 계셨다. 그분도 딸이 어렸을 때 한숨을 하도 내쉬어서 매우 힘들었단다. 그분의 딸은 근 1년 동안이나 깊은 한숨을 내뿜었단다. 아내는 믿고 의지하는 선생님으로부터 체험담을 듣고 온 날, 가슴을 세척한 것처럼 활짝 만개했다. 비로소 한숨이 성장통과도 같은, 병이라고도 할 수 없는 지극히 평범한 현상임을 받아들이기로 한 듯했다.

내 이목이 잘못되었는지 몰라도, 아내가 편안해지자 녀석의 한숨 소리가 거의 들리지 않는 듯했다. 녀석이 한숨을 쉬나 안 쉬나 들어볼까, 작정하고 귀를 기울여야 들렸다. 하도 여러 날이 지나 녀석의 한숨 소리에 길들어서인지도 모르지만, 내 마음에도 진정 평화가 찾아온 듯했다.

서해상 천안함 두 동강 침몰과 군인들의 죽음으로 온 나라 사람들이 깊은 한숨을 내쉬며 상상 가능한 모든 시나리오를 추리소설처럼 지어내고 떠들어대는, 말 그대로 국가적 한숨 정국에 막 돌입했을 때였지만, 우리 핵가족의 하찮고 시시한 한숨 정국은 그렇게 종말을 고한 줄 알았다.

내가 바깥에서 일을 보고 있을 때였다. 부재중 전화번호가 찍혀 있었다. 아내였다. 내가 업무 중일 때는 문자로만 소통하는 사람이 었는데 무슨 급한 일인가 싶어 얼른 걸었다. 아내는 울먹였다.

"어머님이 '굿' 하래!"

녀석의 담임이 말한 '현이는 베리베리 굿이에요.'의 '굿'과 어머니가 말했다는 '굿'이 동음이의어라는 쓸데없는 깨우침이 내 머리에 구멍을 뚫었다.

내 예상대로 어머니는 소교 할머니를 찾아갔다. 소교 할머니 그분은 늘 그래왔듯이 굿을 해야 한다고 처방을 내놓았다. 어머니가 '어미만 믿으라니께!' 했을 때 나는 불을 보듯 짐작했다. 그리고 으슬으슬했던 것은 혹시 그분이 넘어서는 안 될 선을 넘을지도 모른다는 지레 걱정 때문이었다. 아내가 '저도 뭐든지 할 거예요!'라고 어머니가 오해할 만하게 호언장담했다는 것이, 이제껏 억눌러온 그분의 전언에, 불쏘시개 역할을 할지도 모른다는 예감 때문이었다.

그분이 어머니 이외 사람의 비손까지 바란 것은 드문 일이었다. 이번에도 그분은 어머니의 비손만을 바라야 했다. 그런데 그분은 간덩이가 부었는지 아내의 비손까지 요구했다.

어머니는 말했단다. 아내의 아버지 어머니, 그러니까 나의 장인 장모이며 녀석의 외할아버지 외할머니가 너무나도 사랑스러운 외손자의 가슴을 어루만졌고, 그 탓에 아이가 깊은 한숨을 달게 되었으니, 아내가 그분의 불당에 치마와 저고리 두 벌 올린 제사상을 차리고, 돌아가신 지 30년도 넘은 어버이에게 비손해야 한다는 거였다. 전적으로 그분의 환영담일까? 그분이 아니라 어머니의 꿈 이야기거나 추리담이 아닐까? 아니면 어머니의 꿈과 상상과 그분의 해석이 버무려진 판타지일까?

아내는 울부짖었다.

"대체 뭐라고 빌란 말이야? 내가 죄인이야?"

아내도 내 아버지와 마찬가지로 일찌거니 어버이를 상실했다. 내가 아내와 결혼하던 날, 어머니는 꿈을 꾸었다. 아내의 어버이가 찾아와서 딸을 거둬주어 고맙다고 연신 머리를 조아렸다. 문제는 대문 밖에서 조아렸다는 것이다. 어머니가 아무리 집 안으로 들어오라고 해도 장인 장모는 들어오지 않았다. 이때부터 어머니는 무지막지한 두통에 시달렸다. 수십 년 전에 어머니의 큰 병을 고쳤고 잔병도 다수 고친 전력이 있어 어머니의 전속 무당처럼 된 소교 할머니란 분이 계셨다. 소교 할머니의 절대자인 그분은 굿을 해야만 한다고 했다. 아내더러 돌아가신 부모님을 위해 제사상을 차리고 빌라는 것이었다. 청소년기에 천주교 신자였던 아내는 성당에 나가지 않은 지 오래되었지만 절대로 굿을 받아들일 수 없다고 했다. 우리는 하마터면 결혼하자마자 이혼할 뻔했다. 아버지가 중재에 나서 딱 한 번만 굿을 하는 것으로 화해가 성립되었다. 녀석이 아내의 배 속에서 막 잉태되었을 때 얘기다.

배 속에 있던 녀석이 아홉 살이 되었고, 한숨을 내뿜었고, 그 한숨이 다시 굿 소동을 불러왔다. 조실부모한 남편과 40여 년을 살았으며 조실부모한 며느리를 10여 년 겪은 어머니의 평온할 수 없는 마음과 그 마음에 대한 그분의 처방을 (아내에게 매우 미안하지만) 이해할 수 있을 듯했다.

며느리 노릇을 10년이나 했는데도 조실부모했다는 이유만으로 시어머니가 아직도 자기를 찜찜해한다고(그것이 오해일지라도!) 상처를 단단히 받은 아내의 울분도 이해할 수 있을 듯했다.

그러면서도 아내는 어머니에게 굿 받으러 내려가겠다고 약속했단다.

하지만 내가 받아들일 수 없었다. 나도 아내도 우리 부부의 새끼도 이제까지는 운이 좋았다. 별일 없었다. 그러나 이제 별일을 곧잘 겪을 나잇대에 접어들었다. 이번에도 굿을 받아들였다가는, 앞으로 무슨 별일만 생기면 굿을 해야 한다는 처방을 내릴지도 모르는 어머니의 그분이 겁났다.

어머니에게 전화를 걸었다.

"아버지 계셔요?"

"계시다."

"다시 걸게요."

아버지는 어머니의 굿 계획을 모르고 있었다.

아버지는 내 아내만큼 굿을 싫어했다. 그토록 굿을 싫어했지만, 아버지도 어머니의 그분의 주문에 따라 저고리와 치마를 제상에 올려놓고 어렸을 때 돌아가서 기억도 나지 않는 어버이에게 우리 마누라 좀 그만 아프게 하시라고 여러 번 빌어야 했다. 하지만 아버지가 그분과 그분의 대리인인 소교 할머니를 겁내지 않은 지도 오래되었다. 20여 년 전부터 아버지의 인생에 굿은 없었다. 내 아내가 결혼한 지 한 달 만에 차마 견디기 힘든 굿을 겪어야 했을 때, 아버지도 내 아내만큼 견디기 힘들었을 테다. 처절한 두통에 시달리며 누렇게 삐삐 말라가는 '마누라'를 위해, 자신도 겪어봐서 너무나도 잘 아는 참담한 비손의 밤, 굿을 며느리에게 강요하고 말았으니. 그때 아버지는 절대로 다시는 굿 얘기를 말라고 어머니에게 강다짐을 두었다. 며느리에게는 아버지 자신의 모든 걸 걸고 약속했다. 다시는 이런 일이 없을 것이다. 네가 딱 한 번만 시어미를 봐 다오.

어머니는 언젠가 말했다. 느이 아부지가 늙기는 늙었나 비다. 예전엔 전화가 오거나 말거나 도통 관심도 없던 양반이 요새는 전화 벨이 울리면 옆에 지켜 앉아 있다가 누구한테 왔냐, 무슨 소리를 하더냐, 아주 심문하듯 캔다. 자상하게 얘기 안 해주면 막 삐져야. 따돌린다구 말이여. 완전 애 됐지 뭐냐.

그런 아버지 모르게 전화상으로 며느리를 굿자리에 불러 앉히려니, 어머니는 아버지 절대 모르게 살짝 내려와서 불당에서 밤새우고 새벽 기차로 되올라가라는 말을 며느리에게 전하는데도, 딴은 첩보 영화 분위기로 며칠이 걸렸던 모양이다.

내가 어머니에게 하고픈 말을 하기 위해서도, 아버지가 전화기에서 멀리 떨어진 때를 노려야 했다. 다음 날 오전에 다시 걸었을 때도 아버지가 가까이 계셨다. 아버지가 소 사료 주러 갈 시간을 헤아려 저녁에 다시 걸었다. 이번에도 아버지는 가까이 계신 듯했지만 어머니는 작정한 듯 물었다.

"뭣 때문에 그려?"

나는 다짜고짜 외치고 말았다.

"어머니, 안 돼요. 절대로 안 됩니다! 굿, 절대 안 돼요!"

나는 어머니에게 호통치듯 말한 적이 한 번도 없었다. 어머니가 어떻게 나올지 덜덜 떨렸다. 어머니가 픽 쓰러져 정신을 잃기라도 한다면…….

아내는 곧잘 이혼해달라고 울었다. 아내가 힘들고 서럽고 쪼들리고 화나고 분하고 그래서 그냥 해보는 겁박이라고 여기면서도, '그래, 이혼하자!' 맞장구치고 싶었다. 하지만 한 번도 '그래, 이혼하자!'고 말해보지 못했다. 남편이란 작자가 시달리기 지겨워 그런 말을 했다는 것을 알면서도 아내는 나를 당장 법원으로 끌고 갈 사람이다! 아들 며느리가 이혼하겠다는 소식만 들어도 어머니는 가슴이 꽉 막히면서 뒤로 넘어갈 분이시다! 나는 어머니의 혼절을 두려워하여 '그래, 이혼하자!'라는 말 한 번 못 하고 살아왔던 거다.

내 '안 돼요!'라는 고함이, 어머니 귀에 '우리 이혼해요'만큼 충격적으로 울리지 않았을까.

"그것 땜이 계속 전화를 했던 거냐? 관둬! 안 할 게. 안 하면 될 거 아니냐."

어머니가 전화를 뚝 끊었다.

굿을 안 하기로 했다고 해서 평안해질 문제가 아니었다. 여동생에게 전해 들은 바, 어머니는 "아들이 그럴 줄은 몰랐다. 내가 어떻게 저를 키웠는데. 다 지들 잘되라고 그러는 건데……." 장탄식을 했단다.

보지 않아도 보였다. 한숨을 무진장 토해내고 있는 어머니가. 아버지에게 들키지 않으려면 한숨을 밖으로 쉬지 못하고 안으로 쉬어야 할 테다. 어머니는 10년 전처럼 처절한 두통에 시달리며 누렇게 삐삐 말라갈지도 모른다.

아내 또한 틈만 나면 한숨이다. 한숨이 안 나올 수 없을 테다. 그토록 싫어하는 굿자리에 안 서게 되었지만 굿을 계획하고 종용했던 시어미에 대한 섭섭함이 쉽게 가시겠는가. 섭섭함 반대쪽으로 어쨌거나 10여 년 잘 지내온 시어머니와 안 좋아지게 된 것에 대한 상실감과 송구함도 있을 테고, 그 밖에도 나로서는 헤아릴 수 없는 심각한 감정들이 아내의 머릿속에서 들끓고 있을 테다.

머릿속이 타지 않으려면 별수 없다. 머릿속의 열기를 한숨으로 토하는 수밖에.

녀석의 한숨 소리보다 아내의 한숨 소리가 더 크게 들리기도 했다. 어느 때는 두 한숨쟁이를 바라보는 내 한숨 소리가 가장 크기도 했다. 나도 한숨깨나 쉬고 있었던 거다.

나오는 한숨을 주체하지 못하면서도, 장성한 자식을 잃은 어머니들의 한숨으로 뒤덮인 서해 뉴스를 듣노라면, 극히 사소한 일로 온 가족이 한숨을 쉬고 있다는 게 민망했다.

닷새쯤 지나자 확실히 아내의 한숨 소리가 더 잦았고 더 컸다. 신기록 160개를 달성한 이후 단어 마법에 흥미를 잃은 녀석은, 다시금 예능 프로그램 시청과 컴퓨터 게임에 열을 올렸다. 새 담임과 새 친구들에 적응이 된 듯 학교 다니는 것에 군소리가 없었다. 녀석은 나보다도 한숨을 덜 쉬었다.

어떻게 보면 녀석은 이제 한숨을 쉰다고 말할 수 없는 상태였다. 아내 한숨 소리에 가슴 졸이고, 내 한숨 소리에 깜짝 놀라느라 신경을 못 써서 그런지도 모르겠지만, 녀석의 한숨 소리는 한 시간에 서너 번 들을까 말까 했다.

며칠이 더 지나자, 녀석의 한숨은 다 나았다고 해도 좋을 만했다. 나을 때가 돼서 나은 것일 테지만, 공치사를 하고 싶었다. 할머니 엄마 아빠가 공평하게 네 한숨을 나눠 가진 거야! 너, 임마, 너무 행복한 거야. 세상에 이런 가족이 어딨어? 국민? 아빠는 그런 거 안 믿는다. 대중들의 결합일 뿐이지. 대중들이 천안함 어버이들의 한숨을 나눠 가질 수 있을 것 같아? 하지만 우리는 가족이니까 네 한숨을 나눠 가질 수 있는 거야. 바로 가족이기주의지. 행복하지? 이기적인 가족의 일원이어서.

어머니와 아내와 나의 한숨이 다소 진정되었을 때 이번엔 아버지의 한숨 소리가 커졌다. 어머니가 전하는 바에 따르면 아버지야말로 한숨이 안 나올 수 없는 상황이었다.

30만 원을 들여 암소 다섯 마리를 인공수정했는데 한 마리도 수태가 안 된 것도 모자라 구제역마저 돌았기 때문에. 여기저기로 번지는 구제역은 솟값도 떨어뜨렸고 값이 떨어진 소마저 팔리지 않게 했다.

천안함 사태로 대북 관계가 더욱 안 좋아졌기 때문에. 아버지는 대북 관계가 연전으로 돌아가야 농협 창고에서 삭아가고 있는 쌀 백 가마니가 팔려 시장으로 가든 북한으로 가든 갈 수 있다고 믿었다. 북한에 주기가 정 싫다면 저 배곯는 아프리카 어린이들한테라도 갖다 줘야 농민이 살 거 아니냐고 연일 정부를 성토 중이시란다.

점점 힘겨운 농사일 때문에. 칠순 나이에 경운기 대가리에 쇠삽을 달고 논을 가는 아버지를 떠올리고 나는 공연히 죄지은 듯했다.

사경을 헤매는 마지막 남은 형님 때문에.

손자를 못 봐서. 아버지는 한 달에 한 번은 볼 수 있었던 손자 얼굴을 석 달째 못 보고 있었던 거다.

그 밖에도…….

나는 아내가 기분이 좋아 보일 때, 슬며시 말을 꺼내보고는 했다.

"이번 주말에 내려가볼까?"

"애가 아직 안 나았잖아. 한숨이 다 나아야 가지. 한숨 안 나은 거 보면 뭐라고 그러시겠어. 굿 안 받아서 그렇다고 하실 거 아냐."

아내가 보기엔 녀석의 한숨이 여전하다는 거였다. 아내의 다친 마음도 여전한 듯했다. 어머니의 답답한 속도 여전할 테지. 나 역시, 여전한가?

어버이날을 일주일 앞두고 비가 거세게 내리는 날, 버스 안에서 아내의 전화를 받았다.

"큰아버님이 돌아가셨대!"

내가 가장 먼저 한 생각은, 2년 동안 뵙지 못한 백부님 덕분에 우리 가족이 빨리 만나게 되었네, 였다. 한숨이 어우러진다, 라고나 할까……. 백부님이 돌아가시지 않았다면, 우리 가족은 어버이날에도 만나기 어려웠을 테다.

작품 해설

무방비로
방심하게 만드는

노태훈(문학평론가)

무방비로
방심하게 만드는

이 거침없이 콸콸 쏟아지는 이야기의 행렬을 통과해 여기 도착해 있다면 혹시 김종광을 소설가라기보다 재담꾼이나 만담가 혹은 해설사에 가깝다고 느끼고 있을지도 모르겠다. 그의 입에서 흘러나오는 인물들의 사연과 역사는 마치 이 기회만을 기다렸다는 듯 폭발적으로 이어지고, 또 그 이야기들은 너무도 자연스러워서 허구의 영역이라 쉬이 생각되지 않는다. 그러므로 이것은 '설(說)'이 아니라 풀 대로 푼 '썰'의 장(場)이라 하지 않을 수 없고, 그렇다면 김종광의 이야기들은 흔히 문학적이라고 말할 때 우리가 갖는 소설의 이미지와는 꽤 다른 질감을 주는 것 같기도 하다. 하지만 소설의 본령 중 하나가 어떤 세계와 그 세계에 속해 있는 인물들에 관해 '충분히' 이야기하는 것이라면, 그리고 그것이 관념적 언어와 추상적 사유에 의지하는 것이 아니라 말의 실감과 삶의 핍진성에 바탕을 둔 것이라면 『놀러 가자고요』야말로 우리가 늘 상상해왔던, 아니 어쩌면 사실은 늘 잘 알고 있었던 '문학'일지 모른다.

돌이켜보면 김종광은 끝내 한길로만 걸어온 작가였다. 첫 소설집 『경찰서여, 안녕』(문학동네, 2000)에서 보여주었던 특유의 입담과 재치는 저 멀리 김유정과 채만식으로부터 이문구와 성석제가 일련의 계보를 이루고 있던 한국소설사의 장구한 물줄기 속에 그를 위치할 수 있게 했고, 『모내기 블루스』(창비, 2002), 『낙서 문학사』(문학과지성사, 2006), 『처음의 아해들』(문학동네, 2010) 등으로 형성되어 온 이른바 김종광 월드는 여전히 그 활력을 잃지 않고 지속되어 왔다. 또한 해학과 풍자의 기법 중 하나라고 할 수 있을 패러디의 방식으로 다양한 고전사사들을, 다양한 독자들을 위해 다시 써내는 일도 그가 마다하지 않았던 작업 중 하나인데, 그 모든 이야기가 결국은 '범골'에서 탄생했음을 드디어 이 소설집이 집약해서 보여주고 있다.

이렇듯 김종광의 이력을 조금만 더듬어보면 우리는 우선 그 끝없는 입담에 놀라게 되고, 이윽고 그 이야기들이 조금씩 차이를 가진 채로 묘하게 반복되고 있다는 것을, 그러면서도 그 소설들이 일

관련 맥으로 이어져 있다는 것을 알게 된다. 그 맥은 '농촌소설'이라고 명명하지 않을 수 없을 텐데, 김종광의 농촌소설은 우리가 흔히 접했던 형태와는 조금 다르다. 농촌이라는 공간을 배경으로 그 속에서 부대끼며 살아가는 민중들의 삶을 다분히 향토적인 정서로 그려내는 것이 일반적인 의미의 농촌소설이라면 김종광의 소설은 그 공동체가 가진 '역사'에 늘 주목한다는 점에서 특징적이다. 즉 김종광은 농촌이라는 공간을 과거와 현재가 끊임없이 대화를 나누면서 온갖 인물들이 드나드는 세계의 축소판으로 그리고 있는 것이다. 그러니 이른바 농촌소설의 계보에서 그가 자리한 곳은 말석 언저리이지만, 김종광은 자신의 작품 세계 그 자체로 일가를 이루고 있다고 할 수 있을 것이다. 동시에 여전히 그가 말석에 있다는 것은 이 계보의 다음 자리가 도통 채워지지 않고 있다는 의미이고, 그것은 그의 작업이 어쩌면 꽤 외로운 일일지도 모른다는 생각을 하게 한다.

먼저 「산후조리」를 읽어보면, 이 소설은 71세의 남편과 함께 시골에서 소를 키우는 '나'의 이야기로 범박하게 요약할 수 있을 것 같다. "큰며느리가 친손자 낳았을 때 도시로 올라가서 한 달, 딸애가 외손녀 낳아 데리고 왔을 때 두 달, 그걸로 산후조리 끝. 미안하다 아직 결혼 못 한 작은 아들아, 너는 네가 알아서 해라, 내 인생에 산후조리 다시는 없다"(239~240쪽) 선언했던 '나'가 키우는 소 "얼간년"의 산후조리를 하게 된 사연을 담고 있는 이 소설은 일견 구수한 사투리와 해학적인 상황 등을 보여주며 시종일관 유쾌한 분위기를 가져가지만 사실은 삶에 대한 의지와 끈질긴 생명력을 은근히 아프게 그리고 있는 작품이다. 구제역이 코앞까지 닥친 상황에서 '나'는 수만 마리씩 죽어가는 소와 돼지를 생각하며 눈물을 뚝뚝 흘린다. 또 농약을 마시고 생을 마감한 윗동네 '사손이'의 일은 '나'의 심경을 더욱 복잡하게 만든다. "팔려고 키우는 짐승이지만 팔 때까지는 자식같이 키운다"(225쪽)는 '나'의 말처럼 무엇이 되었건 생명이 탄생하고, 그것이 자라나는 모습은 인간이 누릴 수 있는 가장 숭고하고 아름다운 경험일 것이다. '나'는 그러한 인간의 근원적 생명력을 이미 체화하고 있는 인물인데, 아들, 딸, 며느리의 산후조리 이야기를 하면서도, 또 죽어가던 송아지를 극진히 보살펴 끝내 건강을 회복시켜 살려놓으면서도 스스로의 산후조리에 있어서는 단 하나의 언급도 하지 않는다. 당연히 임신과 출산, 육아를 경험했고 그것이 '나'에게 순탄치 않았으리라는 짐작은 쉽게 가능한데도 그 이야기를 가슴속에 숨기고 자식과 소를 앞세우는 모습에서 자연의 섭리를 그야말로 '체득'한, 그래서 단순히 모성애로는 설명할 수 없는 대지(大地)의 사상을 이 소박한 이야기가 보여준다고까지 말할 수 있겠다. 김종광의 미덕은 이처럼 소소한 삶의 풍경을 통해 그간 우리가 잊고 있었던, 또 어쩌면 너무 당연해서 '세련된 삶'의 뒷전으로 밀려나버린 어떤 가치에 관해 티를 내지 않고 말해준다는 것에 있다.

「김사또」역시 전형적인 농촌의 노인을 그리고 있는 소설이다. 남편 '김사또'와 아내 '오지랖'은 여느 시골 부부처럼 투닥거리면서도 서로를 가장 잘 알고 있는, 그래서 무람없이 서로를 대하는 사람들이다. 물론 겉으로는 '김사또'의 신경질적이고 거침없는 행동들을 '오지랖'이 그저 감내하고 받아주는 것으로 보이지만 실제로 '오지랖' 역시 남편의 성정을 이용하는 쪽에 가깝다. 이를 잘 보여주는 것이 첫 번째 에피소드 '갈비찜'이다. 남편의 체면을 세워주면서 동시에 남편을 속이는, 또 남편은 그런 속임을 알게 모르게 넘어가주는 이 짧은 이야기는 오랜 세월을 함께 보낸 사람들만이 가질 수 있는 생의 리듬 같은 것을 보여준다. 하필 농번기에 진행되는 선거철의 풍경을 지나쳐 '김사또'가 노인회장이 되는 장면까지를 그리고 있는 이 소설은 그 자체로 범골의 역사를 조사하고, 인물을 인터뷰하는 방식으로 구성되어 있는데, 바로 이런 방식이 김종광이 이 소설집에서 자기만의 농촌 서사를 만들어가는 대표적인 전략이라고 할 수 있다.

표제작인 「놀러 가자고요」는 바로 그 '김사또'가 노인회장이 된 후의 이야기를 그리고 있다. 아내인 '오지랖'이 동네 주민들에게 말 그대로 '놀러 가자고' 전화를 돌리는 내용이 전부이지만 이 짧은 열댓 차례의 전화 통화에서 각각의 인물들이 가진 사연과 성격, 그리고 그들이 형성하고 있는 마을 공동체는 풍성하게 재현된다. 말년의 삶과 농촌이라는 공간이 드러내는 독특한 정서는 회한과 체념의 중간 정도에서 묘한 활력을 보여주는데, 그것은 흔히 연륜이라고 일컫는, 생을 통해 축적된 온갖 경험의 끝자락에 이르러야만 가능할 것이다. 삶에 대한 기대가 사라진 자리는 쓸쓸하지만 그 곁을 지키고 있는 여러 사람을 통해 그들은 때때로 편안해진다. 이 소설의 마지막 장면에서 '김사또'가 '오지랖'에게 "애썼어"(133쪽)라고 말하는 순간이 바로 그러하다. 이것은 김종광의 소설에서 등장하는 수많은 인물들이 결국 다다르는 지점이기도 한데, 이를 '무방비'의 상태라고 이름 붙여보는 것은 어떨까. 더 이상 누구와도 싸우지 않아도 되는, 아니 정확히 말하자면 '미래'를 위해 투쟁하지 않아도 되는, 그야말로 말년의 인간만이 획득할 수 있는 그 태도가 김종광 소설의 본령이라고도 할 수 있겠다.

「봇도랑 치기」역시 백호리 인물들의 내력을 통해 흥미로운 시공간을 그려내고 있는데, 청년 세대가 중심에 등장하고 있다는 점은 이 소설집에 있어서는 다분히 이채롭다. 농촌에서의 청년이란 김종광이 여러 차례 언급하고 있듯 아직은 거동이 불편하지 않은, 힘깨나 쓸 수 있는 50대 언저리의 중년 남성을 의미하고, 그것은 곧 농촌 사회에서 실제 '청년'의 자리가 거의 존재하지 않음을 보여주는 것이기도 하다. 그러나 그곳에도 일종의 소수자의 형태로, 고향을 떠날 수 없었거나 다시 돌아올 수밖에 없었던 청년들이 있음을 김종광은 놓치지 않고 보여준다. 이장의 지시에 따라 봇도랑치기에 나선 사람들을 "장애인, 이태백, 고삐리 태를 다 못 벗은 스무 살짜리 둘, 그리고 여자"(183쪽)라고만 생각하는 '나'의 시선에는 군대를 막 제대했다는, 육체노동에 대한 자신감 같은 것이 있었다고밖에 볼 수 없다. 그러나 농촌의 노동이라는 것이 그리 단순하지 않다는 사실을 이 소설은 속도감 있게 보여준다. 힘과 기술이 아니라 요령과 끈기가 필요한 일, 본능적이고 순간적으로 노동의 강도와 작업의 범위를 파악하고 이를 능숙하게 조절하는 일이 농촌의 노동임을 봇도랑 치는 과정을 통해 구체적으로 그려내고 있는 이 작품은, 각자의 능력을 통해 서로 경쟁하고 더 높은 보상을 위해 끊임없이 노력해야 하는 도시의 노동을 자연스럽게 대비시키게 한다. 이런 뻔한 이야기조차 김종광은 그 특유의 능숙함으로 유쾌하게 풀어나가는데, 그 능숙함의 이면에는 여지없이 "장대우 씨의 금송아지"(210쪽) 같은 이야기가 있음에 주목할 필요가 있다. 즉 김종광의 소설이 개성을 확보할 수 있는 기반은 바로 그 공간의 '내력'인 것이다.

그런 의미에서 「『범골사』 해설」은 이 소설집 전체를 포괄하는 작품이라고 할 수 있을 듯하다. 말 그대로 '범골'의 역사에 관해 서술하고 있는 이 작품은 『범골사』의 집필자 '성염구'를 내세워 겹겹이 서술의 층위를 쌓아 범골의 내력을 다채롭고도 흥미롭게 보여준다. 독특한 것은 이 소설이 범골의 역사를 범골에 관한 서술의 역사로 설명하고 있다는 점이다. 소설의 제목이 벌써 '해설'인 만큼, 김종광은 소설, 야담, 수기, 일기, 실록, 신문, 엽서 등 온갖 기록물을 나열하고 설명하면서 그것이 자연스럽게 범골사(史)로 읽히도록 구성하고 있다. 또한 그는 군데군데 이야기를 한다는 것, 소설을 쓴다는 것, 역사를 기술한다는 것 등에 대한 스스로의 관점들을 자못 의뭉스러운 방식으로 드러내고 있는데, 인물의 이름과 생년을 병기하는 방식이라든지 작가가 거침없이 툭툭 끼어드는 김종광 특유의 스타일은 소설의 디테일과 조응하면서 독자를 일종의 무방비 상태에 놓이게 한다. 다시 말해 김종광의 작품은 독자로 하여금 소설의 결말이야 어떻게 되어도 상관없다는 식으로 '방심'하게 만드는데, 이 소설이 특히 그것을 잘 보여준다. 이때의 '방심'은 독자가 서사에 집중할 수 없다거나 지루함을 유발한다는 부정적인 의미가 아니라 마음을 놓은 채 '안심'하고 읽을 수 있다는 의미에 가깝다. 하지만 이런 마음으로 소설을 읽어나가다가 "말은 나쁘게 할수 있어도 글은 좋게 쓸 수밖에 없다니까.《좋은생각》 몰라?"(48쪽)와 같은 문장, 혹은

"내 인생 얘기를 해달라고? 허어, 그게 한두 시간으로 되나. 소설책 백 권으로 써도 모자랄 것인데!"

다들 이런 식으로 말했지만, 노인네가 몇 시간 동안 염불한 이야기를 녹취해보면 한 여남은 가지 얘기만 되풀이한다는 것을 알 수 있었다.(53쪽)

와 같은 대목을 만나면 웃음을 머금은 채로 잠깐 멈칫하게 된다. 얼핏 단순해 보이지만 소설을 매개로 한 이야기의 속성을 꽤 날카롭게 지적하고 있는 이런 장면들은 소설가가 "진실 혹은 사실을 왜곡"하는 "순 거짓말 제조기"(69쪽)라면서도 바로 그 때문에 소설의 매력에 대책 없이 빠져버린 사람들을 떠올리게 한다. 범골이 배출한 "듣보잡 소설가" 1971년생 "소판돈"은 생각할 것도 없이 김종광이고, 바로 그 때문에 『범골사』 집필과 해설까지 쓰게 된 성염구, 그리고 그 이야기를 다시 소설로 발표하는 김종광으로 이야기의 타래는 끝없이 이어진다. 이렇게 반복되는 서술의 연속이 곧 '역사'임을 김종광은 능수능란하게 보여주고 있다.

「『범골사』 해설」이 범골이라는 공간에 관한 서술의 역사라면, 「범골 달인 열전」은 그 범골의 인물들에 관한 이야기이다. 각각 "모내기", "견인", "부업", "바둑"의 "달인들"을 소개하고 있는 이 작품은 단편적인 에피소드를 모아두고 있지만 그것들이 유기적으로 얽혀 있어 완결된 작품으로 읽는 데 무리가 없다. 이는 당연히 '범골'이라는 공간으로 이 이야기들이 모여들고 있기 때문이고, 그 것은 이 소설집 전체의 속성과도 닿아 있다. 그러므로 이 작품을 읽는 동안에는 앞선 이야기들의 잔상이 머릿속을 떠나지 않을 텐 데 바로 그러한 효과가 김종광이 노리고 있는 지점이라는 생각도 든다. 이 소설에서 주목되는 이야기는 4장에 씌어진 '방운동'이라 는 인물에 관한 것이다. 바둑을 매개로 이어지는 '방운동', '방과 외', '호신선'의 이야기는 김종광이라는 작가가 가진 정체성을 추 측게 하는 지점이 있는데, 이를테면 "넷바둑"을 두기 시작하는 '호 신선'을 통해 오래된 것과 새로운 것을 굳이 구분하지 않으려는 태 도 같은 것을 보여주는 장면이 그렇다. 즉 도시와 농촌이라는 구도 로 세계를 바라보고 농촌의 편에 서 있는 작가를 김종광이라고 오 해해서는 곤란하다는 것이다. 그는 "그놈의 훈수가 견딜 수 없이 싫었다"(98쪽)는 호신선의 말처럼 인습이나 관행 같은 농촌적인 것에 대한 거부를 한쪽에 담아두고 있는 작가라는 사실을 새삼 염 두에 둘 필요가 있다. 그러니 '방운동'과 같은 젊은 운동권의 대학 생 이야기가 김종광의 소설에서 자주 발견되는 일은 놀라운 것이 아니다. 사실은 그 전혀 어울리지 않아 보이는 두 세계가, 양가적 인 속성을 띤 이 시공간들이 "바둑"과 같은 것을 통해 만나게 되는 것이 김종광 소설의 속성이라고 할 수 있을 것이다.

「만병통치 욕조기」는 아들 '판돈'이 어머니에게 "욕조기"를 사드려 효도를 하라는 '정장녀'의 강매를 아내와 함께 겨우 막아내는 이야기이다. '판돈'은 그 '소판돈'일 것이고 어머니는 예의 '오지랖'이며 그러므로 아버지는 '김사또'일 것이다. 이들 가족의 모습은 시점을 달리해 여러 번 등장하는데, 그것이 지루한 반복이 아니라 입체적인 형상화에 성공하게 된 것은 개별 인물들이 강한 개성을 가지고 있어 누가 전면에 등장하더라도 서사의 힘이 떨어지지 않기 때문일 것이다. 실제로 이 작품에서 아버지 '김사또'는 내내 잠들어 있고, 아들인 '나' 역시 고민만 많을 뿐, 정작 서사에 가장 크게 기여하는 것은 '아내'이기도 하다. '정장녀'의 집요한 설득과 강요를 그에 못지않은 인내와 논리로 반박하는 '아내'의 모습은 농촌 특유의 정서와 대립 구도를 세우면서 이야기를 더욱 흥미롭게 만든다. 농촌의 '김사또', '오지랖' 세대와 도시의 '나', '아내'의 세대가 갈등을 겪고 또 동시에 각각의 인물들이 얽히고설키는 장면은 다른 작품에서도 꽤 반복된다.

「장기호랑이」와 「아홉 살배기의 한숨」은 부자(父子)에 관한 이야기이다. 한숨을 푹푹 내쉬던 아홉 살배기 소년이 열한 살이 되어 장기에 빠져드는 이야기로 함께 읽어도 좋겠다. '아이'라는 인물형은 특히 김종광이 사랑해 마지않는 캐릭터라고 할 수 있을 텐데, 아직 어른이 되지 않은 이 인물들에게서 그는 농촌의 '정서' 같은 것을 발견하는 듯하다. 답답하고 고집스럽다가도 또 자유롭고 분방하게 행동하는 아이들의 모습은 가능성과 불가능성을 동시에 지닌, 그래서 늘 양가적인 감정을 유발하는 농촌의 풍경과 닮아 있다. 김종광의 '아이'는 늘 '노인'과의 관계 속에서 성격을 형성하고 성장을 경험하는데, 그것이 단순하게 교훈적으로 귀결되지는 않는다는 점이 특징적이라 할 수 있겠다. 「장기호랑이」에서 열한 살의 '나'는 장기에 빠져든 채 오로지 실력을 향상시키고자 하는 일념밖에 없다. 유쾌하게 앞으로만 나아갈 듯하던 이야기는 그러나 "퇴화"라는 마지막 장에 다다른다. "그 꿈이 가끔 그립다"(40쪽)는 이 소설의 마지막 문장은 '나'의 장기 이야기가 이미 지나가버린 시대 혹은 결코 오지 않을 시대임을 의미할 것이다. 생각해보면 장기라는 게임이 처한 상황이 곧 그런 것이고, 그것은 말년의 노인과 쇠락한 농촌의 풍경을 떠올리게 하며, 그런 시기는 누구에게나 찾아오는 것임을 김종광은 어렴풋이 짐작게 만든다.

그렇지만 김종광의 소설은 그런 회한이나 쓸쓸함에 기대는 것이 아니라 낡고 오래된 것들의 풍부한 사연을 통해 삶의 동력을 끊임없이 찾아낸다는 점에서 분명하게 희망적이다. 예컨대 「아홉 살배기의 한숨」에서 '어머니'가 아이의 한숨을 치유하기 위해 "굿"을 고집하는 것이 그렇다. '나'와 '아내' 같은 도시의 사람들에게는 그 비합리적이고 비과학적인 행위가 마땅히 거부해야 할 방식으로 여겨지지만 기실 어떤 순간에는 그렇게 오래된 전통이 주는 위안이 있다. '어머니'가 굿을 고집하는 것은 그것이 손자의 병을 치료할 수 있다는 믿음이 아니라 그 행위를 통해 삶의 한순간을 넘어갈 수 있게 된다는 경험에 기반하고 있는 것이다.

김종광이 그려내는 농촌의 풍경과 노인들의 모습은 결코 쇠락해 있거나 쓸쓸하지 않다. 그렇다고 활기가 넘치고 역동적인 변화가 있는 것도 물론 아니다. 적당한 체념과 적당한 욕망이 공존하고, 그래서 딱 그만큼의 갈등이 일어나고 사건이 벌어지는 농촌이라는 공간은 생의 말년에 이른 사람들이 지탱하고 있기 때문에 그나마 지속 가능한 곳일지 모른다. 우리는 늘 가면을 쓰고 어른인 척 살아가고 있지만, 어쩌면 진짜 어른은, 진짜 어른들의 세계는 바로 여기 '범골' 같은 곳에 있음을 김종광은 보여주려고 하는 듯하다. 이 소설은 김종광이 이끄는 대로 범골에 관한 해설로 읽어도, 하나의 야담으로 넘겨도 아무런 문제가 되지 않을 것이다. 이야기라는 것은 결국 시간에 관한 것임을, 그러므로 시간을 품고 있지 않은 공간은 결코 소설이 될 수 없음을, 이 세계의 무수한 범골들은 여전히 '이야기되기'를 기다리고 있음을 우리는 이 소설집을 통해 새삼 깨닫게 된다. 김종광은 작가인 스스로를 충분히 활용하면서, 또 구술과 서술을 넘나들며 소설의 경계를 계속 넓혀가고 있고, 이 작업은 좀처럼 멈추지 않을 것 같아 보이므로 범골이라는 공간은 더욱 풍성해질 것이다. 그리고 지금 김종광의 소설이 잘 보여주듯 독자인 우리는 마음이 잔뜩 풀어진 채로 대책 없이 기다리기만 하면 된다. 요컨대 무방비의 상태로 그저 이야기에 몸을 맡기면 된다는 믿음을, 김종광은 준다.

네 번째 소설집을 낸 것이 2010년이다. 8년 만에 다섯 번째 소설집이다. 그간 단편도 엔간히 썼는데, 이러저러하게 출판 기회를 얻지 못했다. 참으로 알량한 40대였다. 내 위안과도 같은 출판사에서 나오려고 그랬나 보다. 내 책 중 유일하게 재출간된 『71년생 다인이』가 바로 '작가정신' 태생이다. '작가정신'과 편집자 김종숙 샘과 해설 주신 노태훈 샘께 깊이깊이 감사드립니다.

나는 『사람을 공부하고 너를 생각한다』는 산문집에 다음과 같이 쓴 바 있다.

변명을 하자면, 내 부모의 인생이 기록되어야만 하는 귀한 것이라고 믿기 때문에 줄기차게 썼다. 내 부모이기 때문이 아니라, 시골에서 한평생 최선을 다한 농부이기에 기록되어야만 한다. 아버지와 어머니의 삶이 마치 내 문학적 탐구의 그 모든 것인 양 늘 절박감에 사로잡혀 있었고, 기회만 닿으면 두 분의 삶을 궁구하려고 했다. 자식 된 자로서 제 부모의 삶을 긍정하든 부정하든 소중하다고 생각하지 않는 이가 얼마나 되겠는가마는, 나는 유독 집착이 심했던 게다. 내가 소설가가 된 것은 어버이의 역사를 쓰기 위해서라고 다짐하기도 한다. 아버지와 어머니의 지루하고 사소한 농민으로서의 삶을 경이롭고 기억할 만한 사건의 연속으로 거듭나게 해야 한다! 나는 아직 덜 썼다고 생각한다. 어버이에 대해 기록한 바를 총집합하고 재구성하여, 어버이의 평전과도 같은 소설을 쓸 작정을 하고 있으니.

이번에 골라 묶은 태반이 위와 같은 마음으로 쓴 소설이다. 아버지 어머니는 여전히 농사짓고 소를 키우신다.

내 소설은 왜 이렇게 못 읽히는지 반성하다가도, 내 소설의 소수 정예 독자님들을 떠올리면 나무들에게 덜 미안하다. 그분들이 계시기에 내 소설도 그나마 존재의 까닭을 갖는 것이리라. 그분들이 아니면 난 정말이지 쓸모없는 작자다. 감사하고 또 감사하다.

수록 작품

장기호랑이(2016년《내일을 여는 작가》상반기)

범골사 해설(2015년《현대문학》2월호)

범골 달인 열전(2015년《문예바다》겨울호)

놀러 가자고요(2017년《문학의 오늘》여름호)

봇도랑 치기(2010년《문학사상》4월호)

산후조리(2011년《현대문학》9월호)

만병통치 욕조기(2011년《창비》겨울호「불효의 시간은 더디더디」)

아홉 살배기의 한숨(2011년《아시아》봄호)

놀러 가자고요

초판 1쇄   2018년 6월 12일
초판 2쇄   2018년 7월 30일

지은이 / 김종광
펴낸이 / 박진숙
펴낸곳 / 작가정신
편집 / 김종숙 황민지
디자인 / 용석재
마케팅 / 김미숙
홍보 / 박중혁
디지털콘텐츠 / 김영란
재무 / 윤미경
인쇄 및 제본 / 한영문화사

주소 (10881) 경기도 파주시 문발로 314
대표전화 031-955-6230   팩스 031-944-2858
이메일 editor@jakka.co.kr   블로그 blog.naver.com/jakkapub
페이스북 facebook.com/jakkajungsin   인스타그램 instagram.com/jakkajungsin
출판 등록 제406-2012-000021호

ISBN 979-11-6026-085-4   03810

이 책은 2015년 '서울문화재단 문학창작집 발간지원사업'에 선정되어 창작지원금을 받았습니다.

이 도서의 국립중앙도서관 출판시도서목록(CIP)은 서지정보유통지원시스템 홈페이지(http://seoji.nl.go.kr)와
국가자료공동목록시스템(http://www.nl.go.kr/kolisnet)에서 이용하실 수 있습니다.
(CIP제어번호 : CIP2018015583)